U0165870

凝煉知識品味閱讀

民間文學與說唱藝術

蔡孟珍 著

五南圖書出版公司 印行

代序——民間文學是一個民族的哲學之路

民間文學的研究領域體系龐大，它匯集了風俗、方言與信仰，除了有文化自身演進的歷史進程，同時也有文化空間變遷的地理因素。

二十世紀之初，中國學術界興起一種選取民俗角度，探索傳統文獻與眞實生活關係的研究方法，將一些文學、歷史內部與外部的問題，放在生動廣闊的民俗視角下闡釋，從事民俗調查，徵集各地謠諺民歌資料而成果斐然。顧頡剛的孟姜女專論、錢南揚的梁祝探研、劉半農的歌謠採集、聞一多的伏羲考、神話與詩……皆是其中的代表力著，傑作疊出，揭開傳統文學研究的稀見景觀，也突破舊式研究法，另闢蹊徑創造了一個全新的學術視野。

這種研究思路揭示出傳統文學被忽略的層面，回到文學發生的現場，儘量呈現它原有的生活眞實，其實這才是研究民間文學的意義所在。以民間故事爲例，中國四大傳說梁祝、白蛇、牛女、孟姜女雖都產生於農耕文明，但民俗背景各殊，研究上不能狹隘地只從愛情與文學作品上著墨，這四個傳說，分別代表春季的春回大地，死而復生；夏季抵抗疫癘蟲毒的藥俗；秋季觀察星象作爲農事指引；歲末冬日則追懷先祖，圍繞著農事春

耕夏耘秋收冬藏規律，周而復始。因而若動輒以情節浪漫、悲壯來解讀民間故事，這僅屬於文學層面的包裝與美化，並非最恰當的詮釋。因爲民間文學源自人民的內心，由全民在生活中共同創造，體現庶民的意趣品味，匯聚了豐富的想像、智慧，更可視爲民族的記憶、精神的化身，其靈活精彩有社會菁英階層所未可及之處。如果說藝術是民族的哲學之路，那麼草根俚俗的民間文學亦當如是觀。

由於民間文學有如掘發不盡的寶藏，歲時節令，生命禮俗，上下五千年歷史的民俗與民間文學資料浩如煙海已令人目眩神迷，現代的民間創作又不斷湧現。古代的部分，歷代史書方志與野史筆記已完成不少歷史使命；近現代部分，臺灣中央研究院所藏俗文學資料的出版，中國大陸數十年全面性從事民間文學普查搶救纂輯的「三大集成」以及各種資料彙編，都或多或少保留了這段期間的衍化軌跡與時代精神，可供學界研究稽考。

而民間文學進入教育必修科目，大陸自一九八〇年代由鍾敬文主編部定高校民間文學教本迄今，各地相關組織與刊物已開枝散葉，研究人才輩出而集中，並經常舉辦大型民俗田調活動。相對之下，臺灣雖曾一度高揭本土意識，各縣市文化局配合政策委託學術單位記錄民間故事並出版套書，但終後繼無力，學術界的研究個別而零星，無法形成主題明確與深化課題的研究群。相關師資不足，致大學系所開授民間文學與說唱課程極其有限。

目前學界民俗民間文學相關教程各擅勝場，頗令初學難以抉擇。基於此，爲有興趣接觸民間文學與說唱的讀者提供一本簡明而科普的入門書籍就至爲重要。由於筆者大學時代便接觸崑曲與蘇州彈詞，有幸親炙前輩名師風範，多次交流演出過程中也結識了其他如說書、相聲、竹板的同好，體悟說唱藝術與民間文學的內在關聯，而筆者在臺師大開授「民間文學」課程多年，深感傳統藝術學術化的迫切，此即《民間文學與說唱藝術》一書編纂之初衷。

歷史是安靜的，但歷史的現場卻是熱鬧蓬勃的。研究民間文學的意義在哪裡？我認爲在於揭示它對其他文學藝術深化的作用。求木之長者，必固其根本；欲流之遠者，必浚其泉源。只有民俗與民間文學作爲基底，創作體方能繩其祖武，源遠流長，根深葉茂。是爲序。

蔡孟珍

於臺灣師範大學國文系

二〇二一年八月

目次

第三章 民間傳說 055

第五章 謎語

第六章 說書簡史 155

第七章

說唱藝術 265

第一章 緒論

一、緣起與名義

二、民間文學的基本特徵

一、緣起與名義

民間文學是民族文化組成的重要部分，它不但反映不同時空的社會現實，也表現民眾的思想感情與審美趣味，有其多元的民族特性與地域色彩。

民間文學雖是一門相當年輕的學科，但在中國早自先秦以降，古籍中已不乏創作與採錄的相關記載①，從上古時期的神話傳說，周代的風謠歌諺與寓言，漢樂府民歌，六朝志怪，唐變文，宋話本，明清俗曲……無一不來自民間。古代采詩之官採風問俗，使君王「觀風俗，知得失，自考正。」（《漢書．藝文志》）而晚清戌維新派與推翻帝制革命派對政治上的覺醒，同時鼓盪著對抗舊傳統的白話文、通俗小說等文化風潮，梁啓超、嚴復、黃遵憲、蔣智由、章太炎、劉師培、夏曾佑、黃節、魯迅……等一批有識之士，也爲這門嶄新人文學科——民間文學催生並奠定基礎。②

在國際學術界，「民間文學」作爲獨立的人文學科的專有名稱首先出現於英國，其原名爲Folklore，這個學術專名是英國考古學家湯姆斯（W.J.Thoms）於一八四六年用薩克遜（Saxon）語的兩個詞組合而成，原意是指「民眾的知識」或「民眾的智慧」（The Lore of the Folk），學科名稱可直譯作「關於民眾知識的科學」。在一八四六年以前，英國學界對古老的風習十分關注，多稱之爲「民間古俗」（Popular Antiquities）或鄙作「賤民古俗」（Antiquities vulgares），甚至直稱「古物」，學術界則有「民族學」、「神話學」、「民間口頭文學」、「殘存文化」等名詞不一。當湯姆斯創造此一新穎而貼切的名稱之後，英國學界立即響應，一八七八年十月倫敦成立第一個學術研究機構Folk-lore Society，從此這個名稱獲得國際普遍承認。十九世紀末風生水起，歐美各國紛紛重視民族史詩、神話、傳說、歌謠、民間故事、風俗……等研究。在亞洲，日本將

Folklore譯作「俚諺學」或「俗說學」，二十世紀初則廣用「民俗學」。③

◎Folklore的不同解讀

當湯姆斯提出Folklore這個嶄新術語成為時潮，風會所趨，歐美多國相繼引用，而國際學術界所界定的概念與範疇並不完全一致，主要由於各種政治制度、學術觀點與研究目的彼此不同所造成。當Folklore傳入中國時，同樣出現不同解讀，光是譯名就有十多種，或就創作者與流行對象而稱：「民間文學」、「大眾文學」、「民眾文學」、「平民文學」、「工農兵文學」；或就性質、特色而稱「民俗學」、「俗文學」、「通俗文學」；或就傳播方式而稱「口耳文學」、「口傳文學」、「人民口頭創作」等。譯名上的差異，主要在彰顯其

---

① 《詩經．魏風．園有桃》：「心之憂矣，我歌且謠。」漢．許慎《說文解字》將「謠」解作「傳言」。《禮記．王制》：「天子五年一巡守……命太師陳風以觀民俗。」《史記》卷二十四樂書第二：「州異國殊，情習不同，故博採風俗，協比聲律，以補短移化，助流政教。」《後漢書．郅壽傳》：「聖王闢四門，開四聰，……立敢諫之旗，聽歌謠於路。」《文心雕龍．樂府》：「匹夫庶婦，謳吟土風。」朱熹《詩集傳．序》：「凡詩之所謂風者，多出於里巷歌謠之作，所謂男女相與詠歌，各言其情者也。」

② 晚清改革派作家、學者對民間文學的見解與運用，詳參鍾敬文《民間文藝學及其歷史》頁二四七～四八一，濟南：山東教育出版社，一九九八。

③ 有關歐美各國與日本對Folklore之轉譯與界定，可參烏丙安《中國民俗學》頁一～十，瀋陽：遼寧大學出版社，一九九二。

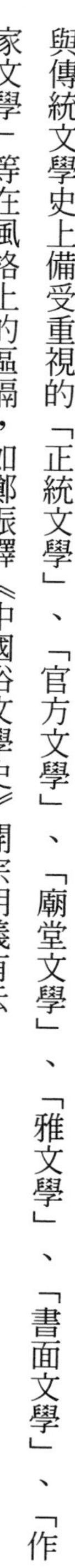

與傳統文學史上備受重視的「正統文學」、「官方文學」、「廟堂文學」、「雅文學」、「書面文學」、「作家文學」等在風格上的區隔，如鄭振鐸《中國俗文學史》開宗明義有云：

> 何謂「俗文學」？就是通俗的文學，就是民間的文學，也就是大眾的文學。換一句話，所謂俗文學就是不登大雅之堂，不爲學士大夫所重視，而流行於民間，成爲大眾所嗜好、所喜悦的東西。④

如此宣稱，與胡適揭櫫的「人的文學」、周作人的「平民文學」桴鼓相應，係五四新文學運動的中心理念，故爲楊蔭深、吳曉鈴所接納。⑤事實上，Folklore的整體意義原指「民俗學」，是研究整個城鄉民間生活與文化的一門綜合學科。然而各地解讀不一，lore較無異議，指「知識或智慧」，Folk則出現歧解，有廣狹之分，廣義指「人們」，即全族的國民；狹義則指「人民」、「民眾」、「庶民」。俄國十九世紀引入此一外來語，其含義僅限於民俗學中的口頭文藝民俗部分，並稱之爲「人民口頭創作」，而「民」大體上指「廣大人民群眾」、「勞動人民」，與歐美狹義觀點相近。五四時期我國受國際學術界影響，平民文學、白話文學、民間文學尚未嚴格區別，胡適、劉半農以及歌謠研究會成員主張「平民說」，採狹義觀點；而胡愈之、潘麟昌則認爲「民間文學是流行於民族中的文學」，採廣義說法。直至一九三〇年代初，顧頡剛、董作賓、容肇祖、鍾敬文、楊成志等人積極主張民間文學是下層民眾，尤其是農民大眾的文學，使此立論漸居主導地位。上述鄭振鐸對「俗文學」創作者的理解，即受此學術思潮影響而發。⑥迨至一九四九年之後，中國大陸強調馬列思想、階級鬥爭，鍾敬文等將「民間文學」限縮於「勞動人民」、「工農兵文學」，則又屬特殊政治目的之詮解。

◎民俗學．俗文學．民間文學．通俗文學

而今學科研究分工日益精細，昔日與民間文學因籠統而發生淆溷的學科，已各自有其專門研究領域。學界一般共識是：

「民俗學」以宏觀視角面向整個社會生活的民俗事象，是研究整個民間生活與文化的一門綜合學科，內容兼賅精神與物質生活，對象涵蓋文明、後開化甚至野蠻民族，舉凡遠古遺存至今之信仰、風俗與傳統，民間口頭文學與生活之儀式、祭祀、禁忌等均包括在內。⑦

「俗文學」或又稱「俗行文學」，即往昔不登大雅之文學。鄭振鐸撰《中國俗文學史》時界定之範疇甚廣，指除詩、散文等正統文學之外者皆是，「凡重要的文體，像小說、戲曲、變文、彈詞之類，都要歸列『俗文學』的範圍裏去。」民謠、話本小說、講唱文學甚至遊藝文學都列入。而當時「俗文學派」之學者如：許地

---

④見鄭振鐸《中國俗文學史》頁一，長沙：商務印書館，一九三八。

⑤楊蔭深《中國俗文學概論》（世界書局，一九四六）云：「俗文學就是通俗的文學、平民的文學、白話的文學。」吳曉鈴一九四八年六月四日《華北日報》發表〈俗文學的供狀〉亦主張：「俗文學是通俗的文學，是語體的文學，是民間文學，是大眾的文學。」

⑥有關鄭振鐸的俗文學理念，詳參黃永林《民間文話與荊楚民間文學》頁二十一～三十八「論鄭振鐸的俗文學觀」，武漢：華中師範大學出版社，二〇〇五。

⑦詳參烏丙安《中國民俗學》頁一～十二，瀋陽：遼寧大學出版社，一九九二。

山、戴望舒、錢杏邨（阿英）、楊蔭深、孫楷第、朱自清、馮沅君、王重民、錢南揚、傅芸子、傅惜華、趙景深、杜穎陶、吳曉鈴、關德棟、黃芝岡、路工、譚正璧、陳汝衡、隋樹森……等皆一時俊彥，學術研究卓犖有成。⑧此派學者主要以戲曲、俗曲、變文、寶卷等廣義俗文學爲主，兼及故事、歌謠、諺語等狹義民間文學。由於體類既博且雜，目前大陸學界鮮少提及，而以「民間文學」取而代之。

「民間文學」是民眾集體性的口頭創作，經過長時間歷史傳統的積累而成，在傳承之時亦不斷處於變化狀態。（詳下文「民間文學的基本特徵」）如神話、傳說、故事、歌謠、敘事長詩、諺語、謎語、說唱曲藝、民間小戲等皆是。

「通俗文學」目前多指當代正流行的風尚文學，擁有的讀者、觀眾與聽眾群既多且廣，然其文學藝術層級卻不甚高，較偏向大眾娛樂休閒文化，如電影、電視等傳媒以及鴛鴦蝴蝶派、武俠、科幻等小說。

以上四種學科研究的範疇雖各有所專，但並非畛域判然，彼此之間仍互有關涉，存在著牽絲帶縷的密切關係，因而從事研究時亦宜旁搜遠紹、廣涉相關學科，以多元視角切入，方能使立論更爲全面而周延。再者，人類文化係發展變動的，據台灣大學人類學系尹建中教授研究，在文化變遷的型式上呈現多樣化的現象，一般認爲促成文化變遷的動力有「採借」與「發明」，前者是採借外來的文化因子，後者是由文化內部創新者的發明所帶動。無論採借或發明，「均須經由社會大眾之接受，才能促成文化之變遷。即使大家接受也必須經由選擇與修飾的過程，最後新的文化便取代了老的文化因子，這便是文化變遷的過程，變遷後之新文化又面臨另一次的變遷過程，呈循環現象。」在他多年研究我國民間文化之後，精心構設出有關當前文化現象之分析圖，將五光十彩的文化風貌作一番簡扼透闢的闡釋。

第一圖爲橫剖圖，最外一環稱「風尚文化」，它包括：⑴土生土長，尚未爲大眾所接受者；⑵有才氣者對

自己傳統文化提出新詮釋者；(3)外來的文化。這三種文化均異於既有之傳統文化，故稱爲風尚文化。如美國速食、西洋流行服飾、林懷民之「雲門舞集」、郭小莊之「雅音小集」、馬水龍之用西洋樂器演奏中國曲譜……皆尚未被廣大民眾所接受。

第二環是次傳統，稱之爲「民間傳統文化」，是常民長久以來早已習慣的食、衣、住、行、育、樂等生活文化。最核心部分，稱之爲「歷史傳統」，它與民間傳統都是歷史的累積與沉澱，所不同者，核心部分大都由非物質文化所構成，而是一些價值觀、世界觀、信仰，是屬於較高層次的「主傳統」。

第二圖是中國文化的縱剖圖，從層層的時間序列可以看出遠古至今文化內涵的日益豐厚。而從縱橫文化的剖析圖中，我們不難發現文化發展的變動性，如先秦九流十家思想迄今僅有儒、道二家成爲主傳統，而原屬外來文化的佛教，自東漢傳入中國，歷經千餘年儼已躋入「歷史傳統」；源自外邦的胡琴、揚琴，早期自中亞傳入中國時屬「風尚文化」，後來爲大眾接受而進入「民間傳統」層次，而西裝領帶目前爲兩岸中國人所接受之情形亦如是。⑨

---

⑧文革之後，一九八四年六月二十三日北京成立「中國俗文學學會」，四十多人參加成立大會，推選趙景深爲名譽會長，姜彬爲會長，路工、關德棟、薛汕爲副會長，譚正璧、孫楷第、陳汝衡、隋樹森、楊蔭深爲顧問，以系統研究和探討中國俗文學的規律爲主要任務。該學會雖不及「中國民間文藝家研究會」組織嚴密與聲勢浩大，然實爲一時學術俊彥之集粹。

⑨詳參尹建中〈急遽文化變遷中的省思〉，《訓育研究》二十八卷第一期，一九八九年六月，頁四～十一。

文化橫剖面圖

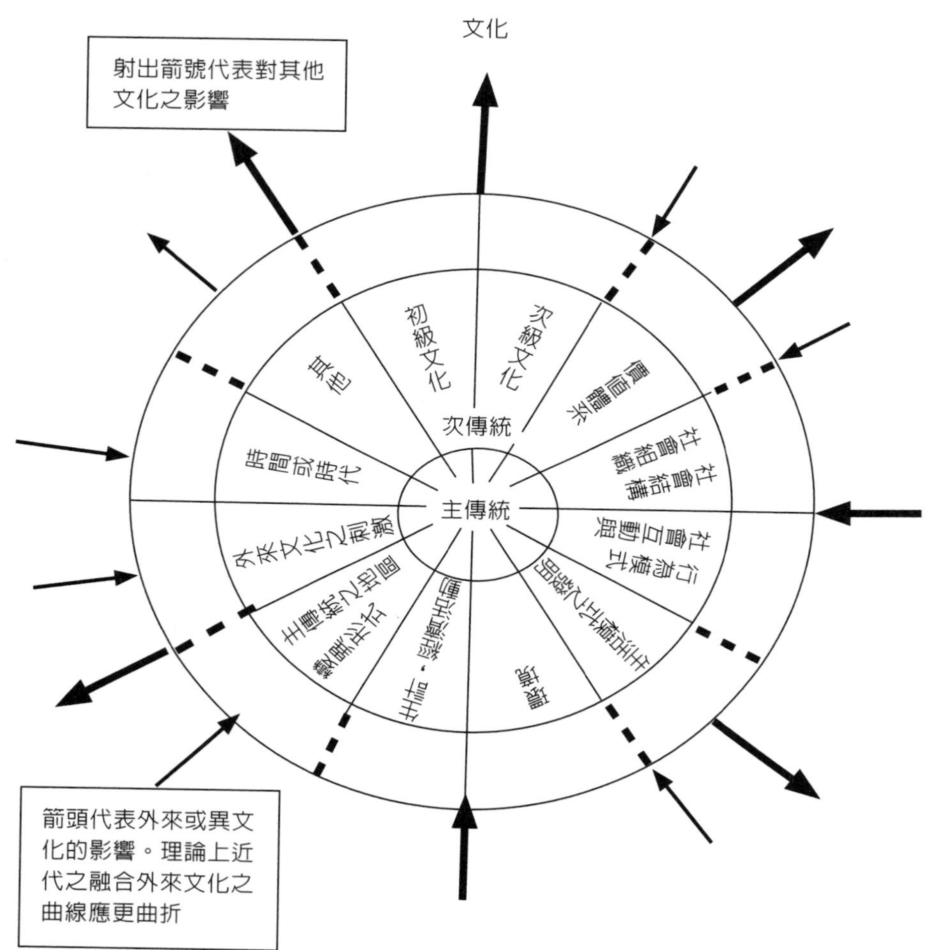

文化
射出箭號代表對其他文化之影響
初級文化
次級文化
其他
價值體系
社會組織
社會結構
時間或時代
次傳統
主傳統
社會互動與
行為模式
外來文化之刺激
主傳統之相容圖騰崇拜
生活方式之發明
言論、思想系統
語言
箭頭代表外來或異文化的影響。理論上近代之融合外來文化之曲線應更曲折

文化縱面圖

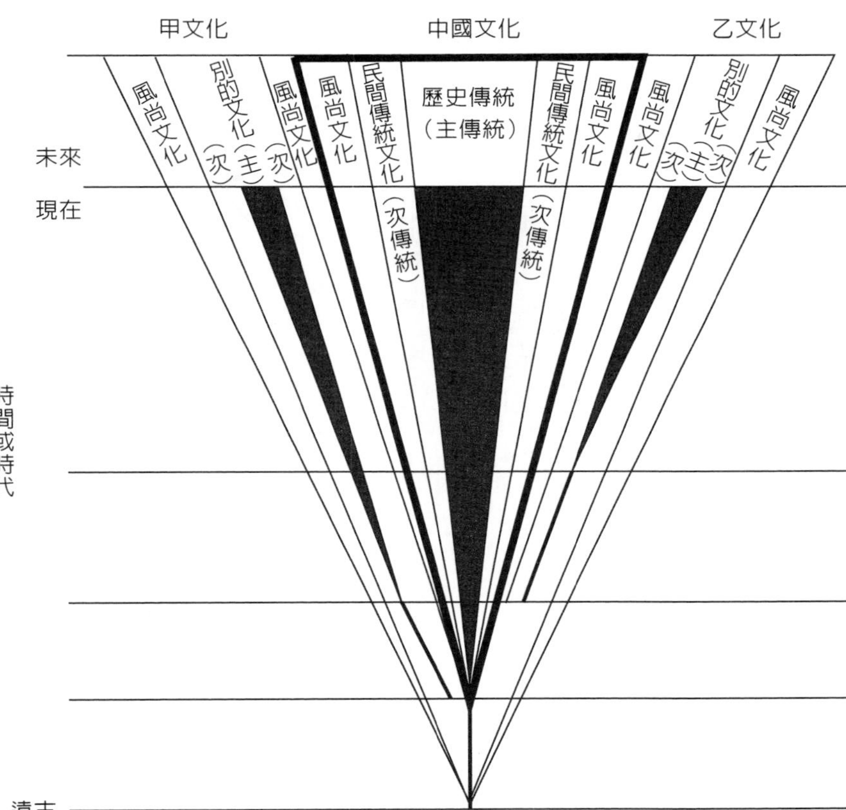

甲文化
中國文化
乙文化
風尚文化
別的文化（次）（主）（次）
風尚文化
風尚文化
民間傳統文化
歷史傳統（主傳統）
民間傳統文化
風尚文化
風尚文化
別的文化（次）（主）（次）
風尚文化
（次傳統）
（次傳統）
未來
現在
時間或時代
遠古

由此可知，古今中外文化之發展存在著與時俱變之相互影響與涵化現象，若以宏觀視角來看，所謂「傳統」，即是昔日的「時尚」，而「經典」則是永恆的時尚。上述四種文學之劃分亦非全然不變，由於時空遞嬗，古代的「通俗文學」，而今多已成為「俗文學」、「民間文學」，更有如《詩經》般皇皇然躋於「正統文學」之聖域。

二、民間文學的基本特徵

民間文學來自於民間，它既是廣大民眾的文化產物，也是一種用活的語言表現的文學藝術，有其特殊性，與人們實際生活有極密切的關係，如吆號子、農諺即伴隨勞動工作而產生，而某些神話、傳說則與現實生活中的禮儀、節令、風俗緊密相關，種種客觀存在的文化現象不容忽視。

民間文學的特徵是多面的，本節聚焦談「基本特徵」，主要是與作家書面創作相比較而言。過去慣用一般作家書面文學的文藝形式理論來品評民間文學，把樸直青澀的民間傳說、故事看成粗陋，將民謠迴環協韻之美視作繁贅，不免失之浮淺。民間文學在創作和流傳中所顯示出來的特質，可簡要歸納為集體性、口頭性、變異性與傳承性四類型態：

◎集體性

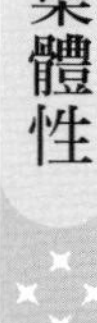

民間文學是集體創作、集體流傳，融匯集體的智慧與藝術才能，反映民眾的思維與想法，同時也是集體所享用的特殊文學。

一般作家書面文學的著作權、出版商的版權均受道德、法律之承認與維護，不容他人任意抄襲、篡改與占有。民間文學則不然，它的創作活動，包括流傳過程中的再創作，通常是由集體進行並完成的，既未標明作者名字，也不賦予哪個私人著作權，廣大群眾既是創作者，也是修改者、傳播者；是說唱曲藝的講述者、演唱者，同時也是最基本的聽眾。多數作品在流傳過程中，每個傳播者都自覺或不自覺地對原作進行不同程度的加工，最大限度地體現民眾的欣賞習慣與審美趣味，作品流傳的時日越久遠，其中集體意識的積澱也就越豐厚。

此種集體創作並非憑空而至，早在遠古時期即已形成。人類在遠古社會時期，無論漁獵、農耕、戰爭、宗教祭祀或娛樂皆屬氏族、部落或大或小之集體參與性活動，從事生產、狩獵等勞動時，在集體情緒感染下，經常你一言我一句，或一唱一和地即興創作。如清代學者曾記載台灣高山族原始公社之娛樂活動：「挽手合圍，歌唱跳舞」、「歌無常曲，就見（現）在景作曼聲，一人歌，群拍手而和……」⑩我國西南少數民族以及大洋洲、非洲等世界其他原始部落皆不乏此類纘述資料。

隨著人類文明不斷演進，民間文學更多、更經常發生的現象是，某人先有一「初坯」（如編出「故事梗概」），他人見之聞之心有所感，於是反覆添枝加葉，在不同時空變造出多種藝術表現體裁，如民謠、傳說、說唱、小戲……等，就在不斷講述或傳唱過程中，「初坯」受到無數唱述者的加工、琢磨，也因爲飽含極多再創者的思想感情與藝術光華，雛型漸趨完善。以孟姜女傳說爲例，它在民間流傳了兩千多年，最早的雛型出現在《左傳》中，敘杞梁妻拒絕齊侯郊弔一事，到了西漢前期，增加杞梁妻「善哭」內容；西漢後期至東漢，故

---

⑩ 見清．黃叔璥《台海使槎錄》卷七〈番俗六考〉，上海商務印書館《叢書集成初編》，一九三六。

事中心由善哭發展成哭崩城牆；西晉、後魏時，城牆具體化為「杞都城」、「莒城」或說哭倒梁山；北齊以後才與長城掛鈎，演變為杞良服苦役修長城而死，孟姜女萬里尋夫哭倒長城；明代以後又增衍秦始皇欲娶孟姜，姜女蹈海殉節等內容。（詳本書「民間傳說」）整個故事主題與「初坯」存在著巨大的差異，這種滾雪球式的集體加工情形，昔有首民謠頗能道出箇中況味：

瞎話瞎話，無根無把。一個傳倆，兩個傳仨；我嘴生葉，他嘴裡開花；傳到末尾，忘了老家。⑪

民間文學多數作品皆如是產生，原是無根無把、很難找到初坯的作者，傳到末尾竟與初始的原型大相逕庭，甚至面目全非。而有些光璨精粹的民間曲藝表演之所以能耀人心目，主要是代代藝人的獨創性與集體性水乳交融的成果，如著名長篇揚州評話《武十回》，從原先《水滸傳》裡談武松的八萬字，擴大到評話一百多萬言的口頭故事，並非某人的神來之作，而是歷代評話藝人不斷踵事增華，一磚一瓦苦心砌成的，誠如現代傑出評話藝人王少堂的總結：「這裡邊不知有多少人花了多少心血，它是歷代藝人不斷加工豐富的結果。」⑫

民間文學的「集體性特徵」，除了集體場合的創作之外，在流傳過程中，個人獨創性的靈光巧思也不斷滲入其中，與原先的集體智慧相互交融、互為補充，此種創作方式並不簡單地等於集體創作，它還包括集體流傳、集體認可與集體享用等方面內涵，因為不論何時何地何人所外加的新元素、新發想，都必須通過集體檢驗，被集體所認可、所接受，否則在時間的浪潮中被群眾所摒棄、所遺忘，就無法成為眞正的民間文學。

◎口頭性

民間文學常被稱作「人民的口頭創作」或「口頭文學」、「口耳文學」，主要在於它是一種活躍在民眾口耳間的特殊的語言藝術。不僅創作方式運用口頭語言，流傳過程以及傳承手段也大都仰賴口頭語言，運用活語言表現的文學藝術，雖不是民間文學的唯一特徵，口頭性也不是民間文學獨具的特徵，但它卻是與作家書面文學作區隔的重要特徵。

作家文學的創作常來自冥思苦想、反覆推敲，而後筆之於書，其流傳方式藉助書面出版，方能供讀者閱讀，換言之，它必須以文字作爲中介才能發揮作用。民間文學則不需要「文字」作爲中介，它藉助講述和演唱，體現爲有聲語言，創作活動主要訴諸於觀眾的「聽覺」而非視覺，因而表現方式重視繪聲繪影、生動傳神、活潑有趣（包括不同程度的口技表演），講述、唱演者與觀眾之間當下可作雙向交流，觀眾的表情、評價、冷熱態度也隨時直接地影響著表演者的演述內容。雖然民間文學也可用書面文字記錄下來，但那只是便於流傳、保存的輔助性、第二義方式，唯有口頭的創作與流傳才是它必須的方式，民間文學是存在於人們口耳之間的文學。

---

⑪《蘋果姑娘·後記》，上海文藝出版社，一九五九。轉引自劉守華、陳建憲主編《民間文學教程》頁二十九，武漢：華中師範大學出版社，二〇〇二。

⑫王少堂〈整理揚州評話《武松》的經驗〉，《曲藝》一九六〇年七、八月號。

就人類學角度來看，在尚無文字出現的遠古社會，口頭創作是當時文學創作的唯一形式。在民間歌謠裡，伴隨生產而來的勞動歌出現得最早，遠古人類常在勞動過程中發出前呼後應的呼喊，正如《禮記．曲禮》鄭注所說：「古人於勞役之事，必為歌謳以相勸勉，亦舉大木者呼邪許之比。」這些「舉重勸力之歌」（《淮南子．道應訓》）之所以常有疊字、疊句的連續複唱，主要藉著強烈節奏和簡單聲音的呼喊，起著協調肢體動作、鼓舞熱情、減輕疲累的作用，而這也足以證明遠古時期的「口頭性」特徵。

人類運用口頭語言的歷史遠比運用書面語言要長得多，即便現代文化教育普及，大多數人依然離不開口頭語言藝術，因為口頭語言是一種極其靈活便利的社交表達工具，它不受文化程序、場地條件的限制，任何人皆可隨興參與、享受，具有最廣泛的群眾性，儘管科技日新月異，它依然有著書面文學、視聽文學（廣播、電視、電影）無法完全取代的優點。如大陸有名的故事傳承人金德順雖有《故事集》等書面資料出版⑬，但據採錄的研究評述她現場製造的氣氛引人入勝，眞不愧是口頭藝術家。在她的故事裡，有時運用了歌謠做插話，有時使用了諺語做陳述，讓聽眾品嘗出朝鮮族故事語言的獨特味道。像「十尺深的河底好探，一尺深的人心難測」；「大米撒了能掃起，話兒出口難追回」；「風兒沒手把樹搖，話兒沒腳跑千里」；「辣椒雖小也辣人，麻雀雖小也下蛋」；「鍋台上的鹽抓進鍋裡才鹹，心窩裡的話說出來才明白」……⑭這些飽含生活哲思的妙語，使她的講述充滿藝術魅力。再如鄂西故事家劉德培更是多才多藝，「在能夠從容地成串成堆講述的場合，他便愈講愈有精神，並摹擬聲腔（如戲子曲詞、道士唱腔、算命子行話、新寡哭夫的悲聲和齆鼻子、尖舌子的發音不清、禮生開祭時的半唱半喊等），必要時還隨興所至地配以手勢，甚至起身離座，加配幾個幅度沒有定規的動作（如講述《皮匠駙馬》後半部分的跺腳、跳腳、摸腹、拍臀之類）……」⑮如此唱作俱佳、神靈活現的講述，堪稱一絕。至於評話、評書、彈詞、相聲……等說唱曲藝名家的表演，更是達到「使觀眾如在目前，諦聽忘倦，惟恐不得聞」⑯的美妙境界。

時至書面資訊、聲光科技迅猛發展的二十一世紀，世界各地新創的當代故事、民謠、諺語、謎語、笑話……依然不斷湧現，這讓我們相信：只要人類使用活生生的口語存在的一天，民間的口頭創作就永遠有著汩汩不絕的生機。

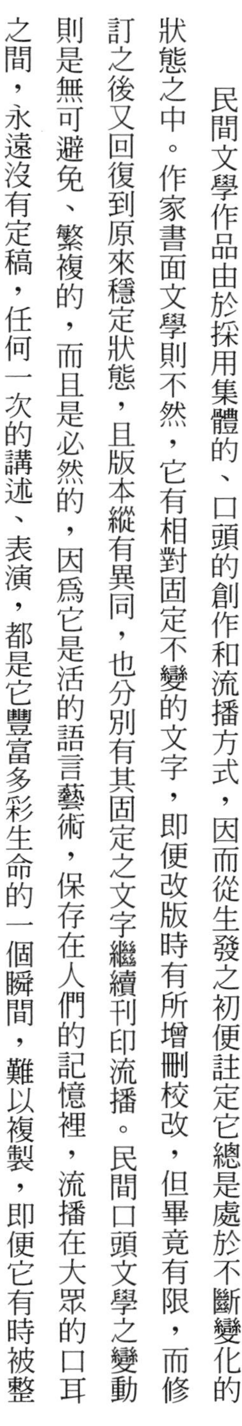

◎變異性

民間文學作品由於採用集體的、口頭的創作和流播方式，因而從生發之初便註定它總是處於不斷變化的狀態之中。作家書面文學則不然，它有相對固定不變的文字，即便改版時有所增刪校改，但畢竟有限，而修訂之後又回復到原來穩定狀態，且版本縱有異同，也分別有其固定之文字繼續刊印流播。民間口頭文學之變動則是無可避免、繁複的，而且是必然的，因為它是活的語言藝術，保存在人們的記憶裡，流播在大眾的口耳之間，永遠沒有定稿，任何一次的講述、表演，都是它豐富多彩生命的一個瞬間，難以複製，即便它有時被整

⑬《金德順故事集》由七十三篇故事與三十三篇故事資料組成，具有濃郁的朝鮮族民俗特色，一九八三年六月由上海文藝出版社印行。

⑭詳參烏丙安《民俗文化新論》頁三七二～三七三，瀋陽：遼寧大學出版社，二〇〇一。

⑮詳參王作棟〈素質與氛圍：劉德培的故事講演活動及其他〉一文，《民間文藝季刊》一九八八年第一期，頁一二六。

⑯元．胡祗遹《紫山大全集》，台北：臺灣商務印書館，一九八三。

理、錄製成固定音像，不過暫時處於穩定狀態，一旦回到民間，又繼續因時因地因人而展現它隨時改易的變異性特徵。

「百里不同風，千里不同俗」，各地區的自然風土發展出社會風尚傳統的獨特性，每每牽動著民間文學大同小異的變化，從口語詞彙、主題情節到形象結構產生程度不一的改易。俗話說：「一樣話，十樣說」，同一首歌謠，同一則故事甚至同一義涵的諺語，在語言表述上都可能千差萬別。一般來說，較嚴肅的體裁，如遠古神話、各民族史詩與族源傳說，因涉及祖先崇拜的神聖性，要求忠於世代傳承原始面貌而較少變異（即下文「傳承性」特徵）；短小有韻的歌謠，節奏性強，容易記憶，變化較小；至於娛樂性較多的散文故事，則大都僅保存主體梗概，其他敘述語言和細節則常起變化，有的甚至將兩個以上不同作品的情節雜揉在一起，變成另一新作，如牛郎織女故事在流傳過程中，就曾取《兩兄弟》故事中「狗耕田」情節而複合成一個新故事。漢族的女牛傳說，與「七夕」民俗緊密結合，但在苗族口傳故事中則與「七夕」脫鉤，而另與苗族過年時的踩銅鼓、跳蘆笙等節俗相扣合，呈現出不同風貌。

相對穩定性較高的民間歌謠，同樣也會因著語言、風物的差異而出現不同的審美情韻，如膾炙人口的「茉莉花」，全中國就有六、七十種「鮮花調」唱法。而一九二〇年代盛極一時的北大歌謠研究會廣收全國各地歌謠，董作賓從收到的一萬一千五百五十九首中，用同一「母題」篩選出四十五首《看見她》，發現它們屬於黃河流域與長江流域兩大語系區域，即來自北平、河北、山東、河南、山西、江蘇、安徽、江西、湖北、湖南、陝西、四川等十二個地區，其中陝西三原的一首最具代表性：

你騎驢兒我騎馬，看誰先到丈人家？丈人丈母沒在家，吃一袋煙兒就走價。

大嫂子留，二嫂子拉，拉拉扯扯到她家。隔著竹簾看見她：

白白手兒長指甲，櫻桃小口糯米牙；回去說與我媽媽，賣田賣地要娶她。

有趣的是，「看見她」之後男子的心情大都是興奮的，只有威海衛和萊陽兩首看見醜的「她」，於是失望到發下宏誓大願：「打十輩子光棍也不娶她」。至於岳家待客情形則是「北方的樸實，南方的奢華」，歌謠雖寥寥短章，風格也是「北方的悲壯純樸，南方的靡麗浮華」⑰。

而一般短小的俗諺，也常因地理環境不同而作微調，如對家鄉的眷戀、歌頌南北有別，家住黃河岸邊常說「走千走萬，不如黃河兩岸」，淮河流域的人們就說「走千走萬，不如淮河兩岸」，到了長江當然說是「走千走萬，不如長江兩岸」了。對目標不定、猶豫不決的人，漢族常用俗語「腳踏兩條船」來形容，這句俗語應是源自水域居民，到了北方遊牧民族則用「一隻腳踏鐙，一隻腳踩地」來表達相同含意，這自然與古來「南船北馬」的交通習俗息息相關。

另外要說明的是，對於民間文學的素材，作家可根據自己的創作意圖進行自由發揮，按個人的藝術風格給予靈活地表現。如將某一民間故事改編成小說、戲劇、電影等，就像古代羅貫中的《三國演義》、施耐庵的《水滸傳》和吳承恩的《西遊記》（或現代李碧華的小說、電影《青蛇》），作者汲取民間文學的養料再創造，締造作家文學的光輝典範（或個人風格），這類作品主觀性較強，思想、藝術義各有提昇，已不屬於民間

---

⑰ 詳參董作賓〈一首歌謠整理研究的經過〉，《歌謠》周刊第六十三、六十四號，一九二四年十月十二、十九日。

文學範疇，而躋於菁英文學（或通俗文學）之列了。

民間文學發展過程中，雖有不斷變化的特徵，但同時又存在著一系列相對穩定的因素，歷經無數生民世世代代傳承下來，逐漸形成約定俗成的傳統，它是由千百年的歷史積澱而成，民俗學上稱此文化現象爲「歷史性特徵」，民間文學即就其承襲古典精蘊而漸趨固定的藝術內容與形式，稱之爲「傳承性」。

◎傳承性

民間文學的傳承性，就內容而言，頌揚民族始祖和創世英雄的熠耀功勳，讚美勤勉善良的美德，歌頌生死不渝的愛情，歎賞機智幽默的趣味人生……，一直是民間文學亙古不衰的主題，因爲它能提高民族自信心，培養薰化人們是非分明、揚善懲惡的正確道德觀，追求光明幸福的人生，永遠爲大眾所喜聞樂見，故能歷經歲月鍾鍊傳緜至今。就形式而言，說故事時有頭有尾、前後呼應的結構、「話分兩頭說」的佈局，「一表三千里」的恢宏氣勢，暗示、對比、懸疑技巧的運用……，都足以引人入勝。歌謠中承自遠古的複沓協韻、比興技巧、樸拙天成的「口頭語彙」，以及日積月累、傳誦久遠的「四季歌」、「五更調」、「十繡」、「十唱」、「十二月調」等固定的調式與熟悉的旋律足以沁人心脾；而不同民族哼唱的、「信天游」、「爬山調」、「花兒」……，也帶來剛健清新氣息，曲中誇張、諧音、重章疊句的表現手法更是歷久不衰。民間說唱藝人在說書、說相聲時，往往也襲用一定的套語如「欲知後事如何，且待下回分解」、「正是：得放手時須放手，得饒人處且饒人」、「萬事不由人計較，一生都是命安排」……，爲了加深印象，也常運用重複表現手法，將類似情節反覆演述兩遍、三遍甚至多遍，觀眾聽來習慣，樂於接受，甚至沉醉其中。

綜上所述，民間文學的特徵之間，並非孤立而是緊密相關的，其中「集體性」與「口頭性」最爲關鍵，對民間文學的創作與流傳具有主導性的支配作用，並因之而派生出「變異性」與「傳承性」兩個特徵。從人類文化的發展來看，變異性與傳承性亦密不可分，「傳承」絕非原封不動的代代照搬、因循照辦，毫不走樣，「變異」也並非按照己意隨興改動，它必須經過群眾的認可、時間的考驗，才能成爲眞正的民間文學。換言之，傳承性與變異性是兩個互爲表裡的特徵，是民間文學發展過程中的一對連體嬰，只有傳承基礎上的變異和變異過程中的傳承，絕沒有只傳承不變異或一味變革而沒有傳承的民間文學。而藝術的傳承，並非理論上概括出來的行爲特徵，它是來自人在實踐中的具體行動。傳承人多數能贏得觀聽眾的信賴與崇敬，同時還要有口頭說服、宣講、傳說或演唱的方法、技巧和本領，把口頭文藝的大量訊息傳遞給人群及下一代繼承人，使屬於全民族的文化藝術瑰寶得以薪傳不墜。

第二章 從神話到傳說

一、神話．傳說．民間故事之界說

二、研究方法與學術視野

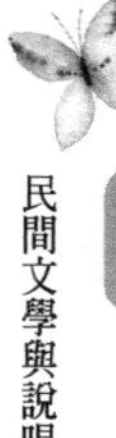

一、神話．傳說．民間故事之界說

中國淵遠悠久的歷史，幅員廣袤的地理環境，孕育出多民族性和多元性的粲然文化，也從而決定了民間文學的多樣性與複雜性。面對「汪洋宏肆，有如海日」的敘事散文體口頭作品，當時國外學者在型式研究上常將神話、傳說、故事混為一談，如從英國格林兄弟到芬蘭阿爾奈和美國湯普遜的分類標準，有一個分類上誤區，就是將傳說和故事中的幻想故事、生活故事、笑話、幽默故事全都混雜起來。如此一來，「民間故事」這一大類幾乎包羅所有口頭講述的敘事作品，而這概念也曾影響中國對民間文學的分類。①

這種非學術傾向的殽溷情形，早在西潮東漸的五四時期即已產生，如魯迅曾說：「神話大抵以一神格為中樞，又推演為敘說，至於所敘說之神之事，又從而信仰敬畏之。……迨神話演進，則中樞者漸近於人性，今謂之傳說。」（《中國小說史略》）他認為「傳說」係由「神話」演變而來，嚴格而論，此說不符科學，因為兩種互不相同的體裁，如何能斷然說此全由彼演變而來？（即如詩—詞—曲—白話詩之遞變）其間關乎時代移易、社會發展之因素甚夥，並非僅是單一的取代而已。否則按魯迅所言，由神→半神→人的形象演變軌跡，造成神話逐漸消亡，而被傳說所代替，果真如此，何以現代描繪人世的「民間故事」出現時，「傳說」依然能盛行不衰呢？而周作人也曾武斷地將中國民間故事（廣義）三分為神話、傳說、童話，加上若干誤解，一直限制了中國民間故事的分類、搜集與深入研究。②

由於上述神話、傳說、民間故事三者名義與研究範疇之未盡釐清，導致當今對田調所採錄的資料欲進行現代化科學處理或保存檔案、查閱檢索時，發現常有將所有講述的民間敘事作品雜在一起的無系統狀態，如今唯有較嚴格地區分神話、傳說、民間故事之義涵，方可使田調工作與整體研究更為規範化和系統化。

◎神話——以「神」爲中心的初民宇宙觀

神話是原始人類的自然觀、社會觀的反映，是對客觀世界的一種不自覺的藝術加工，與後來人們自覺性的藝術創造迥然有別。晚清梁啓超第一個使用「神話」一詞（〈歷史與人種之關係〉），而魯迅對中國古代神話論述較爲精湛，是第一個將神話作爲現代文學史、民間文學史研究對象的人，他認爲「夫神話之作，本於古民，睹天物之奇觚，則逞神思而施以人化，想出古異，諔詭可觀，雖信之失當，而嘲之則大惑也」（〈破惡聲論〉）他之所以潛心鑽研神話，目的在於認識「民性」，改造我族國民性格。而對於神話的起源，一般認爲與初民「萬物有靈」觀有關。

(一)神話的思維方式——聯想

原始人類在生產方式尚未開化的情況下，每每用「想像」去認識一切自然現象，如天地日月、山川江海、風雨雷電、星辰虹霞、草木土石、蟲魚鳥獸等；更用想像去構擬人類起源、男女婚配、原始生產、食衣住行、部落戰爭等早期社會現象，並形成天神主宰的系統思想。神話不僅僅是人類最早的口頭文學，也反映初民對整個世界的認識，此階段系統思想雖非科學，卻相當完整。它首先將宇宙萬物想像爲有生命的事物並予以神格

①見烏丙安《民俗文化新論》頁二二六～二三四，瀋陽：遼寧大學出版社，二〇〇一。

②參車錫倫〈排除成見偏見建立學科體系〉一文，收於劉錫誠《二十世紀中國民間文學學術史》頁八一一，開封：河南大學出版社，二〇〇六。

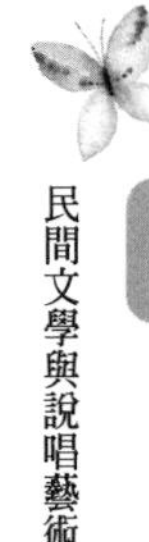

化，運用「聯想」——不自覺的藝術方式，將客觀世界種種事物、現象聯繫起來，如說日與月是某巨神、巨人或巨獸的左右眼，係出於日月光與雙目光之相似；而希臘神話中的群神住奧林匹斯山上，中國神話之諸神住崑崙山巔，亦來自於高山與天接近之聯想。原始生活中充滿天地、晝夜、男女、生死、水火、喜怒……之對比，於是神話中出現天上神界與地下冥界，日神男性與月神女性，參商二星不見……。至於簡狄吞燕卵而生契，姜嫄履大人跡而生棄，宮女感龍涎有孕而生褒姒之類，女子因特殊接觸、感應而生下異乎常人的開朝英雄或亡國妖姬，或共工怒觸不周山，致「天柱折，地維絕」等則屬因果聯想之神話③。由此可見神話的內容大抵包羅：開天闢地（盤古、女媧）、大自然變化（日月風雨）、萬物與文明起源（種族始祖、動植物、風俗倫理、器用技術……）、神人英雄武功（黃帝征蚩尤、顓頊伐共工……）等等。

(二)洪水神話中的「兄妹婚」省思

值得一提的是，在遍及世界各族各地的古老神話傳說中，洪水與人類繁衍故事以其獨具的人文特點，引起歷史學、民族學及民俗學界的廣泛關注。其中血緣婚姻觀更爲焦點，遠古近親婚配神話非僅一種，④而最典型的便是「兄妹婚」。中國古代文獻最早僅記載兄妹神，如《風俗通》云：「女媧，伏希（羲）之妹」，但漢墓出土的許多石刻畫像均作人首蛇身的男女二人兩尾相交之狀，則清楚呈現伏羲、女媧係夫婦型之對偶神；唐末李冗《獨異志》記述較爲完整：

昔宇宙初開之時，只有女媧兄妹二人在崑崙山，而天下未有人民，議以爲夫妻，又自羞恥。兄即與其妹上崑崙山，呪曰：「天若遣我兄妹二人爲夫妻，而煙悉合；若不，使煙散。」於煙即合，其妹即來就，兄乃結草爲扇，以障其面。今時人取婦執扇，象其事也。

依文明社會的倫理觀念，兄妹怎可婚配爲夫妻？因而不僅《四庫全書》多所鄙薄：「女媧兄妹爲夫婦事，皆齊東之語。」在聞一多發表〈伏羲考〉⑤之前，許多舊式學者爲此還進行過激烈的論辯，直到西南諸多少數民族廣泛流傳的洪水神話被挖掘，學界非議之論才漸止息。這類兄妹婚多歸入遠古洪水神話，如廣西瑤族傳說即云大洪水之後，人類滅亡，僅伏羲、女媧兄妹二人劫後餘生。兄向妹求婚，妹不允，乃以「追逐」辦法決定，兄繞一大樹追不到妹，便生一計，從相反方向截攔迎妹，遂成夫婦。不久，妹生一子，是塊肉球。四川省中江縣的同型故事末尾再添加「伏羲將肉球剁成碎片，化生成人」的情節。這些大同小異的同類型神話傳說，滇川彝族、黔湘苗族、布依族、白族、傈僳族、台灣、海南島皆有口頭流傳，印度支那、朝鮮、越南、印度、日本等鄰近民族亦有典型例證。

從這則神話傳說的主體來看，兄妹成婚是不可避免的被迫性質，妹反覆抵制血緣婚姻，但各種神占巫卜使

---

③ 參烏丙安《民俗文化新論》頁二五二～二五五，瀋陽：遼寧大學出版社，二〇〇一。

④ 反映遠古近親配偶的神話傳說有太平洋波利尼西亞群島上的父女婚配型，印度尼西亞諸島上有母子婚配型。而希臘神話中有風神之女嫁其叔父，宙斯後裔——兄丹內奧斯之五十女兒與弟伊吉普塔五十兒子成婚，宙斯與天后赫拉等，既是兄弟姊妹又是夫妻。

⑤ 聞一多〈伏羲考〉一文見《二十世紀中國民俗學經典》（神話卷）頁一六〇～二一一，北京：社會科學文獻出版社，二〇〇二。

她拒婚不成，最後生下怪胎。這樣的情節其實並非遠古社會血緣婚姻制的眞實反映，因爲根據原始社會史的大量科學資料顯示，古代血緣婚姻，從來都只能是「一群」兄弟姊妹之間的婚姻關係，而非較晚的一男一女或更後時期的一夫一妻形式。由此可知，上述這類兄妹婚神話，是晚於血緣家族階段的後世對遠古婚姻制度的回憶追述與抵制，體現出人類家族制度從原始的低等狀態向較爲高級狀態的早期過渡，而這正是人類向氏族社會邁進途中對古代血緣家族的公開或潛在的否定。⑥

㈢神話時代的終結

生民在生產力極爲低下的社會裡，主要通過宗教來檢驗他們崇信的神話系統，許多文化史上的資料顯示，所有的原始巫術的祭儀都充分運用了多種原始聯想，以求證神話系統的「合理性」與「眞實性」。古代施用巫術的巫師們充分運用相似聯想，製作偶人，奉獻神靈，以舞蹈舉行祭祀，從各方面增強當時人們對神話系統的崇信。然而隨著社會生產力的發展，民智漸開，不斷超越原有的認識範圍，神話系統的影響力也就漸趨衰微了。魯迅從思想層面分析中國神話之所以僅存零星的原因有二：「一者華土之民先居黃河流域，頗乏天惠，其生也勤，故重實際而黜玄想，不更能集古傳以成大文。二者孔子出，以修身齊家治國平天下等實用爲教，不欲言鬼神，太古荒唐之說，俱爲儒者所不道，故其後不特無所光大，而又有散亡。」（《中國小說史略》）孔子不語怪力亂神的平實思想，的確讓神話減色不少，如《太平御覽》七十九引《尸子》載：

> 子貢問於孔子曰：「古者黃帝四面，信乎？」孔子曰：「黃帝取合己者四人，使治四方，不謀而親，不約而成，大有成功，此之謂四面也。」

經此一解，戰國時代黃帝有四張臉的神話，就成了「四人治四方」的用人之道了。再如《山海經．大荒東經》中的怪物「夔」之形象是「狀如牛，蒼身而無角，一足，出入水則必風雨，其光如日月，其聲如雷，其名曰夔。黃帝得之，以其皮為鼓，橛以雷獸之骨，聲聞五百里，以威天下。」《呂氏春秋．察傳》載：「魯哀公問於孔子曰：『樂正夔一足，信乎？』孔子曰：『昔者舜欲以樂傳教於天下，乃令重黎舉夔於草莽之中而進之，舜以為樂正。』……舜曰：『……若夔者一而足矣！』故曰：夔一足，非一足也。」如此詮解，原是「一隻腳」的夔，就成了「一個就夠了」的能臣了。「歷史化」的結果，使神話逐漸消歇。

西王母神話的演化情形亦呈現時代思想之變遷，如《山海經》中的西王母形象是「豹尾虎齒，蓬髮戴勝」、「穴處」，是「司天之厲及五殘」的一位凶神。到了戰國，《淮南子》說「羿請不死之藥於西王母」，《穆天子傳》中她已歷史化成了「天帝之女」，而能與穆王歌謠和答，變成吉神、仙人；到了魏晉間，《漢武帝內傳》裡竟幻化成「年可三十許」的麗人，完全脫離早期原始神話的粗獷面目而披上綺麗衣裳成為道教的傳說。而今，世界上所有民族的神話都無可避免地走上「歷史化」的必然，人類在時代巨輪的推進中，逐漸用合理的科學思維取代附會的原始聯想，怪誕詭奇的神話亦隨之湮滅於歷史。

---

⑥ 詳參烏丙安《民俗文化新論》頁二五八～二七三，瀋陽：遼寧大學出版社，二〇〇一。

◎傳說——與史地風物相關聯的傳聞

文明古遠、歷史悠長、地大物博的種種先天優勢，不論古代的典籍記載或近半世紀的田調採錄，中國民間傳說的數量皆占首位，因為它的題材主要以特定的歷史人物、事件、自然風物、地方古蹟與社會習俗等為對象，題材十分廣泛，取之不盡。古代文獻就常稱之為「傳聞」、「傳訛」（如《史記》、《漢書》），指信史之外民眾耳聞口傳的各種荒誕的軼事、奇談。

由於神話與傳說兩種體裁中的部分作品產生時代十分接近，有不少的民間傳說來自神話，從而使傳說帶有濃厚的神話色彩⑦，而兩者又都具有解釋的敘事功能，似難截然劃分，然若能詳其源委，自可辨其特性。因為從創作到流傳，其間諸多環節仍出現明顯之差異，就思維方式言，神話是原始人經過不自覺的藝術加工而形成的；民間傳說則是民眾自覺創造下的產物。就主角屬性來看，神話的主角是「神」，具有超自然、超人的能力；傳說的主角是「人」，且絕大部分在歷史上出現過，是歷史人物被傳奇化的結果。尤其傳說常圍繞客觀實物進行敘事，具有四個特定的成分：歷史時代、地理環境、歷史人物、歷史事件。誠如周作人所言：「世說（按：即傳說）載事，信如固有，時地人物，咸具定名，童話（按：即民間故事）則漠然無所指尺，此其大別也。」（〈童話研究〉）換言之，傳說人物有名有姓，有事件發生的具體時地，儘管有虛構成分，也與歷史緊密關聯；神話則大抵虛構，民間故事更是完全不受歷史的侷限。

而傳說的四種成分，也使得它保持著與神話、民間故事的區別，當然，每個傳說未必都包羅這四個部分，只要具備其中一種而又充分表現即可。如《白娘子傳說》既非歷史人物，又乏歷史事件，其主要成分是以特定的地理環境為標誌，情節中的西湖、雷峰塔、金山寺就足以使這個傳說的個性顯現出來；《孟姜女傳說》則四者皆具，秦朝、秦始皇、萬里長城、修長城，而長城無特定地點之侷限，使得全國各地皆出現孟姜女故事，成爲中國民間傳說中廣泛分布的代表作品。

(一)傳說的分類

民間傳說因著民眾尊崇歷史的民族情感、熱愛文化的鄉土關懷，孳乳繁衍而流布甚廣。面對數量龐大、類型紛繁的多樣傳說，大致可分類如下：

1. 人物傳說

「人」是歷史長河中的主角，唯有人能改變命運、創造歷史。而億萬生民中能成爲傳說主角的，泰半是有據可考的歷史人物，由於一生事蹟超凡殊異，故能從沉寂的史冊中躍然而出，成爲人們代代相傳的口碑；另有少量的虛構人物，其行止熠耀生輝，在民眾心中口中已然躋入歷史人物譜，同樣令後世傳頌不歇。這類傳說人物涵蓋階層甚廣，帝王將相如秦始皇、三國人物、唐太宗、趙匡胤、朱元璋、努爾哈赤、乾隆等；民族英雄如岳飛、楊家將、戚繼光；清官如包拯、海瑞；文人如屈原、王羲之、李白、白居易、蘇東坡、唐伯虎；工匠如

⑦ 隨著人類社會發展，某些神話逐漸歷史化而轉向傳說，如黃帝蚩尤之戰、夏禹治水，既有神話也有傳說。初期傳說受神話影響，具有濃厚的幻想色彩，如殷高宗時的宰相傳說出身貧苦，他死後化身爲天上的一顆星辰——傳說星；戰國秦昭王時的蜀郡守李冰，興修水利灌溉良田，四川百姓感戴恩德，盛傳他化身爲牛與江神蛟龍角鬥成功等傳說皆是，詳參鍾敬文《民間文學概論》頁一八五～一八六，上海文藝出版社，一九八○。

魯班、干將、莫邪；神醫如扁鵲、華陀、李時珍……；美人如西施、王昭君、楊貴妃；宗教人物如張天師、玄奘、八仙、濟公、鍾馗、張三豐等。

2. 史事傳說

這類傳說以敘述重大歷史事件為主，但重點不像一般史籍記錄整個事件的經過始末，而是從不同角度去側面突顯歷史事件的某一精彩片段。其與人物傳說雖必然有所重疊，但兩者各有偏重，人物傳說重在記人，史事傳說則重在記事。

且人物傳說裡的歷史人物皆頗著名，個性形象鮮明；史事傳說中的人物多是一般百姓，反映的是集體性的群眾英雄。如北宋名將楊業祖孫四代滿門忠烈抗遼衛國，其英勇事蹟當時「天下之士，至於里兒野豎，皆能道之。」至今戲曲、說唱依然盛演不輟，楊門女將之巾幗英雄形象，與嫉害楊家的太師潘仁美之奸臣典型同樣深植人心。再如梁山泊官逼民反「替天行道」的傳說，智取生辰綱、武松打虎、楊志賣刀……的生動情節，黑旋風李逵、花和尚魯智深等一百〇八條好漢群像皆深受歡迎。

3. 地方風物傳說

中國幅員遼闊，山河多姿，這類民間傳說最為豐富多彩，它敘說各地山川古蹟、花鳥蟲魚、土特產品、風俗習慣的由來與命名。傳說與解釋性的神話略異，神話主要就普遍性的自然現象，如天地日月和人類的起源，作幻想式的詮解，原始人皆信以為真；傳說則針對某個特定的地方事物，山水樹石等，作不同程度的附會，有如真有其事，如望夫石、螢火蟲、屈原照面井、昭君渡、孔明橋、夫差劍池、生公講台、六一泉……等傳說，儘管說者聽者未必盡信，但它具有濃厚的地域性和民族性，人不親土親，該地民眾在聆聽或講述時每每充滿熱忱甚至引以爲傲，表現出濃郁的鄉土熱愛之情。

上述三類之間並非涇渭分明，彼此之間常出現複合現象，因爲重大的史事傳說絕大多數以著名的歷史人物爲中心，各地風物遺蹟亦多環繞歷史名人而生發，這種以歷史爲線索，以人物爲中心，以風物爲標誌的地方傳說，正是史事、人物、風物「三位一體」的傳說典型。而歷史事件的大小、人物歷史定位的高低及其活動範圍的不同，也每每影響傳說群、傳說層、傳說圈的多寡廣狹，如屈原的傳說圈大抵以其家鄉湖北秭歸爲中心，而分布於楚文化圈；至於明代三寶太監鄭和七次下西洋，與亞洲三十九國交往的歷史大事，其風物遺蹟遍布泰國、爪哇島……等東南亞各國，構成大規模跨國的風物傳說圈⑧，標誌著悠久文化的傳承現象，在傳說學上占有重要地位。

(二)傳說的藝術加工——傳奇情節、箭垛人物

民間傳說的內容涉及特定的人、事、時、地，又常與當地風俗習慣相關聯，使它具有相當的可信性，但這並不表示它的每個細節皆與歷史事實全然吻合，而是實中有虛、虛中有實地擺盪在歷史與文學之間，愈是年湮代遠，歷史性就愈趨淡薄，而文學性則不斷增強，文學的渲染、誇張、幻想、傳奇性的情節，使它既在情理之中，又出乎意料之外，既給人眞實感，又充滿曲折離奇，這種手法大大地推進了傳說引人入勝的效果。

但傳說在流傳過程中，由於口頭的隨意性，往往爲強調講述效果而疏於考證，甚至會出現將同類情節集

⑧ 詳參烏丙安《民俗文化新論》之「傳說學論析」頁二八五～三五三，瀋陽：遼寧大學出版社，二〇〇一。

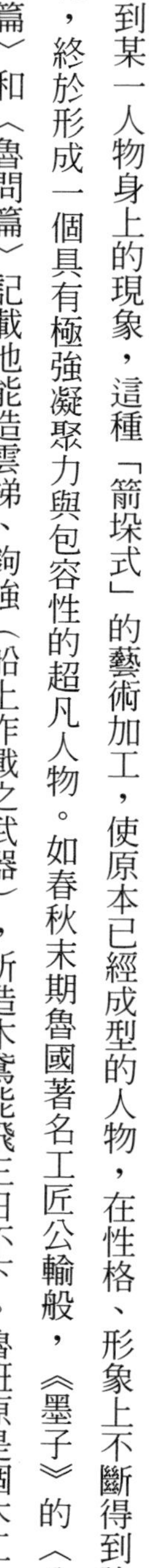

中到某一人物身上的現象，這種「箭垛式」的藝術加工，使原本已經成型的人物，在性格、形象上不斷得到強化，終於形成一個具有極強凝聚力與包容性的超凡人物。如春秋末期魯國著名工匠公輸般，《墨子》的〈公輸篇〉和〈魯問篇〉記載他能造雲梯、鉤強（船上作戰之武器），所造木鳶能飛三日不下。魯班原是個木工，由於他智巧雙全，具有典型性，於是有關他的傳說在流傳中不斷繁衍擴展，到漢代樂府〈豔歌行〉中，首次記錄他參與洛陽宮殿重大建築，「誰能刻鏤此？公輸與魯班。被之用丹漆，薰用蘇合香。本自南山松，今爲宮殿梁。」到了梁代任昉《述異記》中，魯班所刻的石龜已具靈性，「夏則入海，冬復止於山上」，所刻木鶴能「一飛七百里」，有人來取，它則從這山飛向那山。不斷增飾的傳奇手法，發展到唐代，終於使魯班成爲一個箭垛式的人物，唐．段成式《酉陽雜俎》說：「今人每睹棟宇巧麗，必強謂魯班奇工也。至兩都寺中，亦往往託爲魯班所造，其不稽古如此。」由宋元至近代，魯班傳說更是迅猛擴布，使他的足跡幾乎遍天下，因爲各地民衆紛紛把本地的奇偉建築、冶煉等多方面創造都歸在他的名下，如河北趙縣的趙州橋（原是隋匠李春所造）、盧溝橋、雞鳴驛石橋、河南開封鐵塔、西安大雁塔、北京紫禁城、廣西桂村花橋……等莫不與他有關，魯班也因此成爲多種行業能工巧匠的化身。⑨

至於婦孺皆知的包青天，胡適曾說包公是「有福之人」，「在這些偵探式的清官之中，民間的傳說不知怎樣選出了宋朝的包拯來做一個箭垛，把許多折獄的奇案都射到他身上。」（《三俠五義．序》）趙景深曾把包公與其他清官相似的故事作比較研究，得出結論是「包公就是錢和、黃霸、張詠、周新、劉奕、滕大尹、向敏中、李若水、許進等人，不過是一個吸收傳說的人罷了。」⑩傳說中的包公是歷經千年藝術化修潤的清官，他比歷史上的包拯事蹟更豐富，情節更生動，形象更鮮明，影響更廣泛，也是民衆寄託理想的化身。⑪

◎民間故事——奇巧醒世的機趣

街談巷議的民間故事流傳到各地，或稱之為「瞎話」、「古話」、「古經」，指的是它看似荒誕奇巧的諷言，卻寄寓著諷諭哲理，深具文化與教育價值，而它的表述方式也是較具輕鬆娛樂性的。

「民間故事」一詞的英文是Folk tale，學術上有廣狹二義，外國多採廣義，指民眾口頭創作的所有散文體敘事作品，我國學界則採狹義，即指神話、傳說之外的散文體口頭敘事，包括幻想（神奇）故事、動物故事、生活故事、機智故事、寓言、笑話等。之所以將神話、傳說與民間故事區隔開來，主要因為當今世界各國學術界已將「神話」從「民間故事」的大類中分離出來，單獨建立起「神話學」的學科且發展可觀。⑫

就表述風格而言，傳說載事，「信如固有，時地人物，咸具定名」，給人於史有據、可信度高的感覺；民間故事則「漠然無所指尺」，主角一般無明確姓名，常用張三、王小、農民、打魚的、砍柴的等通稱，正如德

---

⑨ 詳參許鈺〈魯班傳說的產生和發展〉一文，收於《二十世紀中國民俗學經典》頁一七六～一九二，北京：社會科學文獻出版社，二〇〇二。

⑩ 見趙景深〈包公傳說〉，《中國小說叢考》，濟南：齊魯書社，一九八三。

⑪ 參孔繁敏〈包公傳說研究〉一文，收於《二十世紀中國民俗學經典》頁三四四～三五六，北京：社會科學文獻出版社，二〇〇二。

⑫ 世界各國皆有「神話學」之研究，如「歐洲民間文學研究中的神話學派」，可詳參劉魁立《劉魁立民俗學論集》頁二三一～二六八，上海文藝出版社，一九九八。

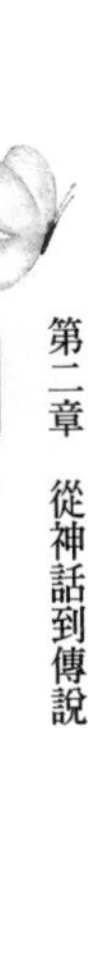

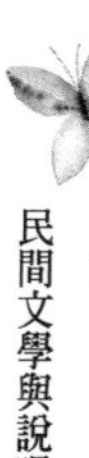

國的漢斯、英國的約翰、俄國的伊凡、日本的太郎等等。故事發生的時間地點也多模糊含混，如「古時候」、「很早很早以前」、「在一處深山裡」、「在大海的那一邊」、「有個村子」……營造的是一種純聽故事的享樂氛圍，故周作人稱民間故事「但意主傳奇，其時代人地皆無定名，以供娛樂爲主……蓋約言之，神話者原人之宗教，世說（指傳說）者其歷史，而童話（指民間故事）則其文學也。」（《童話略論》）

㈠民間故事的「傳說化」現象

神話與傳說彼此略有滲透關係，而傳說與民間故事之間亦不免相互影響。如民間故事中的《田螺姑娘》在流傳過程中，各地民眾就曾將它依附到當地特定風物上，在福建閩江下游就出現螺女江、螺洲、螺祖廟、螺仙石碑等，而雁蕩山一帶的民眾則盛傳田螺姑娘與丈夫變成美女峰和捲螺峰。事實上，早在唐代段成式的《酉陽雜俎》中就有一則〈葉限〉，說的正是舉世聞名的「灰姑娘」故事，是目前所見全世界六百多個同類型故事中的最早文字記載，敘秦漢前邕州吳洞有一少女葉限，繼母百般虐待並殺害她心愛的金魚，她得神人指點，將魚骨藏於室內，對它許願則「金璣衣食隨欲而具」。熱鬧華美的洞節來臨，她偷偷穿上祈求魚骨所得的翠紡衣與金鞋參加盛會，慌亂中失落的一只金鞋竟爲鄰近海上陀汗國王所得，國王派人持金鞋遍試尋訪，最終「載魚骨與葉限俱還國」，「以葉限爲上婦」，而繼母及其所生女兒則爲「飛石擊死」。[13]與世界同型故事比較，段成式標明了時間、地點和人名，顯然增添了地方傳說的特定成分，使它成爲古代西南地區「吳洞」的傳說，的確引起民間文學研究者的關注。

㈡民間故事的內容特徵

從創作風格來看，民間傳說是對神話的世俗化與現實化的發展，而民間故事則又進一步以娛樂欣賞的方式將這傾向往前推展，因而我們在聆賞民間故事時，心情總是較爲輕鬆愜意的。在異彩紛呈的故事內容中，可簡要分爲四大門類：

1. 幻想故事

又稱「神奇故事」、「民間童話」、「魔法故事」，此類情節奇幻，充滿超自然的想像。有神魔仙怪幻化成各種形象，進入人類生活，結局是善惡有報，如《田螺姑娘》、《畫中女》、《龍公主》、《蛇郎》……等。或具有魔力的寶物，如使人聽懂鳥語的石頭、煮沸大海的鳥蛋、趕山填海的神鞭、百鳥羽毛製成的羽衣……，善人得之增福，惡人得之失靈或受禍。或人格化的動植物間接呈顯人世百態，又以動物爲多，故又稱「動物故事」，如小雞報仇、兔子豁嘴、烏鴉借羽毛、狗幫助受虐弟耕田、屈死的媳婦變成鳥類等，諸多神奇幻象與原始人的「萬物有靈」、「禁忌」、「變形」、「復活」以及圖騰觀念有關。

這類幻想故事爲百姓喜聞樂道，故其數量約占民間故事之大半，劉守華曾列出十個我國最具代表性之幻想故事：《求好運》（AT461型〈三根魔鬼頭髮〉與461A〈窮人找神仙〉）、《田螺姑娘》（AT408型）、《灰姑娘》（AT510型）、《蛇郎》（AT433D型）、《青蛙少年》（AT440D型〈青蛙騎手〉）、《兄弟分家》

---

⑬ 見《酉陽雜俎續集》卷一〈支諾皋上〉。

（AT530E型〈狗耕田〉）、《狼外婆》（AT333C型〈老虎外婆〉）。⑭這些故事不僅在民間流傳既深且廣，同時又是聞名遐邇的國際型故事類型。

2. 生活故事

以民眾日常生活為題材，現實性較強，又稱「世俗故事」、「寫實故事」。流傳較廣者，倫常道德方面有《醜媳婦》、《斷手姑娘》、《路遙知馬力》、《五湖四海皆兄弟》、《和平與良心》……；奇巧婚姻有《憨子尋女婿》、《借女出閣》、《姊妹易嫁》、《丟媳婦》……，結局是「有情人終成眷屬」；精幹長工鬥貪狡地主，如《三難長工》、《謊張三》、《長工約》，滿族有《刻薄財主》……鬥智結果，自然是弱者獲勝。另有巧女型故事，如漢族的《巧媳婦》、《靈媳婦》、《天上烏雲梭》，回族的《聰明的媳婦》，白族的《巧女》等。

與巧女相對應的是「呆女婿」（傻姑爺）故事，往往出現在傳統家庭最莊嚴的祝壽、婚娶、生子、拜年等場合。出身莊稼人的呆女婿雖舉止可笑，卻是憨樸天眞，多用自己學來的話巧勝對方，讓財主丈人、官吏、富豪之子和秀才醜態畢露。

3. 民間寓言

寓言離不開智慧，質樸而深刻的智慧。它不用繁詞穠藻刻畫形象，內容粗略簡括，但只需寥寥數語便能掌握特點且含意深遠。其短小精悍的形式，飽含諷刺勸諭、幽默哲理，意趣盎然、發人深省，雖涉時代之變遷而不朽，成為喻世醒人的口碑。如此則故事：

一天，一頭驢子去質問伊索：「你在寓言裡總把我寫成是愚蠢的，這很不公道。」伊索說：「如果我不這樣說你，人們就會說我是驢子。」

意在言外的暗示手法更顯得寓意深沉而廣闊。許多寓言都會出現動物，因爲人類原始時代從事狩獵、畜牧、農耕，對動物形體、習性知之甚深，常常以動物作爲主角。後來隨著社會生產變化，人與動物關係雖日漸疏遠，但仍賦予動物以人的思想和感情，從而逐漸形成帶有明顯訓誡寓意的作品——寓言。

換言之，寓言最初是由動物故事演變而來的。如此前述第一類「幻想故事」中的動物故事與寓言有何區別呢？動物故事雖是擬人化，但大抵側重描繪其奇巧生動的情態，寓言則明顯具有諷諭與哲理性，「寄寓」的意涵更爲深廣。

4. 民間笑話

又稱「民間趣事」或「滑稽故事」，是一種將嘲諷蘊含於談笑之中的短小故事，有時純粹娛樂，但不少都帶有辛辣尖銳的諷刺內容。笑話載錄於文獻出現甚早，先秦典籍《孟子》、《莊子》、《韓非子》、《戰國策》、《呂氏春秋》等不乏記載。因爲它精巧討喜，歷代皆有不少名士特地裒集編撰成書，如三國魏．邯鄲淳撰有《笑林》三卷，晉．孫楚曾作〈笑賦〉，隋．侯白撰《啓顏錄》，明初《永樂大典》目錄第四十四卷載一六八八八至一六八九一號笑韻，全都是「笑談書名」，惜目錄今已佚失。馮夢龍曾編《古今譚概》與《笑府》（分十三類），其中《古今譚概》又名《古今笑》、《笑史》，博採歷代正史，兼收多種稗官野史、筆記

---

⑭ 見劉守華《故事學綱要》頁三十，武漢：華中師範大學出版社，一九八八。

叢談，上至歷代君主，下迨市井庶民，藉嘻笑怒罵以矯時弊，所錄多真人實事，按內容分三十六類：迂腐、怪誕、痴絕、專愚、謬誤、無術、苦海、不韻、癖嗜、越情、佻達、矜嫚、貧儉、貪穢、鷙忍、容悅、顏甲、閨誡、委蛻、譎知、儇弄、機警、酬嘲、塞語、雅浪、文戲、巧言、談資、微詞、口碑、靈蹟、荒唐、妖異、非族、雜志。品類紛繁的纂評，道盡世間貪儒癡愚百態；清代遊戲主人纂輯《笑林廣記》（分十二類）亦沿其餘波而已。俞樾曾說：「瀏覽古書，知古文章自有此一體」（《一笑》引），古書雖有文人創製，但民間口頭所創作、流傳之突梯鮮活笑話更不知凡幾，故丁乃通著《中國民間故事類型索引》時，曾歸納中國民間笑話總共有三百五十個左右的情節類型，在各種故事體裁中是類型最多的一種。

最後要說明的是，笑話歷來以譏諷見長，有時與寓言略有瓜葛，而它不同於傳統神奇故事等作品，在於它具有很強的隨機性與現實性，它可能隨時即興創作，並快速廣泛流傳，對社會現狀作及時而有力的針砭。

二、研究方法與學術視野

學也者，所以擇術也；術也者，所以行學也。君子正其學於先，乃以慎其術於後……立非常之功，居危疑之地，唯學可以消其釁……君子之以學定其心而術以不窮者，此而已矣。

——王夫之《宋論》卷三

每一門學科領域，都有它獨特的研究方法。民間文學在現代品類紛繁的學術範疇中，雖是相當年輕的學科，但因它抉發人類古遠的文化奧秘，是代代生民涉歲月之川藉口耳傳衍著宇宙人生的智慧，給予後世子民無窮盡的靈感與借鏡，它可以說是傳襲著過去、參與著現在，更將影響著未來。因而自十九世紀出現以來備受矚目，甚至蔚為世界風潮，更引發不同學科的跨領域研究，如人類學、社會學、心理學、宗教學……等，由於學科不同，學術視角自異，津塗既闢，纘述日盛，門分類別，人各為書，研究方法於是明顯呈現出多元化的傾向。目前民間文學學派之多，猶如一幅色彩斑斕的研究史長卷，茲舉其犖犖大者略述如次，有志於研究者，若能充實豐贍的學養，揀擇有效的研究方法，使整體研究「學」與「術」兼備，自能新人耳目，開拓無窮的空間。

◎田野調查

田野調查又稱田野作業、野外作業，它是一種直接進入自然生態或社會文化環境採集調查的方法，被視為民俗學、民間文學研究者的看家本領，也是民間文學之所以為「現代學」的原因之一。此研究法必須到被調查對象的所在地去收集實際資料，也唯有實地採錄第一手資料，才能使民間文學的學習與研究建立在堅實可靠的基礎上。

(一)田調之方式與原則

我國古代「采風」制度，是田野調查的典範，而五四所引發的中國民間文學發展史上的第一個運動——歌謠學運動，即從徵集歌謠而開始。之後，全面普查的作品範圍極其廣泛，包括神話、傳說、故事、史詩、歌謠、諺語、歇後語、謎語、民間說唱、民間小戲等。一九八〇年代以來，由官方組織開展的全國性民間文學普查活動，其規模之大、成效之顯著，前所未有，其中先後參加「三套集成」原始資料之搜集者，總數高達二百萬人次，以科學性、全面性和代表性作為搜集、整理與編纂方針。三套集成：《中國民間故事集成》（指廣義的「故事」，包括神話、傳說與民間故事）、《中國歌謠集成》、《中國諺語集成》，二十年來從全國村寨城鄉傳播者浩如煙海的口頭文學中採集了數以億計的文字紀錄，積存巨大無比的資料寶庫，使民間文學研究呈現一片榮景的新局面。

除了上述全面普查之外，民間文學的田調按其調查內容另有專項、專題、專訪等形式。從事田野調查工作宜恪遵若干原則，方能達到事半功倍效果，否則將耗時費力又徒勞無功。首先，田調之前宜熟悉採錄對象之背景，包括參閱有關文獻資料，熟悉該地方言、習慣語及其民俗活動（婚喪嫁娶、節日慶典、故事會、賽歌會……），準備各式器材如筆錄、錄音、照相、錄影、電腦……，以確保能科學記錄便於後續整理。採錄過程中，宜克服主觀性與盲目性，採錄者若事先爲自己畫一框框，只限定某些題材之作品，則不免失之編狹，如董均倫、江源說：「在每一個莊裡，都有幾個善於說故事的人，即使你和他不太熟悉，他也能講給你聽。可是你得跟他說明你願意聽什麼樣的，或是自己先說給他聽。要不的話，他會盡對你說那號中狀元，考舉人，清官斷案，那一類封建迷信的故事。」⑮對於「十部傳奇九團圓」的才子佳人式愛情、清官昭雪冤獄與狐鬼因果報應類的故事似乎皆可棄置而毋須採記。事實上，題材無法全然決定作品的好壞，就如《牡丹亭》歷四百餘載依然璀璨，包公已是傳說中的箭垜式人物，在百姓心中口中永遠不朽，而汲取民間故事滋養的《聊齋誌異》，縱然充滿因果也總勾人無限嚮往。此外，從研究角度來看，同一個故事，不同講述者都有他自己的講法，而每個講法也都有它的價值。因此，一個內行的採錄者面對同一個故事，也往往能記上十次甚至百次，而記錄的「異文」越多，就越能掌握民間文學的地方特色（如董作賓從萬餘首歌謠中篩選出《看見她》作爲母題研究），有此基底，才能更深入分析箇中的集體因素與個人因素。

㈡田調之態度

此外，田調時宜尊重被採錄者並作忠實記錄。在傳統民間文學領域中，許多耆老大都年事已高，因此對採錄時間、地點之選擇，宜多方斟酌協商；採錄過程中亦宜保持耐心、尊重態度以取得信任，不可隨意干擾、打斷，以免影響受錄者之心情與意願，待講唱完畢之後，採錄者方可提出疑問或填補漏記之處。記錄時，任何改動都是不被允許的，忠實記錄是田調工作的關鍵環節，採錄者對講述人或演唱者所演述的一切，包括情節、人物、語言，特別是習慣用語、方言土語，以至貫穿講唱中表達感情的語氣詞、感嘆詞、襯字、拖腔等均準確無誤地記錄下來，儘量保持原講唱者的原貌。⑯其中方言土語部分（尤其少數民族作品），建議採國際音標記錄，唱段部分亦宜搭配樂譜、錄音；其他傳說類則可廣泛徵集各種實物材料如服飾、用具、模型、民俗物件和攝製圖片與實地採錄相互印證補充。最後，除記錄準確之外，採錄者還必須附有不可缺少的證明材料，否則會如同博物館中缺乏說明標籤的古物一樣，降低其科學價值，這些材料包括何時、何地採錄，講述者（或演唱者）之姓名、年齡、籍貫、民族、信仰、職業、文化程度、家庭狀況、個人經歷、傳承情形、演唱風格、聽眾反應等，材料越豐富，越能給讀者及研究者帶來莫大助益。

---

⑮ 董均倫、江源〈搜集、整理民間故事的一點體會〉，《民間文學》一九五五年九月號。

⑯ 見黃永林〈民間文學田野作業和科學寫定〉一文，收於劉守華、陳建憲主編《民間文學教程》頁二六四～二八六，武漢：華中師範大學出版社，二〇〇二。

◎情節類同性引發諸學派異說

世上本沒有路，走的人多了，也便成了路。（魯迅語）雖然Folklore這個學術專名遲至一八四六年才提出，但基於人類依戀過往的本能，中西民俗界對民間文化的濃厚興趣，特別是學術領域裡科學求知的熱情，在十九世紀初就蓬勃發展開來。吾人若細細省思這兩百年來的民間文學研究史，將驚異地發現原來全世界傾注熱情最多、最複雜，令各學派欲去不捨、反覆探索、爭論不休的話題竟是：民間文化事象（或故事情節）的雷同性，即重複性、不斷重現性。大家發現不同的時代、不同的民族、不同的地域，人們卻唱著大致相同的歌，講著情節相同的故事，其原因究竟爲何？

根據資料統計，每一個民族所流傳的故事至少有三分之一以上屬於多民族性的、國際性的或是世界性的。有些故事不僅在亞洲、歐洲流傳，還可以在全世界許多民族的口耳或紙本刊印間找到蹤跡。由於這個論題最具挑戰性，於是各學派都想針對這個焦點提出新見，好讓自己嘔心獨創的理論體系與研究方法在學術界能占一席之地，也因而各學派接踵登場，開展出異彩紛呈的局面。

(一)神話學派、流傳學派及其他

以德國格林兄弟及其後繼者馬克斯．繆勒爲代表的「神話學派」認爲，這種雷同性是民族或文化的同源性所決定的。民間故事之所以雷同，根源在於它們都是「原始共同神話」的衍生物。此派雖大量搜集、出版民間文學作品，運用歷史比較研究法將民間文學納入科學研究範疇，結合不同國度不同學科如語言學、民族學、宗教學、歷史學等，在許多具體問題上作出貢獻，但因過度膨脹「印歐語系」並虛想有一共同的「雅利安民族」，認爲印歐各民族的神話甚至整個宗教、風習、民間文學皆由此統一民族的原始神話發展而來，此派學術觀點過於偏執，而今已成明日黃花。

以德國本菲等人爲代表的「流傳學派」及其學說又稱傳播學派、播化學派、因襲說、遷徙說、外借說等。此派認爲情節的類同性是各民族因遷徙流動而產生彼此借鑒、因襲、文化交流影響的結果。其流播路徑有二：一是由印度傳到波斯、阿拉伯，再通過回教徒傳到拜占庭、義大利、西班牙而流傳全歐；二是從印度經過蒙古而到達歐洲。本菲之所以創建流傳學派，主要因爲一八五九年他將印度古典文獻《五卷書》⑰譯成德文出版，在爲該書所有故事作注釋、進行分析時，發現法國寓言家拉封丹的《賣牛奶的村婦》與《五卷書》一則故事情節幾乎雷同：法國一年輕村婦頭頂牛奶罐到市場販售，途中她幻想著賣完牛奶就用這錢置點家業，家業日益擴大而生活美滿，她爲這未來的幸福而高興地跳了起來，跳盪間頭頂上的牛奶罐摔了下來，碎了一地。

不僅法國，七世紀的敘利亞故事集及其後的阿拉伯故事集中同樣發現了這個故事，敘利亞人和阿拉伯人屬於閃族人，與雅利安人無任何關聯，如此一來，前述「神話學派」的說法便失去靈驗。而此則故事的雷同效應尚不只此，各地反映的主題大體相近，唯表現方式略異，且主角稍有變化，印度原版是個婆羅門（乞丐），希臘是窮人，阿拉伯是教士，德國是個懶丈夫，俄國是農民……，各國按其民族特點對因襲的作品加以改造，呈

⑰《五卷書》爲印度古代梵文童話、寓言故事集，共五卷：《絕交篇》、《結交篇》、《鴉梟篇》、《得而復失篇》、《輕舉妄動篇》。全書穿插大量詩篇，主要反映城市平民的生活和思想。季羨林譯有中文版，北京：人民文學出版社，一九六四。

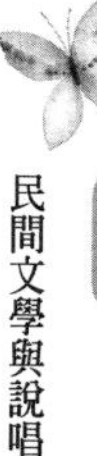

現出不同民族、歷史、地理環境中輾轉流傳不同面貌的同一個形象。流傳學派在比較文學與探討東西文化交流史方面頗有建樹，但將印度起源說與情節流傳說過度絕對化，與神話學派同樣犯了「一元發生論」的盲點，漠視其他民族在承傳過程中的藝術創造是有待商榷的。

以克隆父子、阿爾奈等一系列北歐學者為代表的「歷史—地理學派」，或稱芬蘭學派。此派在大量收集民間文學作品後，專意研究各作品異文的共同點，希望能重建故事的「原型」或其最初的假設形態。這種方法是基於一種假設：複雜的民間故事都有共時、同地點的單一起源（可能是印度），然後由發源地自動擴散，由一個人傳給另一個人，無需藉大規模的移民傳播之。此派雖仍持「一元發生論」之舊說，但後來發展出的「AT分類法」對學界研究則頗具影響。（詳下文）

其他另有以佛洛伊德、榮格為代表的「心理學派」，認為故事之所以會有雷同性，是人類心理的共同性所派生的；以馬林諾夫斯基為代表的「功能學派」，則認為是以文化事象的功能的共同性為基礎；而從事結構分析的學者，如俄國的普羅普、法國的列維．斯特勞斯，美國的鄧迪斯等，則各有其學說與方法體系。

㈡人類學派

諸學派中較受矚目、影響中國較深的是以英國泰勒（一八三二～一九一七）和佛雷澤（一八五四～一九四一）為代表的「人類學派」，他們認為這種雷同性是由於人們曾經經歷過相似的歷史道路，處在相似的歷史、社會、經濟、文化環境中，所以創造了相似的文化事象。⑱

英國人類學的比較神話學派從十九世紀後期至二十世紀初年，在世界學壇上取得壓倒性的地位，五四前後對神話、故事方面研究的知名學者如沈雁冰（茅盾）、趙景深、黃石、周作人等皆受此派學術思想影響甚深。

再如鄭振鐸有名的〈湯禱篇〉以及有關中山狼、田螺姑娘等論述，字裡行間亦無不滲透著人類學派的思想和理念，他對情節雷同性的看法是：「自古隔絕不通的地域，卻會發生相同的神話與故事者，其原因乃在人類同一文化階段之中者，每能發生出同一的神話與傳說，正如他們之能產生同一的石斧石刀一般。而文明社會之所以尚有與原始民族相同的故事與神話，卻是祖先的原始時代的遺留物，未隨時代的逝去而俱逝者。」⑲此派學說雖不似同出一源說或交流影響說等可直接且具體地考索其聯繫鏈結，但它所闡發的是人類文化發展的平行類同，只要人們所處歷史、經濟、文化境遇相同，心理狀態一致，就能產生「人同此心，心同此理」不謀而合的巧合情形，如同世界各民族的原始宗教與古代神話對太陽無不充滿崇拜感，即來自於全人類皆普遍感受太陽生養萬物之恩惠，不約而同所構成的意象。

㈢比較研究法

民間文學獨立成一專門學科爲時較晚，因而初期在研究方法方面大都借用其他學科，其中最常使用的是「比較研究法」，它實際上是比較文學方法在民間文學研究上的運用。「比較方法」是近代自然與人文學科最廣泛使用的方法，因爲，無比較，即無鑒別，「比較」能使事物更容易顯露出它的性質或特點，在民間文學領

⑱有關故事情節的雷同性所引發國外諸研究學派的不同說法，可詳參《劉魁立民俗學論集》頁九十二～一〇一、二三一～三五三，上海文藝出版社，一九九八。

⑲鄭振鐸〈民間故事的巧合與轉變〉，上海：《矛盾月刊》第一卷第二期，一九三二年；後收入《鄭振鐸文集》第六卷（下）頁二五五～二五八，北京：人民文學出版社，一九八八。

域中它是一貫被採用的、有效的一種研究手段，從北大《歌謠》周刊開始即已流行至今。而今學術昌明，研究方法亦應與時俱進，除仔細釐析所比較作品之相同點與差異點之外，更應進一步考察其同異點與流傳當地人民之思想、風習是否存在密切關係。

比較文學的傳統含義即是國與國之間的文學比較，中國由多民族所構成，運用比較研究法時，除跨國之外，亦可兼及跨民族，使研究更爲全面。如幻想故事《狗耕田》源於中國，故事由兄弟分家講起，中國自漢代起即實行兄弟均分遺產制，唯長子常利用特權欺負幼弟，使弟僅分得一隻狗……。朝鮮重視孝道，長子先獲得一定比例遺產，應承擔祀祖義務卻不去祭祀，一隻神奇的狗從父親墓後走出來，給孝親掃墓的弟弟帶來種種好處。日本中世紀後，父母遺產多由長子單獨繼承，次男以下則於長子手下勞動，以致從中國傳入日本的《狗耕田》故事，兄弟分家的情節便日漸消亡，而那隻神奇的狗則來自海上，反映日本島國民族對大海彼岸的憧憬。⑳足見藉跨民族比較研究，可釐清異文化對民間故事之沿革以及口頭文學的傳衍脈絡，使民間文學整體研究越顯立體而豐厚。

◎情節類型索引——AT分類法及其他

自英國格林兄弟於一八一二至一八一四年出版震動文壇的《格林童話集》（原名《兒童和家庭故事集》），從此搜集民間故事成爲世界性熱潮，每個國家的搜集數量成千上萬且與日俱增。人們在蒐錄的同時驚異地發現不同時代、民族、地域的作品居然出現高度的類同性，爲了認識民間故事的本質，探求其形成、演變與流傳的規律，於是從各種角度進行歷史的或地理的、歷時的（diachronous）或共時的（synchronous）比較研究。

㈠AT分類法

而隨著科學研究的日益分工，特別是由於比較研究法的廣泛應用，國際學界近半個多世紀深感有必要探索出一條簡捷之道，對世界各國的民間故事資料，依據其相對的情節類型、主角或其他特徵進行分類、統編，以利檢索和研究。各國學者於是努力編輯出相關的情節索引不下百十餘種，然因彼此觀點不同、方法各異且基礎材料有限，致成效不彰。直到一九一〇年芬蘭學派學者阿爾奈（Antti Aarne，1867-1925）以北歐故事為基底撰書《民間故事類型索引》（Verzeichnis dermarchentypen），很快得到歐洲各國響應，紛紛按其分類體系進行編目，終而形成一個國際標準，這項創舉以及遵循阿爾奈體系所編纂的大量索引，對民間故事在統編分類上頗具實用價值。

但此索引仍存在若干缺陷，即阿爾奈等人僅著眼於具有「國際性」的文明民族（Kulturvolker）作品，而不收缺乏雷同性的較低端的自然民族（Naturvolker）作品。針對此弊病，美國湯普遜（Stith Thompson，1885-1976）教授於一九二八年出版英文版索引，在阿爾奈基礎上，吸納多方意見增設類型，大量增加北歐以外的俄國、羅馬尼亞、匈牙利、波蘭、捷克、希臘、英國、西班牙、法國、德國、義大利、土耳其、印度、日本、中國、加拿大、南美……非洲等三十個以上國家和地區，遍及歐、亞、美、非等地材料，將該書多次增訂、重印，大幅提高此一分類法之價值。世界各國民間文學研究者將其分類編排方法稱作「阿爾奈－湯普遜體系」，

---

⑳ 詳參日本伊藤清司〈中日兩國民間故事的比較研究〉一文，收於氏著《中國、日本民間文學比較研究》頁四十六～六十，瀋陽：遼寧大學科研處，一九八三。

或取兩人姓名的第一字母，簡稱AT分類法，現已成爲檢索世界民間故事的通用工具書。

㈡湯普遜《民間文學母題索引》

湯普遜完成增訂阿爾奈索引的任務過程中，他深感以情節爲單位編出索引仍無法滿足尋檢與研究的需要，應該將情節再進一步分解爲更細小的單位——「母題」（motif）。母題是民間故事、神話、傳說、敘事詩、寓言、笑話等敘事體裁作品的最小單元，它比情節具有更廣泛的國際性，於是湯普遜於一九三二至一九三六年勠力完成六卷的《民間文學母題索引》，此書蒐羅甚廣，開列母題總數不下兩萬餘條，仍難將全球資料盡數羅致，且體例過於泛雜致研究不便。

㈢中國民間故事類型索引（鍾敬文、艾伯華、丁乃通）

中國民間故事之豐富多彩舉世聞名，而就故事類型編纂索引之工作則較晚成熟。在一九三〇年代，廣州中山大學《民俗周刊》曾刊載趙景深、鍾敬文、曹松葉、婁子匡、清水等學者針對狗耕田、呆女婿、泥水木匠、巧拙女……等類型作探索。一九三一年鍾敬文〈中國地方傳說〉一文曾列舉出九個類型：雞鳴型、動物輔導建造型、試劍型、望夫型、自然物或人工物飛徙型、美人遺澤型、競賽型、石的動物型、物受咒型；〈中國民譚型式〉則歸納中國民間故事的類型共四十五個：蜈蚣報恩、水鬼與漁夫、雲中落繡鞋、求如願、偷聽話、貓狗報恩、蛇郎、彭祖（共二式）、十個怪孩子、燕子報恩、熊妻、享福女兒、龍蛋、皮匠駙馬、賣魚人遇仙、狗耕田、牛郎、老虎精、螺女、老母母親（或外婆）、羅隱、求活佛、蛤蟆兒子（共二式）、怕漏、人爲財死、慳吝的父親、猴娃娘、大話、虎與鹿、頑皮的兒子（或媳婦）、傻妻、三句遺囑、百鳥衣、吹簫（共二式）、蛇吞象、三女婿、擇婿、呆子掉文、撒謊成功、孝子得妻、呆女婿（共五式）、三句好話、吃白飯、禿子猜謎、說大話的女婿型故事。㉑鍾敬文原擬寫成一百個左右類型，但因故中斷。而今各界採錄、發表之民間故事資料激增何啻千百，鍾氏所擬雖早已無法滿足今日查檢之實際需要，然仍具歷史借鑒意義。

德國艾伯華（Wolfram Eberhard，1901-1989）於一九三四年來中國爲柏林博物館搜集民族志實物，並於浙江採錄若干民間故事，在曹松葉協助下用德文寫成《中國民間故事類型》，一九三七年出版，一九九九年譯成中文，這是關於中國民間故事的第一部大型索引，在刊行後四十年間，幾乎成了歐洲認識中國民間故事唯一的類型檢索工具書。該索引從三百餘種的古籍（如《山海經》、《戰國策》、《呂氏春秋》）與書刊中歸納故事類型二百一十五種，笑話三十一種，並附母題、人物、情節延伸、變異、比較等說明，頗具參考價值。

丁乃通教授（一九一五～一九八九）是第一個以AT分類法整理中國民間故事的學者，一九七八年編《中國民間故事類型索引》（A Type Index of Chinese Folktales），採用國際通用的編碼，所引用書刊資料五百餘種，幾乎超過艾伯華一倍，資料較新而全面，台灣一九六六年以後所出版資料亦蒐羅在內，給予各國學者提供極大便利之比較研究。㉒

㉑ 鍾敬文〈中國地方傳說〉與〈中國民譚型式〉（目錄作〈中國民間故事型式〉），皆載於《開展月刊》第十、十一期合刊，「民俗學專號」，一九三一年。後文收於《鍾敬文民間文學論集》（下）頁三四二～三五六，上海文藝出版社，一九八五。

㉒ 上述中外所編諸版類型索引，詳參《劉魁立民俗學論集》頁三五四～三九一「世界各國民間故事情節類型索引述評」。

分類是研究的手段而非目的。上述有關民間故事情節類型的各種索引，給研究者帶來一定程度的助益，但也出現若干侷限。如AT分類的國際編碼所帶來檢索跨國材料之方便是無庸置疑的，但它對中國民間故事的類型，也有分類不當、檢索不易的問題。㉓且其體例按英文字母編排，雖簡便實用，卻無法彰顯詞彙的本質；而類型索引只是一種工具書，類型名稱難以兼代故事大要，單純的情節歸納，僅從外部形態著眼，無法提示民間故事本身蘊含的主題、形象、語言色彩、思想傾向以及傳承者的心態等，而這些較爲深層的內涵則有待於研究者的進一步掘發。

◎跨學科研究的學術視野

民間文學是一種特殊的文學，它與作家文學不同，並非文人自覺地對現實生活的反映，而是民眾不自覺地通過口耳相傳，在流傳過程中不斷增減變異其內容，歷經世世代代所積澱而成，因而與生產方式、生活型態、風俗習慣、禮儀信仰緊密糅合在一起。在學科研究範疇方面，自然與社會學、民俗學、民族學、考古學、宗教學等息息相關。

作爲一門獨立學科，民間文學的體系與架構，除了一般文學所具有的發展史學、基本原理、分類學、體裁學、美學……等理論之外，它還旁及實踐性強而立體的傳承學、田野調查甚至觀眾接受學等範疇。㉔換言之，它是一種特殊綜合的藝術，除了本身詩學品格，包納詞、曲、散文、小說等文學之外，更蘊含音樂、戲劇、舞蹈等表演藝術特點。就因爲它涵攝多種學科內涵，因而研究民間文學除了原有的文學角度之外，若能引入其他學科的研究方法，從不同的側面深入認識其固有特點，則所得成果將更爲立體而豐實。即以神話爲例，畢生奉獻中國神話研究而卓犖有成的袁珂表示「處於發生階段的神話，在萬物有靈論這個學說所能概括的時期，誠然，它是和多種學科相結合的，如宗教學、民俗學、歷史學、地理學、天文學、人類學、民族學、醫藥衛生學等等，因而具有多種學科的因素，而其本質，則專在於文學。」㉕

有人把比較文學說成是「國際間的文學關係史」，其實民間文學最具有廣泛的「國際性」，同一個民間文學作品，在不同民族、不同國度、不同地區、不同時代都有所流傳。這一特點也使得比較研究法在民間文學研究領域一直占有極重要的地位。若能善於運用比較法，釐析民間文學中常見的空間流布、時間演化、類型變異等現象，當能使諸多混沌不清的問題出現較爲明晰的答案。

所謂跨學科研究，並非簡單襲用某一西方學派的成果和方法，而是「應從中國的具體國情出發，在吸收國外學術優長的同時，儘量迴避其不足。學術的最高境界在於對自身文化的準確把握，而不是對國外理論的刻意模仿。」㉖因爲西方的分析架構與理論，並不能全然套用在我國社會，對西方理論過於依賴，在研究上往往

㉓詳參金榮華《中國民間故事集成類型索引》（一）頁一～二十，中國口傳文學學會，二〇〇〇。

㉔民間文學之多樣性內涵，可參文末所附張紫晨「民間文藝學體系結構一覽表（總綱）」，見氏著〈從系統論看民間文藝學的體系與結構〉，《民間文學論壇》一九八六年第一期。

㉕見袁珂〈中國神話研究的範圍〉一文，《中國神話與傳說學術研討會論文集》（台北：台灣漢學研究中心叢刊論著類第五種）下冊頁七四六，一九九六年三月。

㉖見鍾敬文《二十世紀中國民俗學經典．總序》頁六，北京：社會科學文獻出版社，二〇〇二。

會流於外倣，而喪失自我內在的動力，如此想有創設就很難了。顧頡剛當年是大師級的領航人物，他並無亮眼的海外留學經歷，自然也不在西方研究理論上下太多工夫，而是把傳統的歷史考證方法引入民間文學中究本探源，又從戲曲和歌謠中覓得研究古史的方法，而諳熟古代浩瀚的文獻則是他最大的長處。吾人身處交流頻繁的現代社會，擁有前賢未有的資訊優勢，更應考量自身的文化傳承與社會條件，秉持顧頡剛「爲眞理而求眞理」（鄭振鐸〈湯禱篇〉語）的精神，拓展學術視野，深入評估西方發展經驗的得失，做選擇性的借鏡，當能使民間文學研究再創新局。

民間文學體系結構一覽表—總綱

民間文藝學	民間文藝史學	民間文學作品發展史
		民間文藝科學史
	民間文學基本原理	起源論
		關係論
		價值論
		功能論
		特徵論
		創作論
	傳承學	民間文學的傳承人
		傳承人的傳承方式
		傳承心理
		傳承世系
		傳承結果
		傳承與創造
		傳承文化圈
		地區文化傳承圈
		階層傳承圈
		行業傳承圈
		不同傳承圈與民間作品
		不同傳承圈與傳承人
	分類學	分類理論
		分類史
		分類法
		分類與研究
	體裁學	神話學
		傳說學
		故事學
		史詩學
		歌謠學
		諺語學
		謎語學
		民間說唱學
		民間戲劇學
	美學	民間勞動者的審美觀念
		民間作品的美的型態
		民間作品的審美價值
		民間文學的型態美
		民間文學的精神美
		民間文學的音韻語言美
		民間文學的教育薰陶
	信息學	信息學的建立
		國內研究信息
		國外研究信息
		信息與學術發展的關係
		信息的成果
	搜集整理方法論	搜集整理工作的性質
		搜集整理的原則與科學方法
		搜集方法流派
		科學資料與群眾讀物
		現代記錄的手段與經驗
		各種體裁搜集整理的具體方法
		資料檔案的建設
		記錄搜集與研究的關係
		整理與出版
		搜集整理的理論

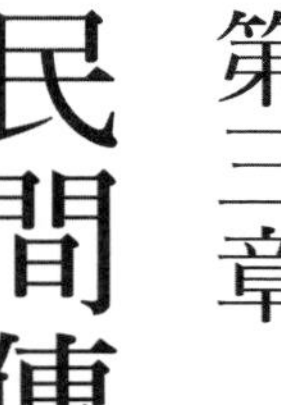

第三章 民間傳說

一、孟姜女
二、牛郎織女
三、梁山伯祝英台
四、白蛇
五、陳三五娘

一、孟姜女

歷史悠久、淵遠流長的中國民間傳說多不勝數，其中以號稱「四大傳說」的孟姜女、梁山伯祝英台、白蛇傳、牛郎織女最享盛譽。這四大傳說都歷經長期的孕育、發展與演變，其主要情節也都與愛情有關，並帶有悲劇色彩的結局。此外，它們都具有傳奇性，孟姜女的萬里尋夫、哭倒長城，死後成爲地方保護神；梁祝死後化蝶比翼雙飛，寄寓著人們對坎坷愛情的補償；白蛇傳說中的人妖相戀，牛郎織女人神的締結良緣，千百年來一直爲群眾所熟悉。而這四大傳說也都帶有各地濃厚的民俗地域色彩，例如孟姜女萬喜良的初見，六月六日喜良見到孟姜裸浴，是湖南少數民族地區的夏日習俗；梁祝化蝶與江蘇宜興每年三月初善卷洞的祝陵英台讀書處「雙蝶節」有關；白蛇與端午除疾藥俗、出於驅災保命，形成市集各種藥材的出現相關；而牛郎織女與民間七月節乞巧、求子信仰相連結，如福建地區以蠶豆、蘋果、藕、黃皮果、菱等五種果品供奉牛、女二星，供畢，將果品分給兒童，皆足以說明民間傳說涉及範圍之廣泛。

「四大傳說」故事之中，古代詩文對孟姜女故事涉獵較早，此一故事也是「五四」以來採集和研究最多的。就現存資料來看，早在一九二八到一九二九年，歷史學家顧頡剛撰寫《孟姜女故事研究》，篇幅就已達二十四萬字；一九八四年鍾敬文、張紫晨編有《孟姜女故事論文集》，約二十萬字；一九八六年大陸召開「孟姜女學術討論會」，會後論文結集爲《孟姜女傳說研究專輯》達三十萬字；上世紀六〇年代蘇聯學者李福清出版《萬里長城的傳說與中國民間文學的體裁問題》，其他國內外關於孟姜女傳說的研究論著更多達一百萬字以上。

孟姜女萬里尋夫是一個流傳全中國的民間故事。早在民國十三年的秋天，當時北京大學《歌謠週刊》編輯顧頡剛先生，發現各地有許多流傳深遠的民間故事，而「孟姜女」卻有全國性的特徵，於是有了「孟姜女故事專號」的整理計畫。他先在《歌謠週刊》上撰文徵求各地孟姜女故事、古蹟、唱本、戲劇的資料，繼而又在《歌謠週刊》六十九號上發表了〈孟姜女故事的轉變〉一文，揭開了近世研究孟姜女故事的序幕。七個月間，顧氏收到了各地寄來的唱本、詩文、稿件……陸續刊載研究成果，從文化學、民俗學、民間宗教各種角度，記錄下許多十分珍貴的民風習俗。直至民國十七年，這些資料由廣州中山大學整理出版，彙爲《孟姜女故事研究集》三冊，首冊敘孟姜故事的轉變，次冊登錄研究論文十篇，三冊收載孟姜故事研究通訊三十八則，造成學界極大轟動，而民國二十六年中國民俗學會創社杭州，爲永誌該故事是中國第一個有計畫整理的研究，便將會刊《民間月刊》更名爲《孟姜女月刊》，並繼續孟姜故事的研究。

顧頡剛先生開啓的研究是相當科學的。他大膽提出這個故事的兩大系統說，即「歷史的系統」與「地域的系統」。

◎歷史的系統——孟姜女故事的來龍去脈

㈠故事首見文獻是《左傳．襄公二十三年》：

齊侯（莊公）還自晉，不入，遂襲莒，門于且于，傷股而退，明日將復戰……莒子親鼓之，從而伐之，獲杞梁，莒人行成，齊侯歸，遇杞梁之妻於郊，使弔之，辭曰：「殖之有罪，何辱命焉！若免於罪，猶有先人之敝廬在，下妾不得與郊弔。」齊侯弔諸其室。

這段文字記載的是一段傳說軼事：齊侯出兵莒國，將軍杞梁〈殖〉戰死，齊侯歸來在郊外遇到杞梁的妻子，向她表示哀悼，杞梁妻表示不妥，於是齊侯就改成室內舉行哀悼。情節相當簡單。《禮記．檀弓》也有相同的記載，但描述杞梁妻「杞梁死焉，其妻迎其柩於路而哭之哀，莊公使人弔之」加入了情感「哭之哀」。

㈡劉向《說苑》：因哭而城崩

接下來到了西漢，劉向《說苑》出現了因哭而城崩的情節，該書〈立節〉與〈善書〉篇云：「杞梁華舟進鬥，殺二十七人而死，其妻聞之而哭，城為之阤而隅為之崩」。東漢初年王充《論衡》更指出地點在杞城，而哭崩的面積有五丈（〈變動〉篇），地理位置在莒、齊之間，離臨淄很近，地緣上說得通，故東漢末邯鄲淳採取「杞崩城隅」（〈曹娥碑〉）的說法。

㈢三國．曹植：杞妻哭，梁山崩

到了三國，曹植在〈黃初六年令〉中說「杞妻哭梁，山為之崩」又於〈精微篇〉中云：「杞妻哭死夫，梁山為之傾」出現了山名，這山名到了唐代李白，便有「梁山感杞妻，慟哭為之傾」（〈東海有勇婦〉）。

㈣後魏．酈道元《水經注》：哭崩莒城

後魏．酈道元《水經注》「沭水」條則說杞妻：「沭水……東南過莒縣東……《列女傳》曰：『妻乃哭於城下，七日而城崩。』故《琴操》云：『哀感皇天，城為之墜。』即是城也。」

到此為止，這個故事內容大致敘述春秋時齊國杞梁夫婦，夫戰死，於是妻悲哭崩城，後赴淄水殉夫，所哭崩之城有三：齊城（《列女傳》）、杞城（王充《論衡》）、莒城（酈道元《水經注》）。而六朝之後，孟姜

故事開始與秦始皇修築長城牽合成一事，這開始了孟姜女故事的轉變。

㈤唐代杞妻出現名字：孟仲姿、孟姜女

李唐以降，杞梁妻之名出現了孟仲姿、孟姜女。敦煌伯二八〇九卷子：「孟姜女犯（杞）梁清（妻）」，伯三七一八〈曲子名目〉「孟薑（姜）女，陳去（杞）梁」。唐末詩僧貫休有〈杞梁妻〉詩：「秦之無道兮四海枯，築長城兮遮北胡。築人築土一萬里，杞梁貞婦啼嗚嗚。上無父兮中無夫，下無子兮孤復孤。一號城崩塞色苦，再號杞梁骨出土，疲魂飢魄相逐歸，陌上少年莫相非。」（《樂府詩集》卷七十三）

㈥唐代：重要故事情節的定型

孟姜女到了唐代除了出現確定人名外，重要的是故事情節的定型。藏於日本眞福寺的唐人寫本《琱玉集》殘本體現了這一部分，其第十二卷〈感應〉篇「杞良、孟仲姿」的故事梗概如下：

一云：杞良，秦始皇時北築長城，避苦逃走，因入孟超後園樹上。起（超）女仲姿浴於池中，仰見杞良而喚之。問曰：「君是何人，因何在此？」對曰：「吾姓杞名良，是燕人也，但以從役而築長城，不堪辛苦遂逃於此。」仲姿曰：「請爲君妻。」良曰：「娘子生於長者，處在深宮，容貌豔麗，焉爲役人之匹！」仲姿曰：「女人之體不得再見丈夫，君勿辭也。」遂以狀陳父而父許之，夫婦禮畢，良往作所，主典怒其逃走，乃打煞之，并築城內。起（超）不知死，遣僕欲往代之，聞良已死并築城中，仲姿既知，悲哽而往，向城號哭，其城當面一時傾倒，死人白骨交橫，莫知孰是？仲姿乃刺指血滴白骨，若是杞良骨者，血可流入，即瀝血，果至良骸血徑流入，使將歸葬之也。出《同賢記》。

(七)唐人寫本《文選集注》殘卷「崩城隕霜」之注語

除上述外，日本金澤寺藏有唐人寫本《文選集注》殘卷，其第七十三卷曹植〈求通親親表〉「崩城隕霜」注語云：

《列女傳》云：……未嫁，居近長城。杞……避役此孟姿後園，池……樹水間藏，姿在下遊戲，於水中見人影，及上見之，乃曰：「請為夫妻。」梁曰：「見死役為卒，避役於此，不敢望貴人相采也。」姿曰：「婦人不再見，今君見妾」……遂與之交……饋食。後聞其死，遂將酒食往收其骸骨。至城下問尸首，及見城人之築在城中，遂向所築之城哭，城遂為之崩，城中骨亂，不可識之，乃淚點之，變成血。

(八)唐宋敦煌寫本

而敦煌手寫俗文學卷子之中，更有豐富的孟姜女故事民間講唱。法國巴黎圖書館所藏有變文、俗曲二類，變文部分，有伯五〇三九、伯三七一八、伯二八〇九，內容寫孟姜尋夫，見「髑髏無數，死人非一，骸骨縱橫」莫可辨認，於是咬指取血，「一一捻取自著血，咬指取血從頭試，若是兒夫血入骨，不是杞梁血相離。」俗曲部分，有伯三七一八、伯二八〇九、伯三三一九、三九一一等四個編號。其中伯三七一八〈曲子名目〉經學者潘重規、饒宗頤、任二北的研議，訂定如下：

孟姜女，秦杞梁，秦王感得三邊滯，生生搦腦小秦王。長城下，哭城哀，千鄉萬里築長城，感得長城一朶摧。里半髑髏千萬個，十方朽骨不空迴。

這些敦煌石室裡的經卷，據前人研究，許多是唐至宋初人所寫的。因此今天我們熟知的孟姜女故事定型於唐宋無疑。

(九)金元明清戲曲搬演

金元與明清的孟姜故事在戲曲之中搬演。金代有《孟姜女院本》，見元人陶宗儀《輟耕錄》卷二十五。元代鄭廷玉有《孟姜女送寒衣雜劇》，見鍾嗣成《錄鬼簿》卷上。明清無名氏有《杞良妻傳奇》、《長城記傳奇》皆見黃文暘《曲海總目提要》。但劇本已佚，僅能從曲譜輯出選曲來推斷。這部分學者趙景深《宋元戲文本事》與錢南揚《宋元南戲百一錄》從《舊編南九宮譜》、《九宮譜定》、《九宮正始》、《九宮大成南北詞宮譜》輯出若干，鉤稽脈絡，大致與目前流傳的情節符合。

◎地域的系統——各地傳說之變異性

除了從歷史縱的脈絡看孟姜故事發展，還可從橫向系統看孟姜女故事在各地的衍變。

(一)山東

按照歷史文獻，山東是孟姜故事最早發生的地方。故事情節裡孟姜哭崩的杞城與投水自盡的淄水，酈道元《水經注》所說的莒城，發生地都在山東中部。環繞古臨淄還有杞梁故宅、杞梁墓、孟姜故里、孟姜廟等地方

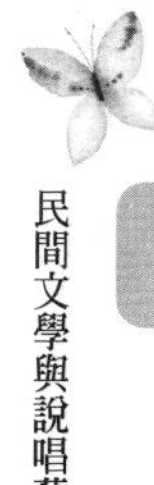

古蹟。山東濟寧傳說孟姜女是松江人，萬喜良是蘇州人，他為逃避築城逃到孟家入贅，經年餘，始因孟公壽慶露出破綻，遭捕埋在城下，但孟姜哭倒長城時，自己也被壓死在城下，顧頡剛認為這故事是受了江蘇南部的影響。

㈡山西・陝西

由於三國時代曹植說杞妻哭崩梁山，清代崔述便考證出應在河東，即今山西省，山西曲沃縣侯馬鎮的傳說有這麼一個說法：南澮河岸有孟姜手跡數十，是孟姜送寒衣時渡水，水突漲而不能渡，於是便以手拍岸而哭所留，這一拍，水竟然就退了。而從侯馬往西南便是陝西潼關，這裡有姜女廟，據說是她尋到丈夫屍骨，負骨歸家，最後到潼關力竭而死，而她哭倒的城就是潼關。

至於長安的北面是耀縣，再北就是同官縣、宜君縣，這個地方的傳說就相當豐富：話說孟姜負夫骸歸來，追兵亦至，她便逃到北高山（同官北五十里）渴極，大哭，這時地上忽湧出泉水（又名哭泉、烈泉）她又走了一回，疲憊不堪，走到同官水灣，氣力已竭，便把丈夫骸骨放在西山石穴下，自己坐在一旁死了，當地人敬她節烈，就地埋葬，塑了夫婦兩像，立廟祭祀。這廟在同官縣北三里，宜君縣南三十里，又涉及耀縣，所以這三縣的方志文獻都有記錄。《明一統志》與清代《陝西通志》都說孟姜女是同官人，她是往西北長城收骨而不是往山海關尋夫，換言之陝西人所說哭崩的城就應該不是山海關與潼關，更不是杞城與莒城了。

㈢湖北

漢口宏文堂《送衣哭夫卷》題作「宣講適用送寒衣」，該唱本說河南靈寶縣人范杞良父早喪，年十八，母為其娶姜家女孟姜，成親二日就被官差拉去築城，范母思兒心切。三年而亡，孟姜負土成墳後啓程尋夫，過陝州到潼關，走了十餘日，思念亡姑慟哭，忽然旋風吹起，向北而行，於是跟著旋風走，過了二十餘日，遇一老者（名塞翁）告訴她：築城八十萬民夫不上一年都死絕了，就塡在城中，孝子的骨是潔白的，范郎既孝，可滴血尋出，她受仙人點化，菩薩保祐，於是到長城後，且哭且尋，找了三天也找不到，就將身子向城撞去，忽然間天崩地裂，長城竟倒了三千餘丈……，她滴血試骨，終於尋到。將骸骨綑束背好，叫喚范郎靈魂跟著南行，七天七夜到了潼關，她兩眼血淋，坐在落雁崖前，男女數千人上山來看，她將夫骨放在身邊，痛哭訴情，沒有人不流淚的，三天三夜，她也死了，潼關人敬重她，將夫婦合葬，造烈女祠。

㈣直隸・京兆・奉天

這地區有一種「孟姜卷」，說許孟姜七歲即念佛行善，十五歲時父母命嫁范杞郎，婚後三日，范即被點赴役，因不耐勞苦逃跑被追回，便遭打殺築在城內，他託夢給孟姜，她就織了一頂赭黃袍，又織寒衣，織好就親自送去，把黃袍獻給始皇，始皇要娶她，她提出條件必須在葬夫後，於是她到長城下痛哭，這時土地與城隍把城牆推倒，她滴血認骨，要求始皇以黃金棺斂殯後，就撩了羅裙跳入水中，始皇敬重她，便造了一座姜女廟。北京大鼓書有「孟姜女尋夫」，分：〈離鄉〉、〈入夢〉、〈宿店〉、〈路嘆〉、〈認骨〉等五折，孟姜是投海死的。牌子曲則說她千里尋夫，被神風颷到山海關，始皇知道後賞她羊脂玉帶，表揚她的貞節。奉天東南部綏中地區有孟姜祠，祠前有望夫石，相傳即孟姜墓，當地人說是始皇欲納其爲妃，她觸石而死。

㈤河南

河南的故事基本上由江蘇北部傳過去的，故事大要說江寧縣富翁許員外無子，晚得一女，因爺姓許，娘姓

孟，認得乾娘姓姜，故名許孟姜。十六歲時與范希郎成親，過門不到一個月，秦始皇點民伕修邊牆，一日，孟姜夢見丈夫，恐其苦寒，便辭別翁姑前往送寒衣。途中艱苦難行，為觀音所救，送至邊牆，方知丈夫早已被處死葬在邊牆裡了，一時昏暈過去，閻王不收，醒來望城痛哭，驚動了上天張玉皇，傳旨打倒邊牆，讓她領取屍首。霎時間，龍王、雷公將邊牆打倒二三里，她滴血認出屍骨，忽然秦始皇來了，見其美貌，要封她為昭陽。她要求四件事，始皇一一依了，事畢，她拉了羅裙蒙面跳入江心，於是龍王把她救入龍宮，認她為乾女兒。

(六)湖南・雲南

湖南臨澧有孟姜山，山上有姜女廟，廟前一峰名望夫台，據說是孟姜女望范郎處，山下有石四方，各尺許，光明可鑑，相傳為姜女鏡石。台旁有小竹，一名繡竹、刺竹，葉子破碎得像絲縷一般，相傳是孟姜到台上望夫又一邊做著針黹，便隨手把針畫葉，於是就變成新品種。至於城牆不是哭斷的，湖南乾城縣民歌唱詞就說是用腳踢斷掉的：「踢一腳來哭一聲，萬里城牆齊齊崩」，這種情節也就影響到雲南。

雲南昆明的孟姜故事內容大概說：秦朝湖廣澧州孟家莊富翁孟光生女孟姜女，年十六，父欲為其招贅。一日，土地神託夢孟父，謂明日有一少年來借宿，可招為婿，翌日，果有一位自稱應考歸家的少年范希郎叩門借宿，老者問來歷後就招贅了。不料成婚三日，忽有欽差來拿逃兵，大家方知原來是秦王築長城，范郎被徵當兵，因他生得伶俐，秦王便賜他令箭、飛虎旗，管十萬人馬。但他貪於玩耍，天天賭博，將皇上賜給他的禮物全賭輸了。秦王大怒，貶他挑土挑磚，他受不了這苦，逃了出來便結了這姻緣。這時范郎被捕，到了京師，秦王命打四十軍棍，沒想竟一命嗚呼了，便將他埋在長城之內，讓他永世不得翻身。孟姜在家苦等三年毫無音訊，朝夕啼哭，哭聲驚動了森羅大王，命判官查生死簿，方知范郎是婁金狗轉世，孟姜是鬼金羊轉世，范郎陽壽未絕，死居枉死城中，於是放他出來託夢予妻，並告訴孟姜他的父親是范德仲，要孟姜前往長安收屍骨，孟姜告別父母，一路千辛萬苦，路上遇盜被搶，閉鎖後堂，爲牢頭好心私放，又跌死塵埃，被太白金星所救，並渡過揚子江，還送她烏鴉一對領路到了長安。

這時，烏鴉站在長城上，孟姜對城踢腳大哭，一時間，塵土飛揚，北門城牆一齊崩倒。又滴血認骨到第七屍，就找到丈夫骸骨，秦王得知此事，嘉其千里尋夫的大孝，傳旨將屍領回，並封她爲一品貞節夫人，令澧州知州建造牌坊，上書「冰壺玉潔節孝孟姜女坊」十大字。孟姜後來也將陳州范家父母兄長接到澧州合住，壽九十九歲。

(七) 廣東・廣西

廣東海豐客家地區說孟姜是個孝女，她的父親被埋在長城下，於是她傍城大哭，城竟倒塌了八百里，她尋到父親骸骨。至於城牆後來一再補築都隨築隨崩，故長城至今都留著缺處。這個故事奇特處是說孟姜爲孝女，研究者後來發現廣西的唱本是將她列於民間「二十四孝」之一，才知廣東是受廣西影響才有的情節。但廣西也還有另一個情節的故事，廣西象縣有這樣的傳說：「范四郎造長城，吃不了苦，私下逃走。六月六那日，風俗上不論男女都要到蓮塘洗澡祓除災難晦氣。孟姜在家中蓮塘舉行祓除，忽見對面塘邊有一男子伸首私窺，於是只有嫁給他。誰知結婚未滿三朝，官差偵知便把他捉拿，舂在城牆內，孟姜後來到長城尋了七天七夜，感動了太白金星，趁她昏死之時，把她靈魂引到丈夫被舂之處，並教她滴血之法。但她醒來按照這法還是尋不到，她放聲大哭，哭聲震驚天地，一下子，城就崩倒了。」而廣西桂林還有一個情節更豐富的傳說，桂林文茂堂刻本《孟姜女花牖記》裡的情節是：秦王抽民丁築長城，華州范杞郎只十五歲，不堪其苦逃走，到了務州。務州富

家女孟姜正在思嫁，她到泗水燒香許下三願：凡見她在楊柳樹下脫衣裳的、見她在百花樓上巧梳妝的、見她針黹穿線繡鴛鴦的，就願意嫁給他。六月中，她園中池塘洗浴，忽見樹上有人，忙穿上衣服問他，於是帶他見父母，說明情由，交拜成親。一日，蒙恬點工，少了范郎一人，後來發現他躲在孟家莊已兩月，捉去腰斬，將屍骨築在長城裡。范郎靈魂變成鳳鳥銜書與孟姜，囑她早嫁，孟姜不聽，縫製寒衣親自送去，也是一路千辛萬苦，泗州沒有船渡，龍王甚至派夜叉助她渡過。到長城後，哭七天七夜，哭倒了長安長城八百里，感動了太白金星，指示她覓屍之法，覓後解下衣衫包了，把三尺白羅當作花旛，引了亡魂走出長城。蒙恬奏始皇，捉孟姜上殿，始皇見她貌美要冊封爲皇后，孟姜要求三事：一、斬蒙恬。二、喚僧道誦經。三、御駕親祭范郎。始皇一一依了，她便捧起香爐在江邊祝告范郎：「有靈有威神靈現，鬼靈無感嫁君王」話未了，范郎顯靈立雲頭，一朵黃雲托起孟姜升天。蒙恬的鬼魂呼冤，孟姜說：「我們都是星宿，是五行的相剋！」

(八) 福建

根據文獻，南宋時莆田人鄭樵在《通志》中就說民間稗官演杞梁妻的故事成萬千言，後來福州平講曲有《姜姬英女運骸》一本，言華周死於莒，妻姜姬英準備了金銀前往贖屍，歷經艱苦，至九龍山爲強盜所追，華周鬼魂救之得脫。

(九) 浙江

紹興一帶是孟姜故事盛行的地方，目連戲中有「孟姜女戲」，劇情是：有兩個賊到員外家偷南瓜，剖開之後裡面竟有個嬰兒，他們怕了，便將嬰兒送回，員外把孩子養大，名爲萬喜良。後來秦王造萬里長城，要有一萬人築在城裡，只有萬喜良一人可抵上萬人，秦皇便下旨捉拿。而孟姜女也不是人生的，她是從葫蘆裡生的，其餘情節與上述各地區大抵雷同。

(十)江蘇

江蘇南部的孟姜故事是最佔勢力的，由於江蘇的文化發達，上海書肆操全國書籍的發行權，所以上海石印的孟姜女唱本直銷到浙江、福建、山東、河南、山西諸省，無形中改變了全國民眾的故事記憶，整個故事的重要情節如仙人轉世、蓮塘洗浴、秦皇築城、捉拿喜良、孟姜尋夫、神仙救難、滴血認骨、秦皇逼婚、孟姜投海、共登仙位……，皆成爲各地傳說母題的粉本。

孟姜女故事發展的歷史系統與地域系統已如上述。作爲流傳全國的故事，此故事的情節不但在各地戲曲與俗曲如〈十二月〉小唱中傳唱，也與各種民俗緊密結合，以萬喜良葬在城牆裡的情節來說，便與民間殺人厭勝習俗相關。浦江清引《野獲編》云：「《野獲編》中記有於城牆中得小棺甚多，此或是爲厭勝者，如范杞梁之類。」顧頡剛〈孟姜女故事筆記輯錄〉徵引「築人築土」資料云：「赫連勃勃築統萬城，鐵錐刺入一寸，即殺作人而並築之，此大概是貫休詩所謂築人築土者。」郭紹虞給顧氏的信函也提及宣統三年上海北半城牆內出土范喜良的石像，與錢肇基先前提及清季上海某處建築掘地石棺中的石人相同，背鐫「萬喜良」三字。①而相傳「滴血認親」一節，按《梁書．豫章王綜傳》：「其母吳淑媛自齊東昏宮得幸高祖，七月而生綜，宮中多疑

① 一九二五年十月二十九日信，見《孟姜女故事研究集》頁二九二、二六八，上海古籍出版社，一九八四。

之。綜年十五六，微服至曲阿，聞俗說，以生者血瀝死者骨，滲，即爲父子，綜乃私發齊東昏墓，出骨瀝臂血試之，並殺一男，取其骨試之，皆有驗。」②雖不符科學但出現在孟姜女哭倒長城尋出喜良骨殖的劇情上，也能看出民俗的深入民間。

孟姜女送寒衣的情節也是中國民間習俗之一。在農耕中國，每年十月初一又稱爲「寒衣節」，孟姜女爲萬喜良送寒衣，實際上就是爲亡靈送寒衣。《孔子家語．本命解》云「霜降而婦功成」，意即到了霜降節氣，田中勞作結束，婦女的紡織也停止，這說明家中寒衣縫製完竣，於是家家戶戶十月初一上墳祭拜祖先，用紙剪成衣形在墳前燒化。從這一個角度觀察，所有民間傳說的內容情節多半是由民俗衍化而來，在民眾口耳相傳的流傳過程中，往往與地方上的歲時節日、人生禮俗、民俗祀典結合，孳乳增衍而成，至於故事主角與文學技巧的添飾，通常只是一個傳說故事的最終定型。

二、牛郎織女

牛郎織女是我國家喻戶曉的民間神話故事，它連結著民間特殊的七夕乞巧風俗，古人詩句「天階夜色涼如水，臥看牽牛織女星」說的就是這分隔銀河兩岸遙遙相望的二星，千百年來，牛郎織女故事更喚起人們浮想聯翩、浪漫旖旎的遐思。

牛女故事原本列入神話範疇，原因是：一般學者咸認爲這故事原始意義與早期先民的星斗崇拜相涉，農耕文明本以觀察自然界星象爲進行農事的指南，織女與蠶桑神有關，牽牛則是穀物神的化身。後來與民間風俗相結合而逐漸成爲傳說，其中七夕乞巧，按晉人周處《風土記》的記載，古時七夕主要以乞富、乞壽、乞子爲內容，屬五穀豐登，人丁興旺，換言之，七夕乞巧原始功能應是一種生殖崇拜。這種功能的痕跡在上世紀山東有些地方仍然保留。

七夕這天，七個要好的姑娘聚在一起包餃子，把銅錢一枚、針一根、紅棗一顆，分別包入三個水餃裡，據說吃到錢的有福，吃到針的手巧，吃到棗的早婚得子。有些地區則用麥種豆粒在水中浸泡出「巧秧」「巧芽」，七夕當夜，姑娘視巧芽在水中的影子，對月吃下巧芽，模倣孕育生命的行爲，至於大家熟知穿針引線的乞巧，引線穿孔的做法更有生殖象徵的意涵。從此意義上進一步思考，待字閨中的處女在七夕這天向織女祈求，其根本原因即在於這天是牛郎織女相會，藉此祝禱天女賜予巧手與美好姻緣。

從上述的內容，吾人會發現在中國四大傳說中，牛郎織女故事與其他三個不同，也是唯一與古代農耕信仰有所連結的故事。民間把七夕又稱作女兒節，即處女節，情節中原本被王母以銀河阻隔的愛情，七夕得以在鵲橋上短暫的相會，牛郎作爲織女的情人與丈夫，他們的結合，絕非僅止於一般意義上男耕女織的象徵，故事情節中的老牛更是關鍵，因爲牛在中國南方少數民族民俗中仍保有「性」的涵意，相傳黔南一對苗族男女在洪水中死裡逃生，結成夫婦，多年無子，一日，在山上見到了一頭烏牛，於是牽回飼養，不久，妻子竟懷孕生子，從而子孫繁衍，後代子孫爲了紀念先祖，於是每年秋後就舉行鬥牛儀式。這裡牛的出現無疑傳達了繁衍後代的意義，而從乞巧民俗活動觀察，牛郎織女故事的原意本是牛與女的結合，更準確說是先祖生殖力的傳衍與遞續。

---

② 見前引書頁二九一。

◎由星名神話到擬人賦情

另外牛郎、織女二星在考古實物方面也是存在的。考古學者孫作雲〈漢昆明池畔牛郎織女雕像〉一文就一九五五年在西安斗門鎮東西向石爺廟與石婆廟發現的兩座石像，根據史料考證指出這兩座石像即漢武帝時代昆明池（古長安西南周圍四十里）兩旁之牛郎、織女像。以石像所在位置及「跪坐揚掌作談話姿勢」的石婆像，與一般漢畫像石以及漆器上的人物造型一致作推斷，應就是牛郎，而石爺像即織女。他依據《漢書》卷六〈武帝紀〉「元狩三年……發謫吏穿昆明池」的記載，說明漢武帝為了伐西南夷操練水軍，於元狩三年（公元前一二〇年）鑿昆明池，該池縱橫南北，象徵天漢（銀河），二像各座落東、西，一為牛郎星，一為織女星。並推斷漢代的昆明池東西寬約一．五公里，南北長約五公里。孫氏另徵引四條文獻以為佐證，分別為：

一、班固〈西都賦〉：「集乎豫章之宇，臨乎昆明之池，左牽牛而右織女，似雲漢之無涯。」李善注引〈漢宮闕疏〉曰：「昆明池有二石人，牽牛織女像。」

二、張衡〈西京賦〉：「豫章珍館，揭然中峙。牽牛立其左，織女處其右。」

三、畢沅《關中勝跡圖志》卷六引《三輔故事》曰：「昆明池三百二十五頃，池中有豫章臺與石鯨……立石牽牛織女於池之東西，以象天漢。」

四、顧祖禹《讀史方輿紀要》卷五三引《雍勝錄》曰：「池在長安故城西十八里，池中有豫章臺及刻石為鯨魚，旁有二石人像牽牛織女立於河東西。」③

上述文獻記載說明天上星辰進入了人們生活視野，並以擬人化形象呈現。想像力本是神話發生的要素，如天漢（銀河）當是地面河流觀念的投射，人類學家林惠祥《神話論》便如此解釋：「天上星群合成的一條長帶，常被想像爲天上的道路。如巴須陀人說是『神的路」；奧即人說是「精魂的路」；北美土人也說是「生命主宰的路」……我國人稱之爲銀河，也是將他當做道路一樣。」[4]農耕文明由於星辰運行變化與生產活動息息相關，人們便參以自身生活的經驗與想像，使故事情節更富人情味，由口傳的生枝添葉注入活力，之後更以文學方式表現。羅永麟〈試論牛郎織女〉一文就將常見有關本故事在歷代發展的相關文學作品，按時代順序排列如下：1《詩經・小雅・大東》、2《古詩十九首・迢迢牽牛星》、3應劭《風俗通》、4曹丕〈燕歌行〉、5陸士衡〈擬迢迢牽牛星〉、6謝惠連〈七月七日夜詠牛女〉、7張華《博物志》、8任昉《述異記》、9吳均《續齊諧記》、10柳宗元〈乞巧文〉。[5]這十篇文學作品大致可看出牛郎織女故事發展的脈絡：在西周時期的《詩經》只是提及它們星辰的名稱：「跂彼織女，終日七襄。雖則七襄，不成報章。睆彼牽牛，不以服箱。」《詩經》之後的班固〈西都賦〉、張衡〈西京賦〉、潘安仁〈西征賦〉基本上不超出《詩經》的範圍。漢末《古詩十九首・迢迢牽牛星》則出現兩相戀慕的熱情與一年一會的情節，已屬戀人無疑，但並非夫妻關係：

迢迢牽牛星，皎皎河漢女。纖纖出素手，札札弄機杼。終日不成章，涕泣零如雨。河漢清且淺，相去復幾許。盈盈一水間，脈脈不得語。

---

③見氏著《美術考古與民俗研究》頁二七八～二八一，開封：河南大學出版社，二〇〇三。

④《神話論》，台北：臺灣商務印書館，一九七九。

⑤《民間文學集刊》第二集，一九五八，收於苑利主編《二十世紀中國民俗學經典》傳說故事卷，北京：社會科學文獻出版社，二〇〇二。

最先稱二人為夫婦的則見於曹植〈洛神賦〉「嘆匏瓜之無匹兮，詠牽牛之獨處」李善注所引曹植〈九詠〉注：「牽牛為夫，織女為婦，織女牽牛之星，各處河鼓之旁，七月七日乃得一會。」東漢應劭《風俗通》則加入「烏鵲塡河以渡織女」的情節（詳下文）。

身分從戀人而夫妻，再加上織女役鵲渡河，這個故事的基本框架已在漢末成型，至於曹丕、陸士衡、謝惠連的作品，基本是與古詩十九首沿用同一個民間傳說。到了南朝梁時宗懍在其《荊楚歲時記》又加入織女為天帝之子的身分，嫁給牛郎之後便廢織紝，天帝怒的內容：

嘗見書道云：牽牛娶織女，借天帝錢下禮，久不還，被驅在營室中。……天河之東有織女，天帝之子也。年年機杼勞役，織成雲錦天衣。天帝憐其獨處，許嫁河西牽牛郎。嫁後遂廢織紝。天帝怒，責令歸河東，唯每年七月七日夜，渡河一會。⑥

此處天帝的出現，原本是個憐其獨處的父親，但又管教甚嚴，這就演變為牛郎織女遭受王母娘銀簪劃下銀河阻絕，做了情節上的鋪墊。

總之，牛女故事在漢魏六朝時逐漸定型，不斷豐富情節，河漢睽違與仙女下凡的象徵也給予文人深刻的現實感觸，致歌詠牛郎織女題材的創作蠭起，宋代蒲積中所編《歲時雜詠》卷二十五收錄魏晉南北朝七夕詩三十七首，唐代五十九首，宋代二十九首，足見分隔苦楚、相思相戀是文學創作永恆不變的主題，織女形象也自漢魏之後在文學作品中成為一個被普遍關注的對象。

◎董永遇仙傳說與牛女故事

織女透過文學走入大眾的記憶，民間便出現了一個孝感動天的董永故事與牛女傳說纏繞不分。由於其中有織女下凡助孝子的情節，地方傳說又往往與民間故事、文學作品相互影響，造成不知孰先孰後的情形。之後，以董永遇仙爲題材的文學作品，自干寶《搜神記》、劉向《孝子圖》的傳記式記敘，到唐代敦煌〈董永行孝變文〉，至宋元間話本小說、明清傳奇、雜劇、各地的地方戲、講唱、俗曲，各有演繹，杜穎陶所編《董永沉香合集》⑦，除變文外，尚有《董永遇仙記》（雜劇）、《織錦記》（傳奇）、《賣身記》（傳奇），《小董永賣身寶卷》、《張七姐下凡槐陰記》（挽歌）、《大孝記》（評講）、《董永賣身張七姐下凡織錦槐陰記》（彈詞）、《董永賣身天仙配》、《槐陰會》（地方戲）以及小曲〔劈破玉〕〔寄生草〕〔岔曲〕〔背工〕等。

不過，在兩個故事都有織女的情況下，角色混同，牛郎織女故事又挾著廣泛流傳，以及與民俗活動密切相連，相對的使董永遇仙傳說相形見絀，甚至在整個南北朝到隋唐，董永的資料幾乎是空白的。最早山東嘉祥縣東漢武梁祠石刻畫像載有董永父執杖坐車旁，董永在車旁作役所謂「鹿車載父」的孝子故事。一九三〇年洛陽出土的北魏「孝子圖石棺」，上刻有董永孝行與遇仙故事，題曰「子董永」，以及一九三一年洛陽出土的「寧

---

⑥ 同時期任昉《述異記》也描述相同的情節：「天河之東有美麗女人，乃天帝之子，機杼女工，年年勞役，織成雲霧綃縑之衣，辛苦無歡悅，容貌不暇整理，天帝憐其獨處，嫁與河西牽牛之夫婿，自後竟廢織紝之功，貪歡不歸。帝怒責歸河東，但使一年一度相會。」

⑦ 《董永沉香合集》，上海：古典文學出版社，一九五七。

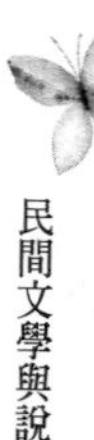

懋石室」壁畫有「丁蘭事木母」、「董永看父助時」，根據出土資料，學界推論董永爲漢代人。晉．干寶《搜神記》卷一也如此記載：

漢董永，千乘人。少偏孤，與父居，肆力田畝，鹿車載自隨。父亡，無以葬，乃自賣爲奴，以供喪事。主人知其賢，與錢一萬，遣之。永行三年喪畢，欲還主人，供其奴職。道逢一婦人曰：「願爲子妻。」遂與之俱。主人謂永曰：「以錢與君矣。」永曰：「蒙君之惠，父喪收藏。永雖小人，必欲服勤致力，以報厚德。」主曰：「婦人何能？」永曰：「能織。」主曰：「必爾者，但令君婦爲我織縑百疋。」於是永妻爲主人家織，十日而畢。女出門，謂永曰：「我，天之織女也。緣君至孝，天帝令我助君償債耳。」語畢凌空而去，不知所在。

唐代《董永行孝變文》則有「阿耨池邊澡浴來，先於樹下隱潛藏。三個女人同作伴，奔波直至水邊傍。脫卻天衣便入水，中心抱取紫衣裳；此者便是董仲母，此時修（羞）見小兒郎。」的描寫，類似干寶《搜神記》「豫章新喻縣男子，見田中有六七女，皆衣毛衣，不知是鳥。匍匐往得其一女所解毛衣，取藏之，即往就諸鳥。諸鳥各飛去，一鳥獨不得去。男子取以爲婦，生三女。其母後使女問父，知衣在積稻下，得之，衣而飛去，後復以迎三女，女亦得飛去。」的情節。《搜神記》這個情節與世界各地流傳的「天鵝處女型」又稱「毛衣女」或「羽衣仙女」故事母題是一致的，它的基本內容是：幾隻飛鳥，一般是天鵝、白鶴、孔雀，飛落湖畔，脫去羽毛變成美女在湖中洗澡，一男子見而愛之，就竊走了其中一件羽毛衣，女子無奈便與之成婚生子，若干年後，女子發現了羽毛衣，披上飛去……。

還有另一種「人神婚戀型」則保留了「天鵝處女型」前半內容，而主題思想改爲織女因思凡而到人間，故天衣被藏亦不以爲忤，兩人辛勤耕織，生下一兒一女，生活幸福美滿。詎料王母娘娘知情，派天兵天將捉拿織女回天庭，牛郎披牛皮，挑著一雙兒女追至天宮，王母娘娘見狀，拔下銀簪劃成一道銀河阻隔之，織女淚眼拋出手中梭子給女兒長大織布用……天人之間的眞情感動王母娘娘，遂允每年七夕渡河相會。

而更後的發展，牛郎織女還與「兩兄弟型」故事合流，說有兩兄弟父母早亡，兄嫂苛薄虐待弟弟，只分給他一頭老牛。這頭牛通神，指點他去偷取正在池中洗澡的織女（七仙女中最幼者）的衣服，織女因無天衣，無奈只好與他成親，若干年後，織女得到了天衣立即飛天，老牛死時讓牛郎披上牛皮也飛追織女，於是牛郎帶著一兒一女追到天上……王母娘娘用簪劃下銀河，牛、女變成兩顆星星，被隔在天河兩岸，牛郎附近的小星，正是他的一兒一女。

◎織女傳說之變異

牛郎織女故事所反映的是一齣人神在現實生活中的婚姻悲劇，因此愛情雖旖旎溫馨，但也有不盡的痛苦輪迴牽纏在他們的生命裡。這故事在各地的說法都略有差異，其中《荊楚歲時記》的記載最爲典型，與京劇《天河配》情節一致，而黃梅戲《天仙配》則與董永賣身故事牽合。在流播歷程中，織女形象轉變較大的有蘇北洪澤湖畔《織女變心》的傳說與河北束鹿《牛郎織女結冤仇》的故事⑧，其間織女居然被醜化爲「和丈夫整天吵

⑧ 見《民間文學》一八七期，一九八五年七月號。

鬧不休」、「好吃懶做的懶婆娘」。

至於閩南地區流傳的《織女傳奇》，則說織女本是富家女，曾發願嫁給逗她發笑的人，就因牛郎使她發笑，而父親極力反對下嫁，致令憂鬱成病。一日，織女託喜鵲帶信告知牛郎於每月七日花園相會，不料喜鵲卻誤傳為次年七月七日，於是織女憂傷而死，牛郎得知此事，亦傷慟而卒。二人升天之後，結為夫婦，即每年相會一次，織女認為這一切均為喜鵲造成，故將喜鵲頭上的毛悉數拔去以洩恨。這種說法與傳統的「鵲橋相會」記載截然不同，東漢．應劭《風俗通》云：

> 織女七夕當渡河，使鵲為橋。相傳七日鵲首無故皆髡，因為梁以渡織女故也。

宋代羅願《爾雅翼．釋鳥》亦有相同說法：「涉秋七日，鵲首無故皆禿。相傳是日，河鼓與織女會於漢東，役烏鵲為梁以渡，故毛皆脫去。」這是鳥類初秋換毛的生態現象在牛女故事中顯現出民眾的奇想妙趣。

◎牛女傳說衍生之習俗信仰

由於「人神婚戀型」中織女賢妻良母形象極為完美，以天女之姿下嫁苦農，布衣粗食，織紡持家，撫育子女，甘之如飴，既是「女紅之神」，又兼「司愛」、「護子」神力，因而衍生出民間七夕穿針乞巧、求姻緣、乞子、護兒等多種習俗與信仰。

(一)穿針乞巧

梁．宗懍《荊楚歲時記》：是夕，人家婦女結綵樓，穿七孔針，或以金銀鍮石為鍼。陳几筵、酒脯瓜菓於庭中以乞巧，有蠨子網於瓜上，則以爲符應。

唐．馮贄《雲仙雜記》「洛陽歲節」條：乞巧，使蜘蛛結萬字，造明星酒，裝同心膾。

唐．《開元天寶遺事》「蛛絲卜巧」條：帝與貴妃每至七月七日夜，在華清宮遊宴。時宮女輩陳瓜花酒饌列於庭中，求恩於牽牛、織女星也。又各捉蜘蛛於小合中，至曉開視蛛網稀密，以爲得巧之候。密者言巧多，稀者言巧少。民間亦效之。

又「乞巧樓」條：宮中以錦結成樓殿，高百尺，上可以勝數十人，陳以瓜果酒炙，設坐具，以祀牛、女二星。嬪妃各以九孔針、五色線向月穿之，過者爲得巧之候。動清商之曲，宴樂達旦，士民之家皆效之。

(二)求子護兒

宋．孟元老《東京夢華錄》：七月七夕，潘樓街東宋門外瓦子……皆賣磨喝樂，乃小塑土偶耳。悉以雕木彩裝欄座，或用紅紗碧籠，或飾以金珠牙翠，有一對直數千者，禁中及貴家與士庶爲時物追陪。……鋪陳磨喝樂、花瓜酒炙、筆硯針線，或兒童裁詩，女郎呈巧，焚香列拜，謂之乞巧。⑨

⑨「磨喝樂」一詞係梵語音譯，或作「摩睺羅」、「魔合羅」，爲佛經中掌音樂之樂神摩睺羅迦王，人身蛇首。唐代傳至中國轉爲美妙可愛之兒童，宋元習俗用土木雕成兒童形狀，七夕供養以求子，後來成爲幼童之玩具。參傅芸子〈宋元時代的「磨喝樂」之一考察〉，《支那佛教史學》二卷四號，頁五～六。元代孟漢卿撰《張孔目智勘魔合羅》雜劇，山西大同、朔州亦有以「暮和樂」贈出嫁女兒之乞子習俗。

㈢求美貌姻緣

浙江省《黃岩縣志》：七夕，是夕婦女乞巧。以水盆接露，名曰牛女淚，用濯髮、滌梳具。

浙江省《路橋縣志》：七夕，婦女用各種鮮花盛水盆內藉以承露，曰接牛女淚，以洗眼濯髮，謂能明目美鬢。⑩

明·李詡《戒庵老人漫筆》：四川茂州有三長官司，爲布佫蠻，婦人用酥塗身使澤，每年七夕盡，沐髮於河訖，辮妝爲髻，再不梳，一年一次。男子則光頭，頂留搭髮。⑪

㈣曝衣曬書

東漢·崔寔《四民月令》：七月七日，遂作麴及磨，是日也，可合藍丸及蜀漆丸。曝經書及衣裳，習俗然也。

《世說新語》：郝隆七月七日見鄰人皆曝曬衣物。隆乃仰出腹臥，云曝書。

㈤閩台七夕禮俗

至於閩台地方七夕習俗與上述略同，如《泉州府志》載：「七夕乞巧，陳瓜豆及粿，小兒拜天孫，去續命縷。」黃叔璥《台海使槎錄》云：「七夕呼爲巧節，家供織女，稱爲七星孃。紙糊綵亭，晚備花粉、香果、酒醴、三牲、鴨蛋七枚、飯七帮，命道士祭獻畢，則將端陽男女所結絲縷剪斷，同花粉擲於屋上。食螺螄以爲明目，黃豆煮熟洋糖拌裹及龍眼、芋頭相贈貽，名曰結緣。」

台灣對織女神的稱呼有：七娘媽、七星娘娘、天女娘娘，以之爲主神的雲林七星宮與台南開隆宮皆有百年以上歷史。七夕俗稱「七娘媽生」，供品花類多爲圓仔花、雞冠花、樹蘭花、指甲花等，另加瓜果、白粉、胭脂，祭拜完將白粉、胭脂一半灑向屋頂，一半留存自用，可使女子變美。其他軟粿、雞酒、油飯、牲禮等，則寓乞子意涵。

基於護兒信仰，七夕另有一生命禮儀——「揹絭」。家有十六歲以下兒童者，多祈求七娘媽保佑，用紅線穿過古錢或金銀鎖牌作成「絭」，套於兒童頸上數日。迨十六歲另行「脫絭」禮，祭品有粽類、麵線、七娘媽彩亭等，祭畢焚金紙、經衣與彩亭，俗稱「七夕祭」，又稱「出姐母間」，表示男子已成人，不可隨意進出婦女房間。此外七夕又是床母生日，床前多以雞酒、油飯祭拜，並燒床母衣（紙錢），祈求床母庇護幼兒。

◎牛女傳說之異篇

元末明初瞿佑（一三四七～一四三三）的《剪燈新話》卷四〈鑑湖夜泛記〉，筆致超逸絕俗，織女形象貞潔高標、神聖凜然，她否認曾嫁牛郎，批評凡間《齊諧記》、《荊楚歲時記》皆多詐不經，文士詩文亦多妄作，希望處士成令言能爲她闢謠，其文云：

---

⑩ 以上二則方志資料見《中國地方志民俗資料彙編．華東卷》（中）頁八五一、八五九，北京：書目文獻出版社，一九九五。

⑪ 見卷二〈佈俗七夕沐髮〉，《元明史料筆記叢刊》，北京：中華書局，一九九九，頁四十四。

處士成令言，不求聞達，素愛會稽山水。天歷間，卜居鑑湖之濱，……初秋之夕，泊舟千秋觀下，金風乍起，白露未零，星斗交輝，水天一色，……歌宋之問〈明河〉之篇，飄飄然有遺世獨立，羽化登仙之意。舟忽自動，其行甚速，風水俱駛，一瞬千里，若有物引之者，令言莫測。須臾，至一處，寒氣襲入，清光奪目，……見珠宮岌然，貝闕高聳。有一仙娥，自內而出，被冰綃之衣，曳霜紈之帔，戴翠鳳步搖之冠，躡瓊紋九章之履。……星眸月貌，光彩照人。至岸側，謂令言曰：「處士來何遲？」……殿後有一高閣，題曰：靈光之閣。內設雲母屏，鋪玉華簟，四面皆水晶簾，以珊瑚鉤掛之，通明如白晝。……請令言對席坐而語之曰：「……妾乃織女之神也。此去塵間乃八萬餘里矣。」……

仙娥乃低首斂躬，端肅而致詞曰：「妾乃天帝之孫，靈星之女，夙稟貞性，離群索居。豈意下土無知，愚民好誕，妄傳秋夕之期，指作牽牛之配，致令清潔之操，受此污辱之名。……褻侮神靈，罔知忌憚，是可忍也，孰不可忍！……幸卿至世，悉爲白之，毋令雲霄之上，星漢之間，久受黃口之讒，青蠅之玷也。」令言又問曰：「世俗之多誑，仙眞之被誣，今聽神言，知其僞矣。然如張騫之乘槎，君平之辨石，將信然歟？抑妄談歟？」仙娥曰：「此事則誠然矣！夫博望侯乃金門直吏，嚴先生乃玉府仙曹，暫謫人間，靈性具在，故能周遊八極，辨識異物。豈常人之可比乎？卿非三生有緣，今夕亦烏得至此！」遂出瑞錦二端以贈之，曰：「卿可歸矣，所託之事，幸勿相忘。」令言拜辭登舟……

後遇西域賈胡，試出示焉。撫翫移時，改容言曰：「此天上至寶，非人間物也。」令言問：「何以知之？」曰：「吾見其文順而不亂，色純而不雜。以日映之，瑞氣蔥蔥而起，以塵掩之，自然飛揚而去。以爲幄帳，蚊蚋不敢入，以爲衣帔，雨雪不能濡。隆冬御之，不必挾纊而燠；盛夏張之，不必乘風而涼。其蠶蓋扶桑之葉所飼，其絲則天河之水所濯，豈非織女機中之物乎？君何從得此？」令言秘之，不肯述其故。遂輕舟短棹，長遊不返。後二十年，有遇之於玉笥峰者，顏貌紅澤，雙瞳湛然，黃冠布裘，不巾不帶。揖而問之，則御風而去，其疾如飛，追之不能及矣。

爲了請成令言幫忙闢謠，織女送給他的「瑞錦」最是奇異，惹人遐想聯翩。而織女這種翻案說法，後世亦有響應者，如題名清代李漁彙輯的《警示選言》第一回〈靈光閣織女表誣詞〉即是〈鑑湖夜泛記〉之白話譯作；而越南漢文小說阮嶼《傳奇漫錄》中有篇〈金華詩話記〉亦持類似觀點：「歌七夕者貽誚天孫，構謗者造誣，莫斯爲甚。」文士另類的思維與視角，畢竟與承載廣大庶民現實冀望的民間文學大異其趣。

三、梁山伯祝英台

梁祝故事是中國四大傳說之一，流傳廣遠，這是一個古代女子喬裝遊學、十八相送、樓台相會、合塚化蝶……既富傳奇性又哀怨動人的故事，故事從最早流播於單一的地區，之後不斷擴大至大江南北，甚至走出國門，在日本、朝鮮半島、越南、印尼、馬來西亞……成爲了民眾喜聞樂道的敘事題材。

◎唐代故事雛形已具

早在一九三〇年錢南揚先生就寫過一篇〈祝英台故事敘論〉⑫，他認爲這個故事有兩個較可靠的源頭，一

⑫ 廣州中山大學《民俗周刊》九三、九四、九五期合刊，一九三〇年二月。

是宋人張津《乾道四明圖經》引初唐梁載言《十道四蕃志》「義婦祝英台與梁山伯同冢」；一是清人翟灝《通俗編》卷三十七引晚唐張讀《宣室志》：

英台，上虞祝氏女，偽為男裝遊學，與會稽梁山伯者同肄業。山伯，字處仁。祝先歸。二年，山伯訪之，方知其為女子，悵然如有所失。告其父母求聘，而祝已字馬氏子矣。山伯後為鄞令，病死，葬鄮城西。祝適馬氏，舟過墓所，風濤不能進。問知山伯墓，祝登號慟，地忽自裂陷，祝氏遂並埋焉。晉丞相謝安奏表其墓曰義婦塚。

錢南揚還認為明代徐樹丕《識小錄》中的「按梁祝事異矣！《金樓子》及《會稽異聞》皆載之。」可推測故事起於六朝。《金樓子》是梁元帝蕭繹（五〇八～五五四）所作，因此他推測這故事有可能就發生在梁元帝之前，並提出：「這個故事託始於晉末……至梁元帝采入《金樓子》，中間相距約一百五十年，所以這故事的發生就在這一百五十年中間。」《金樓子》一書按《四庫全書總目》卷一百十七所載，明末已佚，今所見的是《說郛》摘本與從《永樂大典》輯錄而成的殘本。並無梁祝故事記載。《會稽異聞》看書名當是地方志之類，現也已亡佚，但既然明代徐樹丕見到上述兩種典籍，裡面也有相關記錄，這個故事應早在六朝時期不但在地方上流傳，而且還收錄在典籍中是可以確認的。

《宣室志》裡的描述，已見到這個故事在晚唐雛形已具，按照文內敘述，出現了：偽裝遊學、梁祝同窗、山伯訪祝、祝適馬氏、山伯病故、英台哭墓、墓陷同埋的情節，至於「山伯後為鄞令病」、「謝安奏表其墓」等情節，因較乏戲劇張力與浪漫情致，故不為後世說唱、戲曲採作表演。

◎宋代化蝶說與民間信仰

梁祝同塚之淒美殉情，自然需有一新人耳目的幻想式結局，方能撫慰世世代代憧憬愛情的人心。於是在不同的文學藝術作品中開始出現化爲鴛鴦、鴻雁、彩虹……，甚至還魂或轉世投胎之說⑬不一而足，其中最具美感而普遍流傳的是「化蝶」說。

梁祝化蝶說，一般認爲完成於宋代，但也有主張始於晚唐羅鄴的〈蛺蝶〉詩，該詩收於韓國高麗時代（九一八～一三九二）初期出現的一部唐詩選本《夾註名賢十抄詩》卷下，註者序稱「東都海印宗老僧」。韓國學者認爲此註釋本於一二〇〇年前後撰成，即中國南宋寧宗時期，選本由高麗使者攜入朝鮮。羅鄴〈蛺蝶〉詩，《全唐詩》、《全唐詩外編》皆未錄及，其詩曰：

> 草色花光小院明，短牆飛過勢便輕。紅枝裊裊如無力，粉蝶高高別有情。
> 俗說義妻衣化狀，書稱傲吏夢彰名。四時羨爾尋芳去，長傍佳人襟袖行。

夾註本於「俗說義妻衣化狀」句註曰：「《梁山伯祝英台傳》：大唐展事多祚瑞，有一賢才自姓梁。……便道英台身姓祝，山伯稱名僕姓梁。……二人結義爲兄弟，死生終始不相忘。不經旬日參夫子，一覽詩書數百

---

⑬ 明代祁彪佳《遠山堂曲品》錄有朱少齋《英台》傳奇，注云：「即還魂。」；清初〈梁山伯歌〉云：「山伯送往張家去，英台送往李家莊，兩世姻緣再成雙。」

張。……言訖塚堂面破裂，英台透入也身亡。鄉人驚動紛又散，親情隨後援衣裳。片片化爲蝴蝶子，身變塵灰事可傷。云云。」註詩者係南宋僧人，引當時說話人講唱梁祝故事的話本註解距其三、四百年前的羅鄴〈蛺蝶〉詩，誠有待商榷。蓋因「義妻衣裙化蝶」之說，在唐代多指韓憑而非梁祝，即如北宋・樂史《太平寰宇記》引《搜神記》云：

> 宋大夫韓憑取妻美，宋康王奪之，憑怨王，自殺；妻陰腐其衣，與王登臺，自投臺下，左右攬之，著手化爲蝶。

唐・段成式《酉陽雜俎》云：

> 秀才顧非熊少時，嘗見鬱棲中壞綠裙，旋化爲蝶。

明・彭大翼《山堂肆考》羽集卷三十四云：

> 俗傳大蝴蝶必成雙，乃梁山伯祝英台之魂，又云韓憑夫婦之魂，皆不可曉。李義山詩：「青陵臺畔日光斜，萬古貞魂倚暮霞。莫許韓憑爲蛺蝶，等閒飛上別枝花。」

從彭大翼的說法可以看出，到了明代才以梁祝化蝶爲主流說法，唐代則以韓憑說爲主，當時李商隱饒富寓意的〈青陵臺〉一詩，所詠對象亦明白確指韓憑。⑭故羅鄴〈蛺蝶〉詩係指韓憑而非梁祝。而梁祝化蝶的傳說，也必然等到南宋才逐漸明朗，紹興年間薛季宣的〈遊祝陵善權洞〉一詩是今日所見最早材料：

萬古英臺面，雲泉響佩環。練衣歸洞府，香雨落人間。
蝶舞凝山魄，花開想玉顏。幾如禪觀適，遊納戲澄灣。

清代吳騫《桃溪客語》所引南宋《咸淳毘陵志》亦云：「祝陵，在善權山，其巖有巨石刻云『碧鮮庵』，蓋祝英台讀書處，昔有詩云『蝴蝶滿園飛不見，碧鮮空有讀書壇』。俗傳英台本女子，幼與梁山伯共學，後化為蝶，事類於誕。……」所以明清沿襲宋代說法，歌詠梁祝化蝶之作更不知凡幾。

此外值得一提的是，梁山伯原是志誠樸厚的書生形象，到了北宋徽宗大觀間（一一〇七）知明州事的李茂誠所撰〈義忠王廟記〉中竟被神格化了。這篇〈廟記〉見於鄞縣志的「壇廟」類，內容與唐．張讀《宣室志》略同，特記義忠王諱處仁，字山伯，姓梁氏，會稽人，為鄮令，生於穆帝永和壬子（三五二）三月一日，病卒於孝武帝寧康癸酉（三七三）八月十六日。尤其當英台哭陵，地裂並埋之時，增添大段神奇記述：

從者驚引其裙，風裂若雲飛，至董谿西嶼而墜之。馬氏言官開槨，巨蛇護塚，不果。郡以事異聞於朝，丞相謝安奏請封「義婦塚」，勒石江左。至安帝丁酉秋，孫恩寇會稽，及鄮，妖黨棄碑於江。太尉劉裕討之，神乃夢裕以助，夜果烽燧熒煌，兵甲隱見，賊遁入海。裕嘉奏聞，帝以神功顯雄褒封「義忠神聖王」，令有司立廟焉。越有梁王祠，西嶼有前後二黃裙會稽廟。民間凡旱澇疫癘，商旅不測，禱之

---

⑭ 詳參錢南揚〈祝英台故事敘論〉一文，收於王秋桂編《中國民間傳說論集》頁一二五～一三五，台北：聯經出版社，一九八〇。

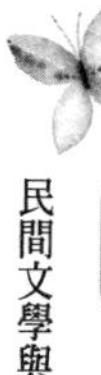

輒應。……

巨蛇護塚之靈象令人稱奇，而助平寇亂之神蹟得褒封立廟，較之〈廟記〉略晚的張津《乾道四明圖經》（一一六九）、王象之《輿地紀勝》（一二二一）、羅濬《寶慶四明志》（一二二七）乃至明清浙江諸多方志，均載梁祝異事且塚廟並提，尤其載明神誕神諱（山伯生卒）日期，旨在供民膜拜，隨之生發的酬戲還願等，即為滿足廣大群眾的民俗信仰。

◎母題溯源與風物傳說

梁祝故事之所以歷千餘載而不衰，主要在於情節曲折動人，而構成這傳說的幾個重要母題：女子易釵為弁的喬裝、墓裂同埋、死後化物、還魂、轉世……，其實皆前有所承，在悠悠歲月中不斷增益淬煉而成。如英台女扮男裝，應當取自北朝流傳的花木蘭故事，〈木蘭詩〉中「同行十二年，不知木蘭是女郎」給人帶來莫大的驚喜。而英台為求學而喬裝，突破舊時「女子無才便是德」的壓抑，「比及三年而山伯不知英台之為女也，其樸質如此。」（《乾道四明圖經》語）與誠樸男子精神上的戀愛更教人嚮往。⑮

梁祝殉情與化鴛鴦、化蝶之情節，與漢代韓朋（憑）故事、漢末至三國初〈孔雀東南飛〉敘事詩相類似。《搜神記》描述韓憑夫婦殉情後，「宿昔之間，便有大梓木生於二塚之端，旬日而大盈抱。屈體相就，根交於下，枝錯於上。又有鴛鴦，雌雄各一，恒棲樹上，晨夕不去，交頸悲鳴，音聲感人。」民間長篇敘事詩〈孔雀東南飛〉最末焦仲卿、劉蘭芝各自殉情後，「兩家求合葬，合葬華山傍。東西植松柏，左右種梧桐。枝枝相覆蓋，葉葉相交通。中有雙飛鳥，自名為鴛鴦。仰頭相向鳴，夜夜達五更。」在民間故事的模式裡，愛情悲劇的結尾每每出現化草木而交柯，化鴛鴦而交頸的一種想像。⑯而化蝶亦源自韓憑故事。

墓裂並埋之情節根源應是六朝宋少帝時發生在今鎮江一帶〈華山畿〉故事，宋．郭茂倩《樂府詩集》卷四十六引《古今樂錄》曰：

少帝時，南徐一士子從華山畿往雲陽。見客舍有女子，年十八九，悅之無因，遂感心疾。母問其故，具以啓母。母爲至華山尋訪，見女，具說。聞，感之，因脫蔽膝，令母密置其席下，臥之，當已。少日，果差。忽舉席，見蔽膝而抱持，遂吞食而死。氣欲絕，謂母曰：「葬時車載從華山度。」母從其意。比至女門，牛不肯前，打拍不動。女曰：「且待須臾！」妝點沐浴，既而出，歌曰：「華山畿，君既爲儂死，獨活爲誰施？歡若見憐時，棺木爲儂開。」棺應聲開，女透入棺。家人叩打，無如之何，乃合葬，呼曰神女塚。

華山、雲陽皆在江蘇，與浙江鄰近，情節與梁祝故事相接觸是可能的，試看祝英台的入墓，和華山女子的入棺，何等相像。

---

⑮ 女扮男裝情節新奇，此類題材文藝創作甚夥，而史傳亦不乏紀載，清．趙翼《陔餘叢考》卷四十二「女扮爲男」即列有史傳之例七條。

⑯ 詳參容肇祖〈燉煌本韓朋賦考〉一文，收於王秋桂編《中國民間傳說論集》頁八十七～一一五，台北：聯經出版社，一九八〇。

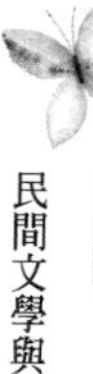

由於梁祝故事流布甚廣，一九三〇年代錢南揚已搜得十一二省的唱本與傳說，當時國外亦有朝鮮文印本，因而他斷言「在中國是沒有一處沒有的」，而從張岱《陶庵夢憶》、清．吳騫《桃溪客語》、焦循《劇說》中，他也翻檢出梁祝讀書處、墓、廟等八處遺跡。隨著故事的傳衍流播，逐漸深化成爲地方風物傳說，各地民眾紛紛宣說梁祝係其鄉親、族群，如賀縣過山瑤爭認梁祝是其祖先，廣西黑衣瑤更推衍梁祝爲全人類祖先之傳說。⑰

調查顯示，目前中國境內有十一個省十九個縣市（區）附會梁祝故事遺存，所產生的風物傳說更多達二十七處。其中梁祝墓最多，有十處：浙江鄞縣高橋鎮、甘肅清水縣、安徽舒城梅心驛、江蘇宜興善卷洞、河北河間林鎮、山東嘉祥鎮、山東濟寧微山縣馬坡、江蘇江都、四川合川、河南汝南馬鄉；讀書處有六處：浙江杭州萬松書院、江蘇宜興善卷洞、河南汝南紅羅山、山東曲阜、山東鄒縣嶧山（今存遺址）、四川合川；梁祝家鄉有八處，遍及浙江、河南、湖北、廣東四省；另外，梁山伯廟在浙江鄞縣高橋鎮，梁祝結拜處在河南汝南曹橋，十八相送處則在河南省。⑱而杭州的「雙照井」，據傳梁祝兩人曾在此合影過，也因而衍生出「若要夫妻同到老，雙照井中照一照」的美好傳言。

歷代時空的轉徙流播，使得梁祝傳說內涵日漸豐厚，環繞它而生發的各種文化現象更是生機勃勃，如戲曲、說唱曲藝、民歌、通俗及文人小說、民間小戲、現代戲劇、音樂劇、電影、舞蹈、音樂、漫畫、卡通、電視甚至各類工藝文本、郵票等異質創作媒介等等，在在體現梁祝故事的無窮魅力。其中袁雪芬、范瑞娟主演的越劇《梁祝哀史》於一九五四年拍城第一部彩色戲曲紀錄電影；一九五八年上海音樂學院的陳鋼、何占豪所創《梁祝小提琴協奏曲》哀怨悽楚，令人縈懷不去；而一九六三年香港邵氏公司拍攝，凌波、樂蒂主演的黃梅調電影《梁山伯與祝英台》更是轟動了近半個世紀，它吸收越劇的代表齣目：試親、草橋結拜、託媒、十八相送、回憶（回十八）、勸婚、訪祝、樓臺會、逼嫁、聞耗、祭墓、化蝶等精彩情節，開場梁山伯所唱「遠山含笑」，擷自四川評書《李太白趕考》，全劇曲詞精妙，音樂委婉動聽，至今依舊散發著濃郁的古典情韻。

四、白蛇

蛇是世界文化的共同主題，將蛇視爲淫蕩情慾的象徵，也是東西方文明一大共同點。西方將神話與文學中描述美麗但會帶給丈夫噩運的女人，統稱爲「拉彌亞」故事，美籍學者丁乃通運用了歷史地理學派研究法，從世界文化背景對東西方美女蛇故事作出比較研究——〈得道者與美女蛇——歐亞文學中的拉彌亞故事研究〉歷來是學界研究這一課題的最爲重要的成果之一。⑲

而在中國，關於蛇文化的記載，除了《山海經》之外，《詩經》、《楚辭》、《韓非子》、《列子》、《淮南子》、《莊子》、《史記》等古籍也皆有鮮明蛇形象之遺留。《山海經》的蛇形象最爲集中豐富，葉德均就曾統計該書提到蛇的共有七十處，泛述怪蛇、大蛇的地方則有十三處⑳。實則最早的蛇形象，在漢代石墓

---

⑰ 見譚達先《中國四大傳說新論》頁一四四，台北：貫雅文化公司，一九九三。

⑱ 詳參陳勤健主編《東方的羅密歐與茱麗葉—梁祝口頭遺產文化空間》頁二十八～二十九，哈爾濱：黑龍江人民出版社，二〇〇五；霍尚德〈梁祝申遺從紛爭到聯合〉頁二十七，收於《民間文化》第一三九期，二〇〇四年六月。

⑲ 〈得道者與美女蛇——歐亞文學中的拉彌亞故事研究〉，丁乃通著，陳建憲、黃永林譯，《民間文藝季刊》一九八七年第三期，頁一九二～二五七。

⑳ 〈《山海經》中蛇底傳說〉，收於中山大學文史研究所民俗學會編《民俗》，六、七、八期合刊，頁一〇六。

上就有人首蛇身的女媧與伏羲交纏的畫像，聞一多曾引用大量古典文獻和人類學資料，將這些漢代文物與民間流傳的「兄妹配偶兼洪水遺民」型人類推源故事聯繫起來，進而指出伏羲、女媧爲苗人先祖㉑。

白蛇故事是異物婚戀故事的類型，屬志怪小說，其實歷代志怪中，除了蛇與人，尚有人與其他異物的婚戀，如鯉魚（曹丕〈鯉魅〉）、鳥（郭璞〈姑獲鳥〉）、龜（孔約〈謝宗〉）、豬（祖台之〈金鈴〉）、獺（戴祚〈楊醜奴〉）、田螺（陶潛〈白水素女〉）、蚱蜢（佚名〈徐邈〉）、狐狸（沈既濟〈任氏傳〉）、蒲松齡〈青鳳〉與〈董生〉）、猿猴（裴鉶〈孫恪〉）、虎（戴孚〈虎婦〉）、馬（李隱〈張全〉）、猩猩（李隱〈焦封〉）、大白鯊（洪邁〈懶堂女子〉）、鼠（蒲松齡〈阿纖〉）……㉒，本節就中國民間有關白蛇故事的傳說分析如下。

◎白蛇傳說之轉化脈絡

(一)以色爲戒之唐宋傳奇、話本小說

1. 唐・無名氏〈白蛇記〉傳奇㉓

元和二年，隴西李黃，鹽鐵使遜之猶子也。因調選次，乘暇於長安東市，瞥見一犢車，侍婢數人於車中貨易。李潛目車中，因見白衣之姝，綽約有絕代之色。李子求問……天已晚，遂逐犢車而行。礙夜方至所止，犢車入中門，白衣姝一人下車，……李子整衣而入，見青服老女郎立於庭，相見曰：「白衣之姨也。」中庭坐，少頃，白衣方出，素裙粲然，凝質皎若，辭氣閒雅，神仙不殊。略序款曲……李子

悅，拜於侍側，俯而圖之。李子有貨易所，先在近，遂命所使取錢三十千。須臾而至。堂西間門劃然而開，飯食畢備，皆在西間。姨遂延李子入坐，轉盼炫煥。女郎旋至，命坐，拜姨而坐，六七人具飯，食畢，命酒歡飲。一住三日，飲樂無所不至。

第四日，姨云：「李郎君且歸，恐尚書怪遲，後往來亦何難也？」李亦有歸志，承命拜辭而出。上馬，僕人覺李子有腥臊氣異常。遂歸宅，問何處許日不見，以他語對。遂覺身重頭旋，命被而寢。先是婚鄭氏女，在側云：「足下調官已成，昨日過官，覓公不得，某二兄替過官，已了。」李答以媿佩之辭。俄而鄭兄至，責以所往行。李已漸覺恍惚，祗對失次，謂妻曰「吾不起矣。」口雖語，但覺被底身漸消盡，揭被而視，空注水而已，唯有頭存。家大驚懾，呼從出之僕考之，具言其事。及去尋舊宅所，乃空園。有一皂莢樹，樹上有十五千，樹下有十五千，餘了無所見。問彼處人云：「往往有巨白蛇在樹下，便無別物。」姓袁者，蓋以空園為姓耳。

同書另有一篇亦云：

㉑〈伏羲考〉，見氏著《神話與詩》頁三～六十九，上海：華東師範大學出版社，一九九七。

㉒見沈偉麟、盧潤祥主編《歷代志怪大觀》，上海三聯書店，一九九六。

㉓唐傳奇〈白蛇記〉，內分二篇，收錄於明．陸楫編《古今說海》、鄭還古編《博異志》及宋．李昉編《太平廣記》卷四五八。

元和中，鳳翔節度李聽，從子琯，任金吾參軍。自永寧里出遊，及安化門外，乃遇一車子，通以銀裝，頗極鮮麗。駕以白牛，從二女奴皆乘白馬，衣服皆素，而姿容婉媚。琯貴家子，不知檢束，即隨之。……琯乃駐馬於路側，良久，見一婢出門招手。琯乃下馬，入座於廳中，但聞名香入鼻，似非人世所有。琯遂令人馬入安邑里寄宿。黃昏後，方見一女子，素衣，年十六七，姿豔若神仙。琯自喜之心，所不能諭。及出，已見人馬在門外。遂別而歸。

纔及家，便覺腦疼，斯須益甚，至辰巳間，腦裂而卒。其家詢問奴僕，昨夜所歷之處，從者具述其事云：「郎君頗聞異香，某輩所聞，但蛇臊不可近。」舉家冤駭，遽命僕人，於昨夜所止之處覆驗之，但見枯槐樹中，有大蛇蟠屈之跡。乃伐其樹，發掘，已失大蛇，但有小蛇數條，盡白，皆殺之而歸。出《博異志》

此二段故事人名、情節大同小異，李黃、李琯皆因白衣美色而亡身，前段「白衣姝」與「青服老女郎」當爲後來傳說中白蛇、青蛇之前身。

2. 南宋．洪邁《夷堅志》支戊卷第二〈孫知縣妻〉——蛇妻人夫型

丹陽縣外十里間，土人孫知縣，娶同邑某氏女。女兄弟三人，孫妻居少。其顏色絕豔，性好梅粧，不以寒暑著素衣衫，紅直繫，容儀意態，全如圖畫中人。但每澡浴時，必施重幃蔽障，不許婢妾輒至，雖揩背亦不假手。孫數扣其故，笑而不答。歷十年，年且三十矣，孫一日因微醉，伺其入浴，戲鑽隙窺之。正見大白蛇堆盤於盆內，轉盼可怖。急奔詣書室中，別設床睡，自是與之異處。妻蓋已知覺，才出

浴，即往就之，謂曰：「我固不是，汝亦錯了，切勿生他疑。今夜歸房共寢，無傷也。」孫雖甚懼，而無辭可卻，竟復與同衾，綢繆燕昵如初。然中心疑憚，若負芒刺，展轉不能安鎮席。怏怏成疾，未逾歲而亡，時淳熙丁未歲也。張思順監鎮江江口，府命攝邑事，實聞之。此婦至慶元三年，年恰四十，猶存。

3. 南宋增益雷峰塔事

明．田汝成《西湖遊覽志餘》卷廿六〈幽怪傳疑〉提及南宋話本小說《雙魚扇墜》故事：

弘治間，句宣街有少年子徐景春者，春日遊湖山，至斷橋，時日迨暮矣。路逢一美人與一小鬟同行。景春悅之，前揖而問曰：「娘子何故至此？」答曰：「妾頃與親戚同遊玉泉。士子雜遝，遂失群，惘惘索途耳。」景春曰：「娘子貴宅何所？」答曰：「湖墅宦族孔氏二姐也。」景春遂送之以往。及門，強景春入曰：「家無至親，郎君不棄，暫寄一宿，何如？」景春大喜，遂入宿焉。備極繾綣，以雙魚扇墜爲贈。明日，鄰人張世傑者，見景春臥塚間，扶之歸。其父訪之，乃孔氏女淑芳之墓也。告於官，發之，其祟絕焉。

明．洪楩《清平山堂話本》引宋〈西湖三塔記〉話本小說：

入話：

湖光瀲灩晴偏好，山色溟濛雨亦奇。

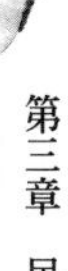

若把西湖比西子，淡妝濃抹也相宜。

此詩乃蘇子瞻所作，單題兩湖好處。言不盡意，又作一詞，詞名【眼兒媚】……

今日說一個後生，只因清明，都來西湖上閒玩，惹出一場事來。直到如今，西湖上古蹟遺蹤，傳誦不絕。是時宋孝宗淳熙年間，臨安府湧金門有一人，是岳相公麾下統制官，姓奚，人皆呼爲奚統制。有一子奚宣贊，其父統制棄世之後，嫡親有四口：只有宣贊母親，及宣贊之妻，又有一個叔叔，出家在龍虎山學道。這奚宣贊年方二十餘歲，一生不好酒色，只喜閒耍。當日是清明……宣贊分開人，看見一個女兒。如何打扮？

頭綰三角兒，三條紅羅頭鬚，三隻短金釵，渾身上下，盡穿縞素衣服。

這女孩兒迷蹤失路。宣贊見了，向前問這女孩兒道：「你是誰家女子，何處居住？」女孩兒道：「奴姓白，在湖上住。我和婆婆出來閒走，不見了婆婆，迷了路。」就來扯住了奚宣贊道：「我認得官人，在我左近住。」只是哭，不肯放。……女兒小名叫做卯奴。自此之後，留在家間不覺十餘日。宣贊一日正在家吃飯，只聽得門前有人鬧吵。宣贊見門前一頂四人轎，抬著一個婆婆。看那婆婆，生得：

雞膚滿體，鶴髮如銀。眼昏如秋水微渾，髮白似楚山雲淡。形如三月盡頭花，命似九秋霜後菊。

這個婆婆下轎來到門前，宣贊看著婆婆身穿皂衣。卯奴卻在簾兒下看著婆婆……道：「我得這官人救我在這裡。」……婆婆引著奚宣贊到裡面，只見裡面一個著白的婦人，出來迎著宣贊。宣贊著眼看那婦人，眞個生得：

綠雲堆髮，白雪凝膚。眼橫秋水之波，眉插春山之黛。桃萼淡妝紅臉，櫻珠輕點絳唇。步鞋襯小小金蓮，玉指露纖纖春筍。

……奚宣贊目視婦人，生得如花似玉，心神蕩漾，卻問婦人姓氏。只見一人向前道：「娘娘，今日新人到此，可換舊人？」婦人道：「也是，快安排來與宣贊作按酒。」只見兩個力士捉一個後生，去了巾帶，解開頭髮，縛在將軍柱上，面前一個銀盆，一把尖刀。霎時間把刀破開肚皮，取出心肝，呈上娘娘。驚得宣贊魂不附體。娘娘斟熱酒，把心肝請宣贊吃。宣贊只推不飲。娘娘、婆婆都吃了。娘娘道：「難得宣贊救小女一命，我今丈夫又無，情願將身嫁與宣贊。」正是：春爲花博士，酒是色媒人。

當夜，二人攜手，共入蘭房。當夜已過，宣贊被娘娘留住半月有餘。奚宣贊面黃肌瘦。思歸，道：「姐姐，乞歸家數日卻來！」說猶未了，只見一人來稟覆：「娘娘，今有新人到了，可換舊人？」娘娘道：「請來！」有數個力士擁一人至面前，那人如何打扮？

眉疏目秀，氣爽神清，如三國內馬超，似淮甸內關索，似西川活觀音，岳殿上炳靈公。

娘娘請那人共座飲酒，交取宣贊心肝。宣贊當時三魂蕩散，只得去告卯奴道：「娘子，我救你命，你可救我！」卯奴去娘娘面前，道：「娘娘，他曾救了卯奴，可饒他！」娘娘道：「且將那件東西與我罩了。」只見一個力士取出個鐵籠來，把宣贊罩了，卻似一座山壓住。娘娘自和那後生去做夫妻。

卯奴去籠邊道：「我救你。」揭起鐵籠道：「哥哥閉了眼，如開眼，死於非命。」說罷，宣贊閉了眼，卯奴背了。宣贊耳畔只聞風雨之聲，用手摸卯奴脖項上有毛衣。宣贊肚中道：「作怪！」霎時聽得卯奴叫聲：「落地！」開眼看時，不見了卯奴，卻在錢塘門城上。天色猶未明。……宣贊將息得好，迅速光陰，又是一年，將遇清明節至。……宣贊當日拿了弩兒，出屋後柳樹邊，尋那飛禽。只見樹上一件東西叫，看時，那件物是人見了皆嫌。……原來是老鴉，奚宣贊搭上箭，看得清，一箭去，正射著老鴉。老鴉落地，猛然跳幾跳，去地上打一變，變成個著皂衣的婆婆，正是去年見的。……婆婆直引

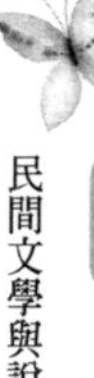

宣贊到殿前，只見殿上走下著白衣底婦人來，道：「宣贊，你走得好快！」宣贊道：「望娘娘恕罪！」又留住宣贊做夫妻。過了半月餘，宣贊道：「告娘娘，宣贊有老母在家，恐怕憂念，去了還來。」娘娘聽了，柳眉倒豎，星眼圓睜道：「你猶自思歸！」叫：「鬼使那裡？與我取心肝！」可憐把宣贊縛在將軍柱上。宣贊便叫卯奴道：「我也曾救你，你何不救我？」……只見籠邊卯奴道：「哥哥，我再救你！」……又過了數日，一日，老媽正在簾兒下立著，只見簾子捲起，一個先生入來……這先生正是奚統制弟奚眞人，往龍虎山方回，道：「尊嫂如何在此？」宣贊也出來拜叔叔。先生云：「吾見望城西有黑氣起，有妖怪纏人，特來，正是汝家。」老媽把前項事說一遍。先生道：「吾侄，此三個妖怪纏汝甚緊。」媽媽交安排素食，請眞人齋畢。先生道：「我明日在四聖觀散符，你可來告我。就寫張投壇狀來，吾當斷此怪物。」……先與宣贊吃了符水，吐了妖涎。天色將晚，點起燈燭，燒起香來，念念有詞……

神將唱喏：「告我師父，有何法旨？」眞人道：「與吾湖中捉那三個怪物來！」神將唱喏。去不多時，則見婆子、卯奴、白衣婦人，都捉拿到眞人面前。眞人道：「汝爲怪物，焉敢纏害命官之子？」三個道：「他不合沖塞了我水門。告我師，可饒恕，不曾損他性命。」眞人道：「與吾現形！」卯奴道：「告哥哥，我不曾奈何哥哥，可莫現形！」眞人叫天將打。不打萬事皆休，那裡打了幾下，只見卯奴變成了烏雞，婆子是個獺，白衣娘子是條白蛇。奚眞人道：「取鐵罐來，捉此三個怪物，盛在裡面。」封了，把符壓住，安在湖中心。奚眞人化緣，造成三個石塔，鎭住三怪於湖內，至今古蹟遺蹤尚在。宣贊隨了叔叔，與母親在俗出家，百年而終。

只因湖內生三怪，至使眞人到此間。

今日捉來藏篋內，萬年千載得平安。

少年奚宣贊於清明佳節在西湖邂逅迷途少女白卯奴，後爲其祖母尋得，奚相送同歸。少女之母白衣婦人喜新厭舊，嗜食後生心肝，奚險遭殺害，後經叔父奚眞人作法收伏三妖，白衣婦乃白蛇，卯奴爲烏雞，祖母係水獺。於是奚眞人以鉢罩妖，建三塔鎭壓，此爲西湖三塔之由來。

(二)白蛇漸轉人性之質變

1. 明．馮夢龍《警世通言》卷廿八〈白娘子永鎭雷峰塔〉——人物、情節粗具規模

山外青山樓外樓，西湖歌舞幾時休？暖風薰得遊人醉，直把杭州作汴州。……話說宋高宗南渡，紹興年間，杭州臨安府過軍橋黑珠巷內有一個官家，姓李，名仁。現做南廊閣子庫募事官，又與邵太尉管錢糧。家中妻子有一個兄弟許宣，排行小乙。他爹曾開生藥店，……老兒見說，將船傍了岸邊，那婦人同丫鬟下船，見了許宣，起一點朱唇，露兩行碎玉，向前道一個萬福。許宣慌忙起身答禮。那娘子和丫鬟艙中坐定了，娘子把秋波頻轉，瞧著許宣。許宣平生是個老實之人，見了此等如花似玉的美婦人，傍邊又是個俊俏美女樣的丫鬟，也不免動念……那婦人答道：「奴家是白三班白殿直之妹，嫁了張官人，不幸亡過了，現葬在這雷嶺。爲因清明節近，今日帶了丫鬟，往墳上祭掃了方回。不想值雨，若不是搭得官人便船，實是狼狽。」又閑講了一回，迤邐船搖近岸。……那婦人道：「奴家只在箭橋雙茶坊巷口，若不棄時，可到寒舍拜茶，納還船錢。」許宣道：「小事何消掛懷。天色晚了，改日拜望。」說罷，婦人共丫鬟自去。……飲至數盃，許宣起身道：「今日天色將晚，路遠，小子告回。」娘子道：

「官人的傘，舍親昨夜轉借去了，再飲幾盃，著人取來。」……至次日，又來店中做些買賣，又推個事故，卻來白娘子家取傘。娘子見來，又備三盃相款……那白娘子篩一盃酒遞與許宣，啓櫻桃口，露榴子牙，嬌滴滴聲音，帶著滿面春風，告道：「小官人在上，眞人面前說不得假話。奴家亡了丈夫，想必和官人有宿世姻緣，一見便蒙錯愛。正是你有心，我有意。煩小乙官人尋一個媒證，與你共成百年姻眷，不枉天生一對，卻不是好？」許宣聽那婦人說罷，自己尋思：眞個好一段姻緣，若娶得這個渾家，也不枉了……

有話即長，無話即短。不覺光陰似箭，日月如梭……許宣自開店來，不匡買賣一日興一日，普得厚利。正在門前賣生藥，只見一個和尚將著一個募緣簿子道：「小僧是金山寺和尚」，……白娘子道：「無事不登三寶殿，去做甚麼？」許宣道：「一者不曾認得金山寺，要去看一看；二者前日布施了，要去燒香。」白娘子道：「你既要去，我也擋你不得，只要依我三件事。」許宣道：「那三件？」白娘子道：「一件，不要去方丈內去；二件，不要與和尚說話；三件，去了就回。來得遲，我便來尋你也。」……

且說方丈當中座上坐著一個有德行的和尚，眉清目秀，圓頂方袍，看了模樣的是眞僧……仔細一認，正是白娘子和青青兩個。許宣這一驚非小。白娘子來到岸邊，叫道：「你如何不歸？快來上船！」許宣卻欲上船，只聽得有人在背後喝道：「業畜在此做甚麼？」許宣回頭看時，人說道：「法海禪師來了！」禪師道：「業畜，敢再來無禮，殘害生靈！老僧爲你特來。」白娘子見了和尚，搖開船，和青青把船一翻，兩個都翻下水底去了。許宣回身看著和尚便拜：「告尊師，救弟子一條草命！」……白娘子同青青都不見了，方才信是妖精……

禪師於袖中取出一個鉢盂，遞與許宣道：「你若到家，不可教婦人得知，悄悄地將此物劈頭一罩，切勿手輕，緊緊的按住，不可心慌。你便回去。」

且說許宣，拜謝了禪師回家。只見白娘子正坐在那裡，口內喃喃的罵道：「不知甚人挑撥我丈夫和我做冤家，打聽出來，和他理會！」正是有心等了沒心的，許宣張得他眼慢，背後悄悄的望白娘子頭上一罩，用盡平生氣力納住，不見了女子之形，隨著鉢盂慢慢的按下，不敢手鬆，緊緊的按住。只聽得鉢盂內道：「和你數載夫妻，好沒一些兒人情！略放一放！」許宣正沒了結處……禪師喝道：「是何業畜妖怪，怎敢纏人？可說備細！」白娘子答道：「禪師，我是一條大蟒蛇，因為風雨大作，來到西湖上安身，同青青一處。不想遇著許宣，春心蕩漾，按納不住，一時冒犯天條，卻不曾殺生害命，望禪師慈悲則個！」禪師又問：「青青是何怪？」白娘子道：「青青是西湖內第三橋下潭內千年成氣的青魚，一時遇著，拖他爲伴，他不曾得一日歡娛，並望禪師憐憫！」禪師道：「念你千年修煉，免你一死，可現本相！」……看那白娘子時，也復了原形，變了三尺長一條白蛇，兀自昂頭看著許宣。禪師將二物置於鉢盂之內，扯下褊衫一幅，封了鉢盂口，拿到雷峰寺前，將鉢盂放在地下，令人搬磚運石，砌成一塔。後來許宣化緣，砌成了七層寶塔。千年萬載，白蛇和青魚不能出世。

且說禪師押鎮了，留偈四句：「西湖水乾，江湖不起，雷峰塔倒，白蛇出世。」……法海禪師吟罷，各人自散。惟有許宣情願出家，禮拜禪師爲師，就雷峰塔披剃爲僧。修行數年，一夕坐化去了。

〈白娘子永鎮雷峰塔〉亦屬宋代話本小說，主要人物許宣、白娘子、青青、法海和尚皆已出現，由許宣清明赴寺燒香開始，歷搭船、借傘、盜庫銀、罰勞役、結夫妻、收妖、鎮塔、坐化昇天等重要情節，故事結局法海合鉢收白蛇、青魚二怪，鎮於雷峰塔下，許宣則自身修行數年而一夕昇天。馮夢龍藉話本中白蛇之「色」、許宣之「慾」、法海之「法」，警醒世人切莫為色所惑，誤入歧途，唯無邊佛法乃能度厄解脫。

從《清平山堂話本．西湖三塔記》到馮夢龍〈白娘子永鎮雷峰塔〉，吾人看見前篇蛇妖化作白衣女子勾索後生殘忍殺害，食人心肝之後再另覓獵物，不但面目猙獰，蛇妖還出言恐嚇，完全是充滿獸性的鬼魅情節。但《警世通言．白娘子永鎮雷峰塔》一改框架，朝著戒色與警世的方向經營，內容充滿勘破紅塵與度脫意味，誠如卷末許宣披剃為僧修行，坐化圓寂之際留給世人警世之句所言：「祖師度我出紅塵，鐵樹開花始見春。化化輪廻重化化，生生轉變再生生。欲知有色還無色，須識無形卻有形。色即是空空即色，空空色色要分明。」給予後來諸多文學戲曲續作更寬廣的創作想像空間。於是白娘子永鎮雷峰塔故事除了發生地在杭州，話本中所提到環繞西湖的：過軍橋、官巷口、井亭橋、石函橋、放生碑、西寧橋、第三橋、孤山路、四聖觀、豐樂樓、清湖八字橋、後市街、秀王府、雷峰塔，又都是杭州城地理上的古蹟，這些存在的風物賦予了真人實景的歷史感與曲折動人的情節，也令人蛇相戀的故事擁有永恒的生命力與鮮明的地域色彩，與詩情畫意的湖山名勝同傳不朽。

2. 戲曲、說唱中的白蛇漸趨完美

在故事基礎上，白蛇傳說不斷被搬上戲曲舞台，清代方成培所作的《雷峰塔傳奇》一改先前的悲劇結局，成為皆大歡喜的大團圓結局，人物塑型上，白娘子妖性盡褪，展現人性，許仙與白娘子間的種種懷疑，均是由於法海攛掇造成。整個故事顯示白娘子無奈於自己本為蛇身，但她賢淑溫婉，始終鍥而不捨地追求並忠於愛情，與許宣強烈對照出一個對愛情不怨不悔，另一個卻帶疑慮明哲保身唯恐抽身不及。在困擾於人與獸兩個判然不同的物類上，蛇女只能藉變形以獲得許仙的認同，而方成培筆下的許宣也說出「白氏雖係妖魔，待我恩情不薄，今日之事，太覺負心了些……」最後許士林的高中狀元「孝感動天」救母出塔，深具教化功能，使這個原本「癡心少女負心郎」的悲劇故事有了大眾所期待的圓滿結局。

之後玉山主人的章回小說《雷峰塔奇傳》（一八〇六），結合民間故事中「動物報恩」說，將戲曲中白蛇下凡慕色之事，改成是爲報許仙（字漢文）救命之恩；蘇州陳遇乾的《義妖傳》彈詞（一八〇九），聲明白蛇所散瘟疫不醫也可痊癒，且「盜銀」與「水漫金山」等罪名也都歸其義兄，她爲許仙梳理一切，呵護備至，爲喜獲麟兒而裁衣……簡直是賢妻良母的完美典型。如此巧妙的完美塑型廣受歡迎，甚至影響民國出版的白話小說《白蛇傳前後集》，該書第一回〈仙蹤〉云：

> 這種彈詞，風行於江浙兩省，雖是婦人孺子，說到白娘娘、小青，沒有一個不知道的，並且忘了他是個妖怪，反恨那許仙的薄情，彷彿實有其事一般。妙在他說得入情入理，又借用雷峰塔古蹟，使人以假作眞，這也是從前做書人的故弄狡獪……

白蛇故事自明清以降出現在戲曲、彈詞、鼓詞、寶卷、雜曲、文言或通俗小說……各種文藝載體中綻放光華，經過無數文士、民間藝人與廣大民眾的不斷錘鍊與創新，使它傳緜至今的版本也愈臻美善。許夢蛟展現的「孝」、小青的「忠」、白蛇的「義」（妖），皆屬中國傳統美德，至於法海嚴執正道下的無情，許仙徘徊情感與理智的掙扎，以及白蛇在坎坷情路淬鍊出的賢妻慈母典範，無一不是現實人生的最佳寫照，而這也正是民間文學感人肺腑所在。

◎白蛇傳說之變異性舉隅

在流播的過程中，各地不同的民情也使白蛇傳說呈現若干變異性。如宣揚佛教的《白蛇傳寶卷》中並無茅山道士與白氏鬥法失敗之事，或許是怕道教信徒看了不悅；而川劇《白蛇傳》中的青蛇為展現武功身段，係一男女互變之角色，性格剛柔兼濟較為複雜；灘黃戲的《白蛇傳》中，青蛇原是男身，與白蛇鬥法輸了，才被白蛇變作女形當使女，這種演法可能與河北行唐縣傳說小青是雄蛇有關。

台灣早期坊間曾出現繡像章回小說《繪圖四大妖精》，分別敘述孫行者、豬八戒、白娘娘、紅孩兒四個故事，每妖各十四回，共五十六回。第二十九至四十二回敘四川峨嵋山下一白蛇，修煉得道後，被西王母座下的蕊芝仙姑收為徒弟，擔任蟠桃園的掃葉仙女。白蛇之所以下凡，乃因王母娘娘「溯前恩姻緣證夙世」，告訴她在未得道前曾被人捉去，幸遇善士出錢買下，放還山上，乃能修成正果，勸她趕緊下山報恩。於是清明時邂逅許仙，贈銀犯案，蘇州開店……等情節與一般白蛇故事類同。然至第三十五回時突增一人物張月英來與白蛇結拜，同住靜修庵，月英遭迷藥失身，憤而殺死登徒子陳國棟與法空尼姑，青蛇被迷惑亦險些失身，此段歧出枝節描寫煽情而筆觸輕佻，或與書商射利有關。而最後一回「夢蛟龍魁星降人世，收妖孽法海壓雷峰」的結局令人驚異，水漫金山時，法海力戰不敵，拋起禪杖與風火蒲團都被白蛇破解，只好祭起金鉢以收白蛇，不料空中一聲大喝，金光乍現，倏地一聲法海已被吸入鉢中，原來是白蛇師傅仙姑出手相救。仙姑又用手一指金鉢立刻化成一座寶塔，將法海鎮於西湖邊上。這本小說的作者特地提醒讀者：

> 那塔就名雷峰塔，後人弄錯了，以為裡邊鎮的是白娘娘，實在是鎮的法海和尚。

於是，白蛇、小青、許仙三人撫養兒子安然度日，他們唯一的禁條是：「僧道尼姑一概不准上門」。如此的結局，不免讓讀者感到錯愕。

此外，白蛇傳說最大的變異性應來自於一九二四年農曆八月，矗立於西湖邊上的雷峰塔居然倒了，於是全國的戲曲與說唱表演紛紛加演〈塔倒〉、〈團圓〉情節。塔是如何倒的？有兩種演法：一是許士林中狀元後回來祭塔，法海的鎮塔功力抵擋不住天魁星一拜而倒；二是小青經過十餘載生聚教訓，率水族以武力推倒寶塔。另外，乾隆年間白蛇傳說曾流傳到日本，作家兼歌人的上田秋成，雖仿《警世通言》與《西湖佳話》撰成小說《雨月物語・蛇性之淫》（一七六八），但故事的主角名字改作眞女子、豐雄、麻呂子，形象亦有所轉變，呈現的是十八世紀日本町人社會的另類生活。

至於李碧華的《青蛇》小說與電影、李喬的《情天無恨》、李銳與蔣韻的《人間》……等現代新文藝創作，係作家有感於時代社會、兩性關係與人性試煉等問題，以白蛇故事作爲素材，而這類改編和再創作的作品，則已然不屬於民間文學範疇。

五、陳三五娘

陳三五娘雖非屬「四大傳說」，但有首閩南歌謠云：「東畔出有許孟姜，西畔出有蘇六娘，北畔出有英台共山伯，南畔出有陳三和五娘。」在閩粵地區，陳三五娘故事傳頌之廣，竟與「四大傳說」相提並論。它源起於宋元時期潮、泉兩地的民間愛情故事，經明清以來文士、藝人的增刪修潤，由原先底層大眾的口頭流傳，逐漸敷演爲戲曲、小說、俗曲唱本等各種文藝體裁，並隨早期閩南移民而流播南洋一帶，成爲「閩南文化圈」具有廣泛影響之文化奇觀。

◎陳三五娘傳說之衍化脈絡

(一)民間傳說之歷史痕跡

據《宋史》㉔與泉州府志等史料記載，陳洪進史上確有其人，係五代末、宋初時人（九一四～九八五），曾從留從效擒殺叛賊朱文進派任泉州刺史之黃紹頗，屢建奇功。留從效病卒後，陳洪進用計奪取兵權，投靠南唐，最後歸順趙宋，膺封清源軍（即泉州）節度使，進爵太師。病逝開封時，宋太宗罷朝二日以示哀悼，並賜贈中書令，諡號忠順，追封南康郡王，有子四人皆任宋官。

陳三五娘故事，有學者據《宋史》、南安碑文或小說《荔鏡傳》之「實錄」與泉州古蹟陳三壩而認為是真人實事者㉕。事實上，陳三五娘傳說之男主角陳三，蓋因陳洪進位高權重，根據地又在泉州，故而附會其子其弟而成。而《荔鏡傳》本屬小說體裁虛擬浮誇，縱有所謂「實錄」，亦難作為實證；陳三壩原名「留公陂」，係留從效八世孫南宋右使留元剛所倡築，是泉州最早的攔水堤壩。這個水壩比起陳三五娘傳說的「宋景炎間（一二七六～一二七八）早了五六十年就已建成，陳三尚未出生，故與陳家無關㉖。此壩之所以更名為「陳三壩」，係屬民間故事盛行之後所牽合而形成的風物傳說，若將古蹟視作史實，不免失之倒果為因，不足採信。至於另將明嘉靖間盛行之戲曲《荔鏡記》視作真實人物之反映者，迄今仍未覓得有力之歷史憑證，陳家兩兄弟，一為廣南運使（按：宋代無此官名），一任西川太守，皆權位顯赫之正級官員，然地方志書卻隻字未載，凡此諸說論證皆明顯不足，陳三五娘故事仍視之為民間傳說較為合理。

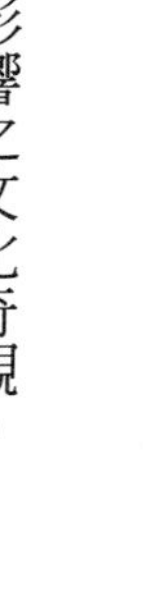

歷史人物衍爲民間傳說之例甚夥，《繡巾緣》屬於紀實類筆記小說，其故事發生於五代末、宋代初期，主要人物地點如陳洪進、南康、南漢及割揭揚等三邑歸南漢，皆見諸正史記載，唯小說筆致多所點染，可視爲陳洪進之野史軼聞。值得注意的是，其中已出現陳三五娘傳說之重要人物與情節母題，如男主角陳璠爲三王子，與陳三同樣排行第三，女主角皆名黃五娘，婢女憶春與傳說之「益春」僅一字之差，林大鼻名字全同，僅正名林豹略異而已。陳洪進父子係泉州人，陳璠出遊與出事地點皆在五娘世居之潮州，而陳璠被押解南洋亦與陳三發配崖州近似。尤其《繡巾緣》出現最重要的母題——以繡巾裹荔投擲而成就姻緣，小說特地以此命題，而此「投荔」母題亦與《青梅記》、《荔鏡傳》、《荔鏡記》、《荔枝記》息息相關。

㉔ 見《宋史》卷四百八十三〈列傳〉第二百四十二「世家」六漳泉陳氏。

㉕ 如施炳華《《荔鏡記》音樂與語言研究》據《宋史》與碑文，台北：文史哲出版社，二〇〇〇。陳香《陳三五娘研究》據《荔鏡傳》之「陳伯卿實錄」與「王碧琚實錄」，台北：臺灣商務印書館，一九八五。蔡鐵民〈一部民間傳說的歷史演變—談陳三五娘故事從史實到傳說、戲曲、小說的發展足迹〉一文除史料外，另據古蹟陳三壩以爲實證，《民間文學論壇》一九九七年第二期。

㉖ 詳參鄭國權〈《繡巾緣》《青梅記》與留公陂——從另一個角度探討陳三五娘傳說的來由〉，二〇一五泉州「陳三五娘傳說學術研討會」，收於《陳三五娘學術研討會論文集》，北京：中國社會科學出版社，二〇一八。

㈡明中葉文言小說《荔鏡傳》

1.《荔鏡傳》名目與故事梗概

明代中篇文言小說《荔鏡傳》，據當時另一小說《劉生覓蓮記》（刊於萬曆間）所錄，它最初在明代可能名爲《荔枝奇逢》，傳至清代再刊行時，改題作《荔鏡奇逢集》、《荔鏡奇逢傳》或《奇逢全集》、《荔鏡傳》，又因明顯抄襲弘治間小說《鍾情麗集》文句，由此推斷其撰成年代可能在弘治末至嘉靖初，至於作者則頗多異說，目前尚乏定論。《荔鏡傳》全文二萬七千字，內含詩詞歌賦八十餘則，然多鈔錄他書並集句而成，堆垛濃詞艷句以奪人耳目，雖婢女亦好用典故，無法達到「肖似口吻」等小說摹寫人物之基本要求，作者才力有限，故其影響力遠不及戲曲傳神動人之立體藝術。

《荔鏡傳》上卷敘南宋景炎間，泉州才子陳必卿（名麟，行三）與潮州富家千金王碧琚（五娘子）原有婚約，陳父原任潮州令，休官歸鄉後兩家因路阻而斷音訊，王父乃將碧琚另許安撫之子林玳。其後陳必賢中進士，必卿送兄嫂赴廣南就任運使，途經潮州正逢元宵佳節，與碧琚燈會偶遇而鍾情又匆匆別過。直至仲夏，碧琚與婢女益春登樓摘荔，適逢必卿自廣南返回策馬路過，在益春慫恿下，碧琚以羅巾包裹並蒂雙荔擲予必卿，必卿得荔喜不自勝，後經李公指點，喬裝磨鏡師傅逕入王家，故意折壞百年寶鏡，改名「甘荔」賣身爲奴以償鏡值，實欲藉此親近碧琚，碧琚則矜持閃躲。

下卷述必卿想方設法欲近碧琚，甚至代益春執盥捧水，唯碧琚刻意規避，只得轉求益春牽線，益春計授必卿畫「鶯柳圖」并情詞以表衷情，於是二人並誓春熙亭，私會含輝軒。必卿陪王父下赤水莊收租，被莊人識破身分；林玳又催親迫急而訟官，必卿乃偕碧琚、益春私奔，半途遭逮回以誘引良女而遭發配，途經海豐，遇陞任河東巡撫的必賢出面定林玳行賄知州之罪，於是必卿迎碧琚回泉州完婚，成就佳話。

小說中重要人物、情節皆已具規模，爲後來《荔鏡記》之戲曲、俗曲唱本備下堅實基礎，僅碧琚姓「王」，第三者爲林「玳」等若干姓名略異而已。

2. 藉《荔鏡傳》考知已佚宋元南戲《青梅記》

《荔鏡記》戲文知重要關目爲「投荔」與「磨鏡」，「投荔」當源自前述《繡巾緣》小說，而「磨鏡」之關鍵情節則可能源於另一部早已佚失的宋元南戲《青梅記》。在《永樂大典戲文三種》之一的《宦門子弟錯立身》劇本第五出〈私出〉中，女主角王金榜到完顏府，與男主角延壽馬習演當時流行的戲文共三十一本，其中提及《牆頭馬上擲青梅》這本南戲，可惜如今已然佚失。而白樸所撰元雜劇《裴少俊牆頭馬上》，敘唐代裴少俊、李千金隔牆一見鍾情，繼而私奔之離合故事，與陳三五娘傳說全然無關，並且失卻「擲青梅」之重要情節。其他以「青梅」作爲劇名之明代傳奇如汪廷訥《青梅佳句》、無名氏《青梅記》，亦與荔鏡故事無涉。如此看來，保留「擲青梅」、「磨鏡」母題而眞正與陳三五娘故事相關的《青梅記》，恐怕眞已佚失無存。所幸《荔鏡記》戲曲與《荔鏡傳》小說中仍保留若干線索，可藉此鉤稽尋繹其原來面貌。

從嘉靖本《荔鏡記》（一五六六）戲文陳三、益春的曲白中，可以勾勒出《青梅記》的女主角崔錦桃曾擲青梅予盧少春，二人以青梅作爲定情信物。少春爲追求錦桃，乃假扮成賣水果商販，入其家故意將玉盞打破，賣身爲奴乃得親近，終而成就姻緣。而《荔鏡傳》「五月六日琚投荔於卿」一節，碧琚與益春登彩樓，以羅巾包並蒂雙荔而擲向樓下騎馬路過的必卿，此時小說作者以夾敘夾議的口吻作了幾句評述：

> 彩帕耀煌，乃繡球之故拋；紅荔熳爛，如青梅之誤中。

將「投荔」比擬作女子彩樓抛繡球招親之民俗活動，寓意吉慶圓滿，藉此引出《青梅記》中錦桃之擲青梅是「誤中」。接下來「卿為荔留」一節，述必卿得荔驚喜之餘，找了磨鏡者李公尋思追愛良方。從李公與必卿的對話，得知《青梅記》中錦桃以青梅戲擲鶻鴣，不料誤中牆外的少春，投者無心，受者有意，少春以為錦桃有意於他，於是喬裝賣果子者入其家中，藉奉茶時故意打破玉盞，得賣身賠盞機會親近錦桃，成其美事。陳必卿受此啓發大感興奮，他想盧少春被擲青梅是無意間被誤打中的，而今碧琚、益春二女特地以羅巾裹好並連手親自擲向他，自然是故意為之，無意都能事成，自己不是更有希望！

㈢最早的戲曲刊本——明嘉靖（一五六六）《荔鏡記》

明代中葉小說《荔鏡傳》雖已具備陳三五娘故事的基本規模，但由於情節過於枝節，敘事力度較為冗緩，當它衍化為戲曲時，自然必須考量戲劇張力與觀眾接受度，不適合舞台搬演的部分皆已芟翦。今所見陳三五娘戲曲的最早刊本是明．嘉靖丙寅四十五年（一五六六）的《荔鏡記》，它的全名是《重刊五色潮泉插科增入詩詞北曲勾欄荔鏡記戲文》。「重刊」意指它還不是最早的刻印本，刊刻嘉靖本的書商余氏於書末有云：「因前本《荔枝記》字多差訛，曲文減少，今將潮、泉二部增入《顏臣》、《勾欄》、詩詞、北曲校正重刊，以便騷人墨客閒中一覽，名曰《荔鏡記》。」足見在嘉靖本之前的《荔枝記》已流傳一段相當長時間，唯版本欠佳，今已失傳。「五色」有不同說法，或指五種顏色，然五色套印技術須至萬曆間才發明；或指五種腳色，唯《荔鏡記》腳色有生、旦、淨、末、丑、外、貼七個（又稱「七子戲」），故「五色」乃指書中包納的五種內容，即上欄的《顏臣》全部、新增北曲（內容摘自《西廂記》而版本略異）、新增《勾欄》（內容為陳三逛妓院，書商藉以促銷），中欄的故事插圖與詩詞，下欄的《荔鏡記》全文。

嘉靖本《荔鏡記》共五十五出，主角逕稱陳三、黃五娘，較小說名陳必卿、王碧琚更顯通俗。在小說《荔鏡傳》的基礎上，保留才子佳人歷經賞燈、謀婚、投荔、磨鏡、催親、私會、私奔、捉回、發配遇兄、返鄉團圓等高潮迭起的動人情節，刪汰蕪纇，剔除不具舞台效果的部分，另外增加〈五娘投井〉，在林大託媒後，她責媒退聘未果，乃投井以表她對愛情自主的追慕與志節；又將之前長期流傳的《荔枝記》加工整理，掇菁擷華的結果，使它歷數百載而不衰，依然成爲台本搬演的參考指南。嘉靖本之後又有萬曆本、順治本、光緒本，陳三形象漸轉爲風流公子，而新創的「陳三遺扇」、「益春留傘」情節，使搬演更爲精彩，發展至今，《陳三五娘》一劇存有多種不同的文本、藝人口述記錄本與匯演獲獎本等，梨園戲、莆仙戲、潮劇、薌劇（歌仔戲）、高甲戲等劇種皆有《陳三五娘》劇目，各版本之間雖有若干差異，然其故事情節皆以《荔鏡記》爲祖本。

(四)說唱與戲曲之增衍變異

1. 俗曲唱本之傳承與增衍

陳三五娘故事藉著小說、戲曲的刊印與搬演，逐漸廣爲人知，清代以降，隨著俗曲唱本的增衍流播，更使這愛情傳說在閩南地區家喻戶曉。俗曲唱本是一種說唱藝術，它遠承唐代變文、宋代陶眞，更由元代詞話、明清彈詞等演變而來，結合當地語言、音樂與民俗，發展出別具地方風味的講唱表演。這些說唱刊本，潮州稱「歌冊」，漳州稱「錦歌」，台灣則稱「歌冊」、「歌仔冊」、「歌仔簿」。唱本多以七字爲一句，四句爲一段的形式，具有故事性，通常由演出者自彈自唱作爲表演。

現存較早說唱陳三五娘故事的俗曲唱本是清乾隆己亥（一七七九）刊刻的《繡像荔枝記陳三歌》，而大量唱本在坊間流行則遲至道光年間。閩南刊印唱本較有名的書局如：文德堂、會文堂、博文齋、清源齋、見古

堂、琦文堂等，隆盛期可遠銷東南亞各地。在這些大量的俗曲刊本中，陳三五娘唱本最受矚目，不僅有木刻、石印、鉛印本，另有數量龐大、良莠不齊的手抄本，總數高達五十種以上。這些唱本按其內容，大致可分爲兩類：一是與戲曲《荔鏡記》、《荔枝記》相似，較爲傳統，即以陳三娶五娘回鄉慶團圓作結局，如乾隆時的《繡像荔枝記陳三歌》、民國三年廈門文德堂的《增廣最新陳三歌全集》、上海開文書局的《最新陳三歌》；二是在闔家慶團圓之後再多所增衍，如民國四年廈門會文堂的《特別最新黃五娘送寒衣歌》、《改良黃五娘跳古井歌》、《最新改良洪益春告御狀歌》等，不僅增加六娘、山賊等人物，還憑空曼衍出六娘自盡、陳家被抄、陳三五娘投井化蝶、益春生子、陰司相會、轉世投胎……等諸多怪異情節。

2. 戲曲搬演之變異性

(1) 古雅的梨園戲與南音

陳三五娘故事搬上戲曲舞台表演，以泉州梨園戲的演法最爲古老而傳統，梨園戲享有「宋元南戲的活化石」之美譽，其原始劇本蓋規撫嘉靖本《荔鏡記》而高達五十多場，而擅演才子佳人、演員年齡約莫七至十五歲的小梨園「七子班」，能演大本十二齣：〈競豔〉、〈鬧街〉、〈彈荔〉、〈磨鏡〉、〈投身〉、〈問月〉、〈溺病〉、〈留傘〉、〈送書〉、〈私奔〉、〈受累〉、〈拷審〉，小本則刪頭尾各兩齣共八齣。身段保留「舉手到目眉，分手到肚臍，拱手到下頦，毒觸到腹臍。」、「三步進，三步退，三步到台前」、「嘉禮落線」、「加令跳」……多種格範。音樂方面則取材於潮泉地區的民間音樂，尤其吸收泉州一帶的南音，唱腔輕柔婉轉、纏綿繾綣，整體演出予人古風撲面而來的醇美意境。

另一方面，《陳三五娘》的音樂又對南音產生較大的影響，據統計，梨園戲《陳三五娘》是南音中數量最

多的一個曲目，有「指」九套，散曲一百多首㉗。南音古樂長久以來屬於自娛性的「堂會式」演唱，吐字行腔緩慢幽雅，在橫抱琵琶、洞簫（尺八）、三絃、二絃頓挫有致、悠長回環的伴奏下，一曲〔三更鼓〕的低吟淺唱傾訴著五娘對發配崖州的陳三綿長的思念：

> 三更鼓，阮今翻身一返，鴛鴦枕上，阮目滓淚滴千行。……記得當原初時，阮共伊人恩愛情長，相愛相惜，情意如蜜調落糖。恨著登徒許林大，深惱著登徒賊林大，汝掠阮情人阻隔去外方。誰人會放得我三哥返，願辦千兩黃金就來答謝恁，阮都不算。投告天地，阮今著來再拜嫦娥，保庇阮膩婿返來，共伊人同入賞花園，推遷乞我三哥伊早返來共阮，共伊人同入遊賞花園。

(2) 傳說、戲曲情節令人驚異

然而並非所有的戲曲表演都如此古雅而傳統。有些劇種或受傳聞及說唱藝人影響，或偏好翻新出奇以奪人耳目，使得陳三五娘的演出出現相當大的變異性。尤其平添貌醜的五娘之妹——六娘，給諸多劇種帶來改編的空間，而這個奇想，可能來自於清．嘉慶間進士鄭昌時所撰的《韓江聞見錄》，書中著錄一則「陳三詭計越娶黃五娘」。傳說中的陳三形象丕變，當他護送兄嫂赴廣南就任運使時，途經潮州，見貌美之五娘已許配林大鼻，於是詭聘六娘，並不斷散播將娶五娘之謠言，使林大鼻反覆詰問黃九公，致兩家產生嫌隙而少往來。親迎之日，陳三故意借調許多民壯鄉勇在途中護衛，接娶六娘上轎後，又派人散布陳三已強娶五娘之謠言，暗令親

㉗ 詳參王耀華、劉春曙《福建民間音樂簡論》頁二四六，上海文藝出版社，一九八六。

信煽動林大鼻奪妻，並放慢腳程以待，大鼻果然追至，陳三假意與之爭奪而佯敗，任由林家奪轎。當大鼻奪回發現轎內竟是六娘，正不知所措時，官差持「奪妻」拘捕票拘拿大鼻，大鼻無可辯白，只得託人關說以脫罪。縣官開出條件：若要免罪，只能將錯就錯娶六娘，五娘則歸陳三。陳三詭計得逞迎娶美嬌娘。

這則傳說在饒宗頤編纂的《潮州志匯編》亦見載錄，可知並非全然虛構，當屬潮州一帶的傳聞。影響所及，潮州戲一九八九年曾改編《益春與六娘》，以六娘匹配林大，對益春則擴大描寫，演出時採「雙棚窗」形式，由兩位女主角同時在台上演出，對比效果讓觀眾有較新鮮的劇場體驗，然原本《荔鏡記》中的男女主角戲分已不復見。高甲戲的《審陳三》，亦就構陷「林大搶親」而發揮，另一後續劇本《益春告御狀》，可能受泉州《五娘掞荔枝歌》唱本㉘影響並作芟裁，敷演林大被設計娶六娘，故痛恨陳三而用計使陳三五娘家破人亡，益春喬裝出逃，歷艱險遇救，終於上京告御狀訴冤除奸。刪除原唱本中鬼魂迷信之說，樹立益春忠婢形象。

隨著閩南七字歌謠的傳入台灣，促使「歌仔戲」的形成，歌仔戲原生地宜蘭二結一帶演出的第一部劇本即是《陳三五娘》。當時男主角陳加走演紅了陳三，便以「陳三」做爲藝名，該劇的經典戲碼〈益春留傘〉所唱的「留傘調」唱詞即充滿樸拙鄉土氣息：

（男）陳三舉傘欲起身。（女）益春來留傘我做後跟。（男）身背包袱手舉傘。（女）三哥欲返是按怎。三哥啊，是按怎。爲著來啥因單。哪哎喲地喲。

而當年紅遍台灣的楊麗花歌仔戲，同樣也增加六娘這個人物，該團搬演林大發現娶的是六娘時，不甘受騙，立即返黃家索人，五娘被逼，轉而回房自盡。黃九郎要林大將屍體領回，林大寧願娶活醜女也不要死美人，鼻子一摸回家去了。這時陳三懇求黃父讓他運五娘屍回泉州安葬，在眾人感嘆聲中，五娘忽地開口道出是母親和益春用計試驗誰是眞正愛她，陳三總算如願娶得五娘美滿告終。如此演法，恐是參酌西方名劇如《羅密歐與茱麗葉》的編劇巧思，使《陳三五娘》有個出人意表的結局。

至於古老的莆仙戲《陳三》一劇，亦受上述唱本影響而有所增衍，演抄家之後，陳三、五娘投井情死，益春避禍改回原姓（洪）生雙生子，爲陳家留下香火。次子洪承疇文武雙全追緝林大報仇，並娶日本雪月公主，與兄長承求一同復姓歸宗。此劇本附會洪承疇其人其事等虛筆，蓋爲扣合民間「洪皮陳骨」傳說而妄增，原無足深究。然而一九二一年日本作家佐藤春夫所撰現代小說《星》，改編《荔鏡記》，末尾特意指出益春所生遺腹子乃「全世界最了不起的人」洪承疇。小說情節之布串牽合不值一顧，有學者認爲佐藤如此大肆美化洪承疇投降行爲的背後，其「殖民主義的意圖已經不是無意爲之的行爲了，實乃一個蓄謀已久、半隱半現的『文化陰謀』。」㉙

㉘ 泉州《五娘掞荔枝歌》共四集，全長二千七百行，用閩南方言演唱，流行近百年。唱本前半部與一般傳說、梨園戲大體相近，下半部敘林大不得已娶六娘，乃雇堪輿先生設計陷毀陳家，益春懷孕出逃，陳三五娘陰魂護之上京，益春女扮男裝告御狀，林大被斬，益春封「節義婦」。益春死後，陳、黃、林三家赴閻殿受審，輕重刑罰各有一番是非。參蔡鐵民前揭文頁四十。

㉙ 參蔡明宏〈讀（黃科安）《「陳三五娘」故事的傳播研究》〉一文，《博覽群書》二〇一九年二期，頁一二四。

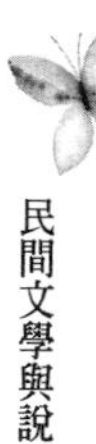

◎陳三五娘故事之母題溯源與潮泉民俗風物

(一)陳三五娘傳說母題溯源

陳三五娘故事雖僅地方傳說，卻能流播海外歷久不衰，其情節之曲折離奇是重要因素，若略予分析，不難發現故事中若干母題或似曾相識，或新奇有趣，而這些頗具吸引力的母題，也大都有其淵源。如才子佳人式的愛情故事常會出現「後花園相會」私訂終身的風流韻事，《荔鏡記》第二十四出〈園內花開〉與第二十九出〈鸞鳳和同〉，就如同《西廂記》花園私會與《牡丹亭》情定後花園一樣美滿幽香不可言，而益春居間牽線撮合，正是紅娘型的婢女行徑。

定情物「荔枝」較為奇特，搭配一般常見的信物羅巾加以包裹，再由女子自彩樓拋擲，寓有民間拋繡球的招親意涵，且由女子自主擇偶，越發顯得大膽而浪漫。大家閨秀「投荔」這在當時顯得驚世駭俗的舉動，可說是直接承襲自筆記小說《繡巾緣》中黃五娘對陳璠的愛慕擲荔，與較早的宋元南戲《青梅記》中錦桃擲青梅戲鶻鴣而誤中盧少春；而元末明初瞿佑《剪燈新話》卷一〈聯芳樓記〉亦載薛氏蘭英、蕙英曾於樓上窗隙窺見鄭生，「以荔枝一雙投下」，女子心生愛慕，投下的也是一對荔枝。

為追愛而「賣身為奴」的母題，上述《青梅記》盧少春故意打碎玉盞，賣身為奴藉以親近錦桃，正如陳三故意破寶鏡而賣身入黃家。《三笑姻緣》中唐伯虎為追求秋香，同樣賣身入華府以藉機親近。而陳三「磨鏡摔鏡」後終得美姻緣，似乎也與南戲《樂昌公主分鏡記》同樣隱含「鏡碎情圓」的寓意。而陳三騎馬樓下過，五娘「忽然看見馬上郎，生得神仙無二致，情願共伊結成雙」的感覺，正與元劇《牆頭馬上》中李千金對馬上郎君裴少俊一見鍾情的情態相同。至於陳三五娘「私奔」的母題浪漫而刺激，古典小說、戲曲類似卓文君私奔司馬相如之例更是不勝枚舉。

(二) 潮泉特殊民情與風物傳說

流行於閩南地區的經典名劇《陳三五娘》地方色彩極其鮮明，它以泉州方言為主，潮州方言為輔，檢閱該劇語言，除博雅大方的北方官話之外，經常使用的當地方言有：查某人（女人）、後生仔（年輕人）、卜（要）、乜（甚麼）、水水（美麗）、嫁無人治（「治」，要也，此句指嫁不出去）、蟢人（壁虎）、暝旦（明晚）、得桃（玩耍）、白賊（說謊）……如〈林大答歌〉中，陳三初見五娘的感覺是「千嬌與百媚，燈光月下逍遙，金蓮漫步，看來像仙女下瑤池。」林大則說：「咳，到障新鮮，卜（要）是度（讓）我抱來得桃（玩耍），我一暝（晚上）無食到光，我亦願啊！」生動而形象地描繪出閩南人的生活圖冊，也因為這類方言俚語，使得陳三五娘故事僅限於福建泉州、龍溪、廈門、龍岩以及廣東潮州、汕頭、海豐、陸豐一帶，而鮮少流行於廣東梅縣、平遠、蕉嶺、五華、興寧和閩西舊屬汀州府治的長汀、上杭、武平、寧化、永定、清流、歸化等客家人聚居地區。

地域色彩濃厚的陳三五娘故事自然也體現出當地特有的民情與風俗。由於潮泉地區枕山面海，多數土地貧瘠不利耕種，沿海一帶自古以來形成「以海為田」的海洋文化，宋代謝履〈泉南歌〉云：「泉州人稠山貧瘠，雖欲就耕無地闢；州南有海浩無窮，每歲造舟通異域。」商品經濟的繁榮發展，使得民情莫不競利，蔡襄對閩人的看法是：「凡人情莫不欲富，至於農人、百工商賈之家，莫不晝夜營度，以求其利。」（〈五戒〉）除了勢利心態，質樸的現實主義精神，處於東南邊陲的文化另有一種粗礪樸野而靈動的生命活力。《荔鏡記》中五

娘父母看重權勢門第與殷實家產；陳三賣身為奴，晨起親自捧盆水給五娘梳妝，柳夢梅與張生未必能如此下氣；五娘雖大膽投荔，又剛烈退聘怒斥媒婆，但在陳三入府後，並不急於相認，而是細詢其身世、衡量可否約定終身，與杜麗娘、崔鶯鶯的純然任情使性底浪漫性格不同。

陳三五娘故事中所反映的潮泉歲時節日民俗主要亮點在元宵。元宵燈節全國各地皆有，而閩粵風俗盛況倍常，明代福建長樂人謝肇淛《五雜俎》說：「自十一日已有點燈者，至十三日則家家燈火，照耀如同白晝……大約至二十二夜始息。蓋天下有五夜，而閩有十夜也。」清代《潮州府志．社會》載：「澄海、惠來鄉社，自正月十五始，至二、三月方歇。銀花火樹，舞榭歌臺，魚龍曼衍之觀，蹴鞠鞦韆之技，靡不畢具，故有『正月燈二月戲』之民間俗諺。夜尚影戲價廉工省，而人樂從，通宵聚觀，至曉方散。」閩南婦女值此佳節忙於掛燈，以示「添丁」（閩南方言「燈」諧音「丁」）。《荔鏡記》自第五出起連用四折戲摹繪元宵燈節盛景——〈邀朋賞燈〉、〈五娘賞燈〉、〈燈下搭歌〉、〈士女同遊〉，所呈現鬧元宵的習俗有：排鰲山、抽傀儡、演影戲、猜燈謎、鼓樂吹唱、舞龍舞獅、高蹺、打鞦韆……宛如一幅閩南風土人情長卷。其中最特別的是潮州「元宵答歌」的習俗，「懶只潮州人風俗，看燈答歌，一年去無病。」萬曆本《荔枝記》作「鬥歌」，有競唱逗樂意味，元宵不分貴賤皆可邀人答歌，以避免災禍疾疢。潮州土豪林大即當街攔阻五娘強求答歌，之後便託李姐向黃家求親，黃父允婚，五娘亦因是夜已知林大人品而憤欲投井，經益春勸阻乃有六月之「投荔」轉機，而「偶掞荔枝」亦結合潮州農曆六月六日確有賞夏吃荔枝之風俗，母題與民俗緊密扣合，散發濃郁的南國生活氣息。

《陳三五娘》所反映的節令風習與生活民俗頗多，如花朝節賞花遊春、中秋拜月、飲茶、刺繡、磨鏡、纏足……等風習。其中較為特別的是「食檳榔」習俗，檳榔與荔枝皆嶺南盛產之物，明代李時珍《本草綱目》記載：「嶺南人以檳榔代茶禦瘴，其功有四……」食檳榔在潮州是日常請客的禮俗，《荔鏡記》第十八出〈陳三學磨鏡〉，益春到李公家請他去磨鏡，李公即欲請她吃檳榔。不僅如此，檳榔更是潮州婚俗的重要部分，如第十四出〈責媒退聘〉，媒婆「手捧檳榔入後廳……請亞娘吃一嘴檳榔」，五娘不吃反而責打媒婆，媒婆對黃父說：「將只禮聘送轉還伊、只檳榔都送去還伊」，黃父答：「只禮聘收卜落當、只檳榔俌通送返」，足見檳榔在聘禮中所占之重要地位，與全國其他各地婚俗有別。

由於陳三五娘故事在潮泉兩地影響廣泛而深遠，隨之衍生的風物傳說也每爲當地百姓所津津樂道。如《福建通志》、《泉州府志》、《晉江縣志》、《惠安縣志》等文獻皆記載「陳三壩」，而早在明代中葉小說《荔鏡傳》中就已出現「墜花山」、「脂粉溪」的風物傳說。人們喜愛五娘，據聞潮州西門外一座「畫園」的遺址，即是五娘的繡樓，五娘責媒退聘後欲自盡以明志的古井，稱作「五娘井」；而成就才子佳人磨鏡姻緣的李公，潮州也把一條橫街起名「李公街」，至於泉州朋山嶺有座「驛報橋」，則傳說是陳三胞兄陳必賢因家被抄而呑金身亡之處……。私奔在舊社會觀念裡原屬「醜聞」，也因著民間文學對荔鏡情緣的傳頌，逐漸轉成「美談」，閩南地區甚至出現「嫁豬嫁狗，不如共陳三走」的俗諺，而主人熱情請親友吃飯或留宿，喜以「益春留傘」作喻，莆仙一帶，婦女所穿紅肚兜也常繡陳三五娘畫像，所祈求的自然是夫妻恩愛偕老了。

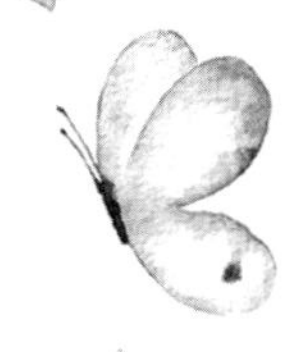

第四章 歇後語、諺語

一、歇後語——生活的調侃

二、諺語——人生經驗傳承之智語

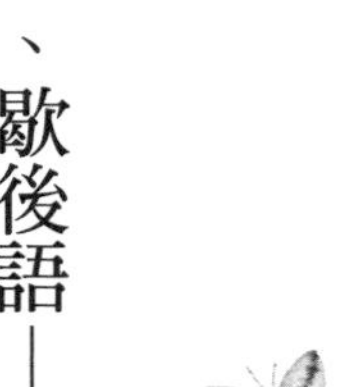

一、歇後語——生活的調侃

歇後語是中國民間俗語的特殊形式。它形式簡短、語含幽默而意味深長，是人們口語中一種表現智慧的俏皮話。所謂「歇後」，就是將一句話分成兩部分，前半部是比喻，是描述情態或形象的假託語，作用在於引出後半部分的主題、目的語，而「語末之詞，隱而不言，謂之歇後。」

◎歇後語之歷史淵源

雖說至遲在唐代時始出現「歇後」一詞，《舊唐書・鄭綮列傳》說：「綮本善詩，語多誹諧」，因而「世共號鄭五歇後體」（一種「歇後」體詩）。但這種特殊的語言現象與形式，早在先秦時代即已產生，如《戰國策・楚策四》：「亡羊補牢，未為遲也。」、《尚書・商書・盤庚》：「若網在綱，有條而不紊。」、《周易・大壯・上六》：「羝羊觸藩，不能退，不能遂。」、《論語・公冶長》：「朽木不可雕也，糞土之牆不可圬也。」、《莊子・人間世》：「螳臂當車，不勝任也。」、《荀子・勸學》：「蓬生麻中，不扶自直。」……

㈠風人體

如此曲折的表達方式與我國古代文學中比興、隱喻等方式一脈相承，清・翟灝《通俗編・識餘・風人》云：

六朝樂府子夜、讀曲等歌，語多雙關借意，唐人謂之風人體，以本風俗之言也。

六朝民歌中的「風人體」出現諸多雙關借意的妙語，如「霧露隱芙蓉，見『蓮』（諧音『憐』）不分明」、「奈何許，石闕生口中，銜碑（諧音『悲』）不得語」、「理絲入殘機，何患不成匹」、「擿門不安橫，無復相關意」、「黃蘗向春生，苦心隨日長」、「蚊子叮鐵牛，無渠下嘴處」、「合歡核桃眞堪恨，裡許原來別有『仁』（諧音『人』）」、「玲瓏骰子安紅豆，入骨相思知也無」……宋．嚴羽《滄浪詩話》云：「論雜體則有風人，上句述其語，下句釋其義。」指出風人體的形式已經與民間歇後語相差無幾。唯就語言風格而言，風人體規整而文雅，歇後語則通俗而隨意。

㈡歇後語中的「縮腳」藏詞

歇後語與古文學中的「藏詞」也有若干關係。「藏詞」一般有兩種：一種是「藏頭語」，如《論語．爲政》云：「三十而立，四十而不惑」，今只說「而立」、「不惑」，代指三十歲、四十歲，這類藏頭語自然與歇後語無關。而另一種「縮腳語」，宋人吳曾的《能改齋漫錄》即認爲是歇後語，如古人文章中常以「友于」指兄弟，即源自《尚書．君陳》：「孝乎惟孝，友于兄弟」①，「友于」二字即是縮腳語；以「居諸」爲「日月」，則出自《詩經．邶風．柏舟》之「『日居月諸』，胡迭而微」之藏詞。他如以「周餘」爲「黎民」，以「貽厥」爲「子孫」，以「燕爾」爲「新婚」……雖不盡合文理，但歷來詩文沿用已久，而今也成了歇後語中

① 《後漢書．史弼傳》：「陛下隆於友于」，曹植〈求通親親表〉：「今之否隔，友于同憂，而臣獨唱者，何也？」陶淵明〈庚子歲五月從都還阻風〉詩：「一欣侍溫顏，再喜見友于。」

簡單的「熟語缺字」形式，如隋．侯白《啓顏錄》有則笑話：「面作天地玄（黃），鼻有雁門紫，既無左達承，何勞罔談彼。又一人患眼側及翳，一人患齆鼻，俱以《千字文》作詩相詠，齆鼻人先詠側眼人云：眼能日月盈，爲有陳根委；患眼人續云：不別似蘭斯，都由雁門紫。」《千字文》係南朝梁．周興嗣所編，至隋代頗爲流行，家喻戶曉，故句中藏字，當時人一聽便能會心一笑，所嘲諷的內容是：面作黃，鼻有塞，既無明，何勞短；眼能昃，爲有翳，不別馨，都由塞。

這種縮腳語（或稱「截尾語」）式的歇後語也常出現在戲曲小說中，如元雜劇《包待制陳州糶米》第三折：「我騎上那驢子，忽然的叫了一聲，丟了個撅子，把我直跌下來，傷了我這楊柳細，好不疼哩！」唸白中的「楊柳細」即是縮腳語，藏去了「腰」字。《金瓶梅》第二十三回：「只聽老婆問西門慶說：你家第五個秋胡戲，你娶他來家多少時了？」「秋胡戲」即藏去了「妻」。明．西周生《醒世姻緣傳》第三回亦有相同例子：「珍哥說道：不消去查，是你的秋胡戲，從頭裡就號啕痛了。」「號啕痛」指「哭」。而馮夢龍《古今譚概．巧言》曾云：「一士人家貧，與友上壽，無從得酒，乃持水一瓶稱觴曰：君子之交淡如。友應聲曰：醉翁之意不在。」士人與友的對話，實際是「君子之交淡如」——水，「醉翁之意不在」——酒。

㈢喻解式的歇後語

歇後語中喻解式的情形最爲常見，堪稱主流，唐宋以來文士觀察人情事理，以冷眼調侃生活的心態蒐集了許多歇後語，如唐代李商隱《雜纂》云：

> 必不來：醉客逃席，客作偷物去，追王侯家人。

不相稱：病醫人，瘦人相撲，屠家念經。
怕人知：賊贓，匿人子女，透稅。
惡不久：夫婦爭小事，贓爛官打罵公人。
不快意：鈍刀切物，破帆使風，樹陰遮景致。
殺風景：花架下養雞鴨，遊春重載，看花淚下。
須貧：家有懶婦，早臥晚起，多作淫巧。
必富：勤求儉用，家養六畜，耕作不失財。

宋．王銍《雜纂續》師法唐代，亦有載錄：

自做得：木匠戴枷，鐵匠被鎖。
可惜：玉器失手，新鞋袴蹴鞠，書畫被鼠嚙。
沒用處：舊曆、禿筆、隔年桃符、折針。
又愛又怕：小兒放紙炮，狗喫熱油，小兒看雜劇。
難理會：啞子作手勢，杜撰草書，醉漢寐語。
輟不得：問暑月行人借扇，就雨中人借傘，廚子處借刀，問患腳人借拄杖。
不識好惡：岸上看人溺水，失火處說好看。……

蘇東坡《雜纂二續》繼續蒐集整理的歇後語有：

不快活：步行穿窄鞋，暑月對生客。

未足信：媒人誇好兒女，敵國講和，賣物人索價說咒。

改不得：生來劣相，偷食貓兒。

說不得：啞子做夢，賊被狗咬。

忘不得：受恩處，得意文字，少年記誦書。

留不得：春雪，潮水，順風下水船。……②

唐宋的歇後語大都屬於民俗的現實生活，多帶有教育哲理之格言性質，不像近現代的歇後語注重幽默性，表達的形式亦似與今前後相反，按一般口語與現代的整理方式是：醉客逃席——必不來，小兒放紙炮——又愛又怕……；用語也較趨白話，如宋．朱弁《曲洧舊聞》卷七有「侏儒觀戲——人笑亦笑」，《五燈會元》卷十九「矮子看戲，隨人上下」，如今已演變爲「矮子看戲——見人道好，他亦道好」。上述較爲文雅的文人酬唱式歇後語（如「風人體」等），是文人挖空心思的文字遊戲，風雅而含蓄；而民間流傳的集體創作歇後語，則是生動活潑，通俗易懂，如：「小蔥拌豆腐——一清二白」、「十五個吊桶打水——七上八下」、「老太太裹腳布——又臭又長」、「泥菩薩過江——自身難保」、「狗拿耗子——多管閒事」、「肉包子打狗——有去無回」、「牆頭上的草——隨風倒」、「茶壺裡裝餃子——肚裡有數，嘴上倒不出」、「大姑娘上轎——頭一回」、「韓信點兵——多多益善」、「八仙過海——各顯神通」、「糞坑裡的石頭——又臭又硬」、「黃連樹下彈琴——苦中作樂」……

(四)諧音式的歇後語

諧音式的歇後語，其後半部分主要運用語音上的對應關係，形成言此意彼的效果。在聲音關聯上，可分兩類：一種是同音，及本字與諧音字之聲、韻、調全同，形成表面歧義卻因諧音而造成恍悟的雙關妙趣，如：「外甥打燈籠——照舊（舅）」、「小孩的脊樑——小人之輩（背）」、「萬歲爺剃頭——不要王法（髮）了」、「年畫上的春牛——離（犁）不得」、「張飛的媽姓吳——無事生非（吳氏生飛）」「何姑娘嫁給鄭家——正合適（鄭何氏）」、「大軸子裏小軸子——話（畫）裡有話（畫）」、「荷花底下著火——偶然（藕燃）」。另一種是「近音」，本字與諧音字之聲、韻、調至少有一種以上相同，形成聲音相近的雙關諧趣，如：「閻王爺戴孝——白跑（袍）」、「蜞螞兒（按：成都方言，指青蛙、蛤蟆）跳井——不懂（撲通）」、「叫人吃磚頭——難言（咽）」、「正月初七的——熟人（按：舊俗稱夏曆正月初七爲「人日」，出生者「屬人」）」、「兩手進染缸——左也難（藍）來右也難（藍）」、「黃河裡的水——難請（清）」

閩南方言中的歇後語，常見的有：「鴨蛋擲過山——看破」、「乞食揹葫蘆——假仙」、「頷頸生瘤——遇到了」、「駝背的跋落海——冤仇（彎泅）」、「阿嬤生查某子——發霉（生姑）」、「茶古破孔——洩題」、「阿公娶某——雞婆（加婆）」……

歇後語的內容十分廣泛，大都是人們日常生活中常見的事物，經過巧妙的聯想和發揮，變成膾炙人口的語

---

② 以上歇後語均見《說郛》卷七十六。

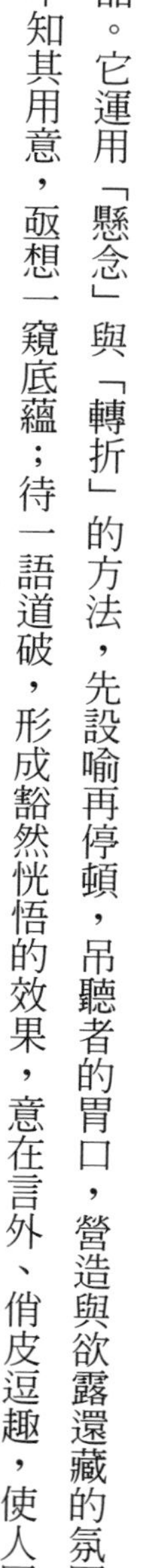

言精品。它運用「懸念」與「轉折」的方法，先設喻再停頓，吊聽者的胃口，營造與欲露還藏的氛圍，使聽者乍聞不知其用意，亟想一窺底蘊；待一語道破，形成豁然恍悟的效果，意在言外、俏皮逗趣，使人回味無窮。宋代以降的章回小說如《京本通俗小說》、《水滸傳》、《西遊記》、《金瓶梅》、《醒世恆言》、《二刻拍案驚奇》、《兒女英雄傳》、《紅樓夢》、《醒世姻緣》、《儒林外史》等運用歇後語之例證不勝枚舉，因爲它來自民間，很能引發廣大讀者的共鳴，諷刺則犀利尖銳，罵人則痛快淋漓，幽默則妙趣橫生，論理則入木三分，用它來摹繪人世百態最是傳神。歇後語在長期的語言實驗中不斷精鍊，因其運用層面廣，使用頻率高，有些習用性強的甚至常縮略爲諺語，如：「老鼠過街人人喊打」、「丈二金剛摸不著頭腦」、「打破砂鍋問到底」、「天下烏鴉一般黑」、「牆頭草兩邊倒」、「老虎屁股摸不得」……在在顯示歇後語與日俱新、不斷豐富的豐沛生命力。

二、諺語——人生經驗傳承之智語

◎諺語之內涵

有關民間諺語之界定，古往今來纂論甚多，古代典籍中常以「俚語」、「俗言」、「傳言」、「直言（徑言、捷言）」、「俗之善謠」、「民風土著議論」、「寓教於文」、「前代故訓」……作爲闡解。另有諺語稱作：里諺、俚諺、俗諺、鄙諺、野諺、口諺、里語、鄙語、俗話、古話、常言……，名目繁多，除了彰顯出諺語的通俗性——鄙俚而非淫僻之外，還揭示諺語具有哲理與訓誡意義。

謠諺通常連稱不分，而歷來搜集、研究者也往往將謠諺並稱，清代焦循《孟子正義》云：「俗所傳聞，故云民之諺語，而其辭如歌詩，則謠之類也。」原本講說語氣爲「諺」，歌唱口吻爲「謠」，但因兩者皆屬韻語，可誦可歌，體局性質相近，故混同並稱由來已久，三國時蜀人韋昭註解《國語．越語》時即稱：「諺，俗之善謠也。」杜文瀾批評明代楊慎將謠諺分編爲「古今諺」、「古今風謠」之體例失當，故其《古謠諺》乃「合謠諺爲一集」。民國以來學人多採杜氏說法，將謠諺合編爲一集。至於顧頡剛先集《吳歌》，次錄《吳諺》，雖非合爲一書，亦可看出其謠諺並重之態度。

大體而言，民謠供人歌唱，有二句、四句、八句或更多，如秦漢民謠：「公卿牧守，都是戴帽狗。」漢末董卓專權，遂有「千里草（指『董』），何青青，十日卜（指『卓』），不得生」之咒謠；宋代童貫、蔡京等權臣誤國，民間出現「打破桶（諧『童』），潑了菜（諧『蔡』），便是人間好世界」之歌謠；明末時局如潰瓜，李自成所到之處，百姓竟高唱「朝求升，暮求合，近來貧漢難存活；早早開門迎闖王，管叫大小都歡悅」等歌謠，可以看出民謠反映著民心愛憎的程度。

諺語則往往一、二句而已，較偏向理智，是人們對客觀世界所取得的經驗。中國由於民族文化悠久深厚，地廣而方言複雜，文盲眾多，對諺語特感需要，技藝相傳，多賴口訣保存其經驗。且中國人富於歷史興味，說話幽默善譬，古來知識分子如左丘明、司馬遷等著書立說，特重謠（詩云）諺之引證，故諺語之數量較其他國家豐富許多。這些來自民間集體創作的諺語，是累代經驗的結晶，在人群大眾的實際生活上，具有指導標示的力量，猶如一部卷帙浩繁的的百科教材，在社會上起著潛移默化的教化作用。因而諺語被稱爲「日常經驗之女兒」、「濃縮的詩」，是「街頭上的智慧」。

◎中國早期古籍上的諺語

我國民間諺語的源頭甚古，因爲它發生在文字之先，「謠諺之興，其始止發乎語言，未著於文字。」（《古謠諺．凡例》）古籍中之諺語數見不鮮，茲臚列若干如次：

《周易》：「君子終日乾乾，夕惕若，厲無咎。」（乾九二）

《周易》：「同聲相應，同氣相求。水流濕，火就燥。雲從龍，風從虎。」（乾卦）

《周易》：「二人同心，其利斷金，同心之言，其臭如蘭。」（繫辭上）

《易傳》：「君子以自強不息」（乾第一）

《易傳》：「見善則遷，見過則改」（益卦第四十二）

《易傳》：「順乎天而應乎人」（兌卦第五十八）

《尚書》：「天作孽，猶可違；自作孽，不可逭。」（〈太甲〉中）

《詩經．大雅．蕩》：「靡不有初，鮮克有終。」

《左傳．隱公元年》：「多行不義，必自斃。」

《老子》：「禍兮福之所倚，福兮禍之所伏。」（五十八章）、「千里之行，始於足下。」（六十四章）、「弱之勝強，柔之勝剛。」（七十八章）、「飄風不終朝，驟雨不終日。」（二十三章）

《論語》：「一言而興邦，一言而喪邦。」（〈子路〉）、「言必信，行必果。」（〈子路〉）、「四海之內皆兄弟也」（〈顏淵〉）、「食不厭精，膾不厭細。」（〈鄉黨〉）、「四體不勤，五穀不分。」（〈微子〉）、「德不孤，必有鄰。」（〈里仁〉）、「敬鬼神而遠之」（〈雍

也〉）、「己所不欲，勿施於人。」（〈顏淵〉、〈衛靈公〉）

《孟子》：「是非之心，人皆有之。」（〈告子上〉）、「五十非帛不煖，七十非肉不飽。」、「登泰山而小天下」（〈盡心上〉）、「揠苗助長」（〈公孫丑上〉）

《孫子．謀攻》：「知己知彼，百戰不殆；不知彼而知己，一勝一負；不知彼而不知己，每戰必敗。」

《大學》：「物有本末，事有終始。」、「君子必愼其獨」、「十目所視，十手所指。」、「心不在焉，視而不見。」

《中庸》：「辟如行遠必自邇，辟如登高必自卑」、「君子愼其獨」、「國家將興，必有禎祥；國之將亡，必有妖孽。」

◎諺語的種類

民間諺語是生民世世代代集體經驗與智慧的結晶，數量龐博，幾乎涉及到人類生活的各個層面，若要細分，單就科學類諺語而言，就有氣象學、物理學、植物學、動物學、工藝學、農業學、生理學、體育學、醫學、中草藥學……等等，頗爲複雜。一九八七年《中國諺語集成》的「編輯細則」分作八綱：時政、事理、修養、社交、生活、自然、生產、其他等八類。③如此分法雖較詳細，然仍未盡周密，如有關食衣住行育樂以及

---

③詳參《中國諺語集成編輯細則》，中國民間文學集成總編委會辦公室編，一九八七年版。

勝景特產、風土民情的諺語皆未單列出來，至於「曲不離口，拳不離手」、「一身戲在一張臉，一臉戲在一雙眼」……等數逾萬千而頗爲專業的「戲諺」更是未遑羅列。茲限於篇幅，但將較爲常見之民間諺語略舉數例羅列如次：

(一)社會時政諺語

「富家一席酒，窮人半年糧」揭示朱門與蓬戶之間的經濟差異；「一任清知府，十萬雪花銀」、「做官若清廉，吃飯著配鹽」（台灣諺語）、「衙門朝南開，有理無錢莫進來」、「武官會殺，文官會刮」、「官大一級壓死人」、「拚得一身剮，能把皇帝拉下馬」、「無官一身輕」……則呈現的是一幕幕官場黑暗現形。在險惡的環境中奮鬥，有些諺語也警醒世人要認清敵人的本性，如「蛇放在竹筒裡也直不了」、「狼在夢裡也想著羊」。而「千錘打鑼，一錘定音」、「把舵的不慌，乘船的穩當」則是強調領導人的重要。在社會的大染缸中，有諸多鼓勵人勇敢堅毅的諺語：「明知山有虎，偏向虎山行」、「不入虎穴，焉得虎子」；也有訓勉團結的重要，「一根線容易斷，萬根線能拉船」、「一個和尚挑水喝，兩個和尚抬水喝，三個和尚沒水喝。」

(二)日常生活諺語

反映民眾豐富多元的日常知識與生活經驗，數量遠較其他類別多，包括爲人處事、交友、家庭、學習、醫藥保健等，多採比興手法借物曉諭世人，如：「澆樹澆根，交人交心」、「黃金萬兩容易得，知心一個也難求」、「不經一事，不長一智」、「馬在軟草地上打前失，人在甜言蜜語中栽跟斗」、「好狗不咬雞，好夫不打妻」、「歹鑼累鼓，歹尪累某」、「財主門前孝子多」、「家有一老，如有一寶」、「整瓶不動半瓶搖」、

「看人挑擔不吃力，自己挑擔步步歇」、「酒人多顛，書人多賢」、「螞蟻洞雖小，能潰千里堤」、「豬懶肉多，人懶病多」、「病來如山倒，病去如抽絲」、「冬令蘿蔔賽人蔘」、「冬練三九，夏練三伏」、「練出一身汗，小病不用看」……台灣諺語亦有「做牛著拖，做人著磨」、「食果子，拜樹頭」、「一年換二十四個頭家」、「七月半鴨不知死活」、「吃米不知米價」……

㈢農業與風土諺語

我國以農立國，傳統農業生產長期「靠天吃飯」，對於氣象、時令、物候的觀測全憑經驗傳承，因而累積數千年智慧的農諺，在農、林、漁、牧等多方面給予人們耕作、培育技術、禽畜飼養與管理等帶來參考指南，而這些諺語至今仍具有一定的科學價值與現實指導意義。如觀星象、物候以測天的有：「天上鯉魚斑，明天曬穀不用翻」，指天空出現排列整齊的鱗狀透光高積雲，則次日必晴天；「星稀稀，淋死雞；星稠稠，曬死牛」、「蜻蜓千百繞天空，不過三日雨濛濛」、「蛤蟆一叫，大雨就到」，亦以星空、小動物活動預測晴雨。若能掌握季節變化，「不違農時」，才是確保豐收的重要條件，「節氣一把火，時間不讓人」、「不懂二十四節氣，白把種子種下地」，「夏至不起蒜，必定散了瓣」，「霜降不刨蔥，越長心越空」，「四月種芋，一本萬利；五月種芋，一本一利」，「五月六月不做工，十冬臘月喝北風」。其中一則提及冬耕的重要，「田要冬耕，兒要親生」，冬耕可增加土裡養分、殺死害蟲、保存雨雪使土塊鬆軟肥沃等多種好處。精簡短小的農諺淺顯明白，農民習知易解，自然能爲農事生產帶來莫大裨益。

上述農諺大都具有普遍性，而有些則出現地區的侷限性。如全國莫不盛讚「春雨」的可貴，但在內蒙古巴盟河套地區卻說「別處春雨貴如油，河套春雨莊稼愁」，因爲河套地區鹽鹼化嚴重，春雨會使鹽鹼上泛，加

重次生鹽漬化，對作物生產不利。小麥播種的季節也是南北不同，江南是「寒露早，立冬遲，霜降前後正當時」，華北則是「白露早，寒露遲，秋分種麥正當時」。足見農事生產除觀測風雨、注意節氣之外，仍須考量地域特性，殊爲不易，無怪乎農界會有「三年易考文武舉，十年難考田秀才」的感嘆！

此外，反映各地民俗風情、名山勝景、珍貴特產之風土諺語，亦多採用對比、誇張手法矜耀家鄉的一切美盛，流露自己對山河、鄉土的熱愛。如「桂林山水甲天下，陽朔山水甲桂林」（廣西）、「峨嵋天下秀，夔門天下險，劍閣天下雄，青城天下幽」（四川）、「不上黃獅寨，枉到張家界」（湖南）、「吉林有三寶：人蔘、貂皮、烏拉草」、「河北三宗寶：良鄉栗、天津梨、正定棗」、「食在廣州，住在蘇州，穿在杭州，死在柳州」、「東北三大怪：窗戶紙糊在窗戶外，養個孩子吊起來，大姑娘叼個大煙袋」、「江浙三美：蘇州頭，揚州腳，杭州好穿著」、「五台三不：石頭壘牆牆不倒，喇嘛進院狗不咬，姑娘尋漢娘不惱」……在「三」的定型化結構模式中，各地仙山聖域、奇風異俗似乎隨之盡現眼前。

需要說明的是，在歷經數千年、積累無數人智慧，中華文明終於締造諺語如海的勝景。但由於時代的差異、思想的侷限，並非句句諺語皆若珍寶般可師可法，堪作處世南針，如「人不爲己，天誅地滅」，表現的是部分自私者唯利是圖的人生觀，「孔夫子孟夫子，當不得我們挑穀子」亦是急功近利者缺乏理想之牢騷；而「婆娘是個敗家精，三天不打起灰塵」、「灰不築牆，女不養娘」、「自媒之女，醜而不信」④……則是傳統男權社會下的舊觀念，已然隨著舊時代的遠去而逐漸被淘汰了！

◎諺語與成語、格言、歇後語之比較

成語以「四字體」為基本格式，多屬短語或詞組，它只作一個句子的某種成分，多半無法單獨成句，較諺語更加定型化。如「一傅眾咻」、「一字千金」、「夙興夜寐」、「兔死狐悲」、「魯魚亥豕」……言簡意賅，典雅謹嚴，饒富典故而較具書卷氣。

諺語則口語化較強，甚至雜有方言，通俗明白，重知識性，喻事曉理淺顯易懂，如「一字入公門，九牛拖不出」、「謀事在人，成事在天」、「與人方便，自己方便」、「瘦死的駱駝比馬大」、「老鴰窩裡出鳳凰」……

格言與諺語同樣蘊含生活哲理，充滿道德色彩。而格言多屬文言，出自古籍史冊或名家之手，散文式長句，語氣嚴肅而帶有座右銘的特質，如「人生自古誰無死，留取丹心照汗青」（文天祥）、「為天地立心，為生民立命，為往聖繼絕學，為萬世開太平」（張載）、「不積跬步，無以致千里；不積小流，無以成江海」（《荀子．勸學》）……諺語因口耳相傳，故多具自然音韻之短句，以便於記憶，縱有訓誡亦語多暗示，活潑生動地取喻宇宙萬象而道說生活經驗。

歇後語一般分作前後兩部分，前部分的假託語是比喻，有如懸念，與後部分的本體（結果）緊密相扣，故有時雖省略後部分的目的語，聽者耳聞即詳，語氣詼諧幽默，多從側面進行調侃諷刺，如「豬八戒照鏡子——

---

④《管子．形勢解》：「求夫家而不用媒，則醜恥而人不信也。故曰：自媒之女，醜而不信。」

裡外不是人」、「棺材裡伸手——死要錢」……諺語即使在形式上僅一句，亦句意完整而獨立，並無任何省略，且語氣多正面訓誡勸勉，不似歇後語輕鬆而俏皮，又不如格言嚴肅。至於「謎語」之分兩段式：謎面、謎底，一般不具生活調侃、人生經驗之訓誡、哲理等深層意涵，僅著重在「猜」而已。

第五章 謎語

一、謎語之特質

二、謎語簡史

一、謎語之特質

謎語是一種遊戲式樣的片言隻語或短小韻文，人們通常在消閒娛樂或特殊情境中，對某些事物不直截了當說出，而透過譬喻暗示表現，經由思考、揣度的過程，從而激盪出靈心慧性的智慧火花，體現出饒富趣味的言外之意。

◎遊戲性

遊戲方式是謎語的第一特質。北方民間稱謎語爲「猜悶兒」，點明了謎語的娛樂功能。若非供人遊戲，謎語即難產生，它必須編得有趣，才能吸引眾人目光，尤其元宵燈會，人們一面逛花燈，一面猜謎語，從各地猜謎用語：猜、射、打、商、辨、解、占……可以看出這種益智的猜測活動式在娛興歡樂中進行。

民歌裡的盤歌、猜歌、問歌中，具有謎語特點的也往往洋溢著遊戲歡樂氣息，如問：「甚麼彎彎彎上天？甚麼彎彎在水邊？甚麼彎彎街上賣？甚麼彎彎姑娘前？」答：「月亮彎彎彎上天，白藕彎彎在水邊，黃瓜彎彎街上賣，木梳彎彎姑娘前。」這類「謎歌」有時也穿插在民間敘事詩或地方戲曲中展現，如壯族敘事詩《劉三姐》中劉三姐用謎語戰勝三個迂腐秀才的〈對歌〉，評劇、川劇、滇劇的《三難新郎》，蘇小妹出詩謎難倒秦少游的唱段皆頗具諧趣。貴州布依族流傳已久的「謎歌」亦充滿機智與娛樂：

問：哪樣吃草不吃根？哪樣睡起不翻身？哪樣肚子有牙齒？哪樣肚子有眼睛？
哪樣生在柴山上？哪樣生在刺棵林？哪樣有腳無路走？哪樣無腳下北京？

答：鐮刀吃草不吃根，石頭睡起不翻身。磨盤肚子有牙齒，燈籠肚子有眼睛。
猴子生在柴山上，螞蟻生在刺棵林。板凳有腳無路走，扁擔無腳下北京。

雖說古代也曾出現使用於軍事外交的「隱語」、「廋辭」（詳下文），蘊含政治色彩，但它的表達方式也較偏向輕鬆而具妙趣，仍能體現謎語「遊戲」的本質。一九二八年錢南揚編撰《謎史》一書，將古代顧語中具有「謎」的意味者，一概採錄，而讖語、童謠則一概不錄，其區隔的標準在於：「猜謎是很有興趣的事情，可以借此消遣……猜謎是一種遊戲，並無別種目的。如此說來，顧語也是一種遊戲，也無目的。讖語和童謠，就不同了。既非遊戲，而且造出來的人，有很大的目的在裡邊。」他更表示南北朝時劉勰撰《文心雕龍》，其中一篇以「諧讔」作篇名，看法相當獨到：

劉勰作《文心雕龍》，把「讔」和「諧」放在一起，實在很有見地。我國古代，讔語本來是用來譎諫的，可是至少也含有一些「諧」的意味。自漢以後，漸漸專向「諧」的方面來了。①

① 見錢南揚《謎史．引子》頁四，台北：東方文化供應社，一九七〇。

◎隱秘性

從文字學的觀點來看，謎語原具有迷惑人的作用，古代稱它作「隱語」、「廋辭」②，「廋」是隱藏之意，許慎《說文解字》云：「謎，隱語也，從言迷。」即對事物不直接道出本相，而是運用比興手法作多方隱喻與暗示，這種彎曲的語言往往使人感覺有如一層迷霧，須費盡心思、旁敲側擊才能猜中答案。劉勰《文心雕龍．諧讔》說：

> 讔者，隱也；遯辭以隱意，譎譬以指事也。……
>
> 謎也者，迴互其辭，使昏迷也。或體目文字，或圖象品物；纖巧以弄思，淺察以衒辭。義欲婉而正，辭欲隱而顯。

拿隱遁言辭來遮掩意旨，用詭譎譬喻來遙扣主題，如此曲折地繞彎說話，使人增加猜射的困難，也正強調謎語的隱密性特質。另方面，謎語既是深心巧思地佈局，用隱蔽的言語來迷惑人，但終究還是得要有人猜中它，才能產生娛樂趣味，而這段鍛鍊人思考力與機智的過程，是既隱蔽又微顯，才能產生「恍悟」的美妙效果。

謎語發展到宋代與元宵燈節結合，自此以後謎語另有「燈謎」、「春謎」、「燈虎」、「文虎」……等稱呼，猜謎語也出現「射」這個專門術語。「射」自然是指「射虎」，意指老虎身上紋路令人眼花撩亂，難以射中，正如謎語常回環其辭，運用遁辭詭譬以惑人心目，使人難以猜中。尤其謎語發展到後期，出現數十種「謎格」，內容高度智慧化，也使得謎語越發艱深難猜，這是中國高級謎藝的獨特創造，遠非其他民族所能比擬，將謎語的「隱秘性」性作了極致發揮，形成一種謎藝的專門學問。

◎知識性、文學性

謎語的內容包羅甚廣，蘊含的知識極爲豐贍，廣涉人類生活基本知識的各個領域，舉凡天文地理、文字名物、醫藥建築、飲食日用……靡不包括在內，使謎語有如特殊形式的生活辭典，通過猜謎可以鍛鍊機智、培養想像能力，是兒童少年知識啓蒙的搖籃。就結構而言，謎語具有與其他民間文學形式不同的特點，它由謎面和謎底兩部分構成，謎面是出題者所說的謎題，是謎語的核心與藝術表現形式；謎底則是問題的答案。謎語一般都有「謎目」（或稱「謎扣」），用來指示猜射的範圍，如「打一字」、「猜一植物」、「猜書名」、「猜一成語」，有時謎目會出現「捲簾格」、「蝦鬚格」……等謎格。謎目謎格都是出題者給猜謎者搭的一座「橋」，讓猜謎者在一定範圍內選擇謎底。

謎語雖是遊戲，卻與文學有著密不可分的關係，若只偏重遊戲而忽略其文學性，必然有損它的質量。有些物謎便是清新可誦的詠物詩，如「身穿綠衣裳，肚裡水汪汪，生的兒子多，個個黑臉龐。」——「西瓜」，寫來形象逼眞而風趣。有些傳誦已久的謎語：「在娘家青枝綠葉，到婆家面黃肌瘦。不提起倒也罷了，一提起淚灑江河。」答案是：竹船篙，用擬人手法泣訴舊時社會女子婚後的悲苦際遇；「黑船裝白米，送進衙門裡，衙門八字開，空船轉回來。」答案是：嗑瓜子，形象地活現官場賄賂公行之黑暗，兩則謎語皆取材新穎、構思奇

---

② 南宋．周密《齊東野語》卷二十：「古之所謂廋辭，即今之隱語，而俗所謂謎。」明代郎瑛《七修類稿》：「夫謎者，隱語也」，「隱語化而爲謎，至蘇黃而極盛。」

巧又能引發共鳴。而「朱閣枕黃粱」（猜一文學作品），謎底：《紅樓夢》，雖僅一句，亦充滿文學情韻。

謎語原是集體性參與的民間文學，它的創作者與流傳範圍包括：婦人孺子、青少學生、野老牧童、粗通文墨者、村塾學究、文人學者……等社會各個層面。即以常見的、謎底是「燈籠」的謎語為例，其創作數量不下十餘則③，或就燈籠之外型特徵構題，「奇怪事情多，紙裡包著火」，「一個罈子兩個口，裡頭坐著紅小鬼」，「快刀劈竹篾，細篾結籬笆，籬笆當中一枝花」；或就其用途立說，「一個罈子兩個口，日裡不走夜裡走」；或以擬人法做比喻，「一個小孩肥胖，就是心火太旺」，「大肚子，鼓青筋，什麼病，火燒心。」寫來平白如話，樸拙有趣。另有運用比興手法開列藥方者：「淡竹紙殼，白芷防風，紅花在內，熟地不用半夏，生地乃用車前。」其中「紙殼」、「白芷」、「半夏」是字音雙關（諧音），「防風」、「熟地」、「生地」、「車前」是字義雙關，極盡巧思，頗有「詩含兩層意，不求其佳而自佳」（袁枚《隨園詩話》）之高妙意境。

二、謎語簡史

充滿巧思諧趣的謎語，自古以來廣受大眾喜愛，若要溯其淵源，則每囿於文獻，於史無據而難下論斷。一九二八年顧頡剛為錢南揚的《謎史》作序時即云：「似乎謎事創始於春秋而大盛於兩宋，其實這全因覓得到的材料的關繫罷了，春秋以前的材料找不到了。」中國大陸鄂溫克族在一九五〇年代之前仍處在原始氏族社會階段，當時他們尚無文字，文學作品還是萌芽狀態的口頭創作，就已經有了謎語，雖然這些謎語只是簡單的隱意的言辭。④足見謎語遠在文字發明之前即已產生。而就謎語之特質來看，雖說上古堯的時期已流傳〈康衢謠〉，舜時亦有〈卿雲歌〉等童謠出現，但因這類歌謠具有較大的政治目的⑤，與謎語單純出自於「遊戲」之本質不同，⑥故謎語之萌芽期仍由春秋時代談起。

◎春秋至漢代：「廋辭」．「隱語」．「射覆」

《左傳》宣公十二年（西元前五九七年）：

冬，楚子伐蕭……申公巫臣曰：「師人多寒！」王巡三軍，拊而勉之。三軍之士皆如挾纊，遂傅於蕭。還無社與司馬卯言，號申叔展，叔展曰：「有麥麴乎？」曰：「無」，「有山鞠窮乎？」曰：「無」，「河魚腹疾，奈何？」曰：「目於眢井而拯之」，「若為茅絰，哭井則己。」明日，蕭潰。申

---

③詳參王仿《中國謎語大全》頁三～六，上海文藝出版社，一九八三。

④見秋浦《鄂溫克族人的原始社會形態》，中華書局，一九六二；鍾敬文《民間文學概論》頁三二八，上海文藝出版社，一九八〇。

⑤〈康衢謠〉：「立我烝民，莫匪爾極，不識不知，順帝之則。」《古詩源》注：「《列子》：帝治天下五十年，不知天下治與不治歟？億兆願戴己歟？乃微服遊於康衢，聞兒童謠云。」〈卿雲歌〉：「卿雲爛兮，糺縵縵兮，日月光華，旦復旦兮。」注云：「旦復旦隱寓禪代之旨。」卿雲即慶雲，古以為祥瑞之氣，隱寓舜禪位給夏禹。

⑥我國謎語最初「隨著宗教信仰的發展，謎語被應用於魔法和宗教儀式中。」見《蘇聯大百科全書》「謎語」條，譯文載《民間文學》一九五七年二〇號，頁五十。

叔視其井，則茅絰存焉，號而出之。

楚王興兵伐蕭，楚大夫申叔展與蕭大夫還無社有舊交，申叔展想救還無社，但因軍中不敢正言，於是以廋辭先問無社是否有麥麴、山鞠窮（川芎）這兩件禦濕之物，暗示無社逃至泥水中避禍。無社回答「無」，叔展言「無禦濕之物，將病」無社解意，要求叔展視枯井而拯己，叔展又教他結茅以表井，須哭乃應作爲信號。蕭國亡後，叔展終於從枯井中叫出無社。

《國語．晉語》載魯宣公十七年（西元前五九二年）一則有關「廋辭」之故事：

范文子暮退於朝，武子曰：「何暮也？」對曰：「有秦客廋辭於朝，大夫莫之能對也，吾知三焉。」武子怒曰：「大夫非不能也，讓父兄也，爾童子何知，而三掩人於朝……」擊之以杖，折委笄。

敘晉國范文子退朝得很晚，原因是有秦國客人來朝說廋辭，大夫們無法對答，倒是他能解答三則，身爲晉國正卿的父親范武子聽罷大怒，責怪他不知謙遜，用拐杖揍他，連髮簪都給打斷了。此則爲最早標作「廋辭」之記載，至於廋辭之具體內容則未載明。

《左傳》哀公十三年（西元前四八二年）：

吳申叔儀乞糧於公孫有山氏，曰：「佩玉縈兮，余無所繫之，旨酒一盛兮，余與褐之父睨之。」對曰：「粱則無矣，麤則有之，若登首山以呼曰『庚癸乎』則諾。」

吳大夫申叔儀因與魯大夫公孫有山舊相識，故向他借糧，申叔儀先說吳國衣食不佳的窘況，但因軍中不得隨意

出糧，故公孫有山用廋辭回答他：「要細糧沒有，粗糧則有」，進一步教他登上首山叫一聲「庚癸」，即可得應諾。何謂「庚癸」？唐．孔穎達疏云：「軍中不得出糧與人，故作隱語爲私期也。庚在西方，穀以秋熟，故以庚主穀；癸在北方，居水之位，故以癸主水，言欲致餅并致飲也。」

《戰國策．齊策》：

靖郭君將城薛，客多以諫。靖郭君謂謁者，无爲客通。齊人有請者曰：「臣請三言而已矣！益一言，臣請烹。」靖郭君因見之。客趨而進曰：「海大魚。」因反走。君曰：「客有於此。」客曰：「鄙臣不敢以死爲戲。」君曰：「亡，更言之。」對曰：「君不聞大魚乎？網不能止，鉤不能牽，蕩而失水，則螻蟻得意焉。今夫齊，亦君之水也。君長有齊陰，奚以薛爲？夫齊，雖隆薛之城到於天，猶之無益也。」君曰：「善。」乃輟城薛。

齊客以「海大魚」作喻譏薛公，若齊能長治久安，將如大魚優游水中，何須隆小小封地薛邑之城？薛公乃打消城薛之念。

《韓非子．喻老》載右司馬以「隱語」諫楚莊王⑦

⑦ 以隱語「大鳥」勸諫楚莊王（齊威王）之主角，《呂氏春秋．重言》作「成公賈」，《史記．滑稽列傳》作「淳于髡」，《史記．楚世家》作「伍舉」，劉向《新序．雜事》作「士慶」，眾說紛紜。

楚莊王蒞政三年，無令發，無政爲也。右司馬御座而與王隱曰：「有鳥止南方之阜，三年不翅，不飛不鳴，嘿然無聲，此爲何名？」王曰：「三年不翅，將以長羽翼；不飛不鳴，將以觀民則。雖無飛，飛必沖天；雖無鳴，鳴必驚人。子釋之，不穀知之矣。」處半年，乃自聽政。所廢者十，所起者九，誅大臣五，舉處士六，而邦大治。舉兵誅齊，敗之徐州，勝晉於河雍，合諸侯於宋，遂霸天下。莊王不爲小害善，故有大名；不蚤見示，故有大功。故曰：「大器晚成，大音希聲。」

劉向《新序．雜事二》載無鹽女以「隱」諫齊宣王：

齊有婦人，極醜無雙，號曰：「無鹽女」。……（王曰）「亦有奇能乎？」無鹽女對曰：「無有。直竊慕大王之美義耳。」王曰：「雖然，何喜。」良久曰：「竊嘗喜隱。」王曰：「隱固寡人之所願也，試一行之。」……不以隱對，但揚目銜齒，舉手拊肘曰：「殆哉！殆哉！」如此者四。宣王曰：「願遂聞命。」

無鹽女解釋：揚目者，視烽火之變，因齊外有秦楚二國之難；銜齒者，乃因「諫者不得通入」；舉手者係揮去讒佞之臣；拊肘者是拆遊宴之台，指出國有「四殆」，使宣王納諫。足見既諧且隱的隱語，在戰國時代也曾出現以肢體動作打啞謎的表現方式。

東漢班固《漢書．東方朔傳》中之「射覆」：

上嘗使諸數家射覆，置守宮盂下，射之，皆不能中。朔自贊曰：「臣嘗受《易》，請射之。」乃別著布卦而對曰：「臣以爲龍，又無角；謂之爲虵，又有足，跂跂脈脈善緣壁，是非守宮即蜥蜴。」上曰：「善。」賜帛十匹。復使射他物，連中，輒賜帛。

漢代興起的猜物遊戲，唐．顏師古注云：「於覆器之下而置諸物，令暗射之，故云射覆。」射覆與猜謎原本無直接關係，但猜出物品後，唸一段射覆詞，與謎語近似，應是受民間猜謎影響。滑稽善辯的東方朔猜中擺設實物的啞謎，而得到皇帝賞賜錦帛，他所描述的語句「龍又無角，蛇又有足，跂跂脈脈善緣壁」，即是謎面，所答的蜥蜴（壁虎）則是謎底，足見謎語發展至「射覆」階段，已然幾近成熟。

◎南北朝之「謎語」

「謎語」一詞，最先出現在南北朝。南朝宋．鮑照（四一四～四六六）的《鮑參軍集》中曾出現明確題作「字謎三首」的井、龜、土三字謎詩。井字：「二形一體，四支八頭，四八一八，飛泉仰流。」龜字：「頭如刀，尾如勾，中央橫廣，四角六抽，右面負兩刃，左邊雙屬牛。」土字：「乾之一九，只立無偶，坤之二六，宛然雙宿。」這三首字謎是中國最早明確標為「字謎」的謎語，謎面、謎目、謎底三者全都具備，是發展完全成熟的謎語。其中井字詩膾炙一時，被譽為「巧不可階」⑧。同時期而略晚的劉勰（四六五～五三二）撰《文心雕龍．諧讔》，對謎語的起源、特點與作用等，作出系統論述，所云「自魏代以來，頗非俳優，而君子嘲隱，化為謎語。」將「謎」、「語」兩個字固定成一個完整概念的詞，藉由實踐與理論使「謎語」成為一種定

---

⑧ 清．康熙《佩文韻府》：「鮑明遠有井字詩謎，巧不可階。」

名的文學體裁。

而唐宋記載有關南北朝軼事的史籍類書中，曾有若干明確標爲「謎語」的資料，亦可作爲南北朝時期「謎語」已完全確立之旁證。如唐·李延壽撰《北史·咸陽王禧傳》：

> 禧是夜宿於洪池，不知事露。其夜，將士所在追禧，禧自洪池東南走，左右從禧者唯兼防閣尹龍武。禧憂迫，謂曰：「試作一謎，當思解之，以釋毒悶。」龍武欻憶舊謎云：「眠則同眠，起則同起，貪如豺狼，贓不入己。」都不有心於規刺也。禧亦不以爲諷己，因解之曰：「此是眼也。」而龍武謂之是箸。

由上述資料可以看出此時的謎語「諧」的成份提高，前代隱含諷刺的政治意味已淡化，逐漸轉變爲純粹消憂解悶的娛樂活動，具備謎語最主要的「遊戲性」特徵。

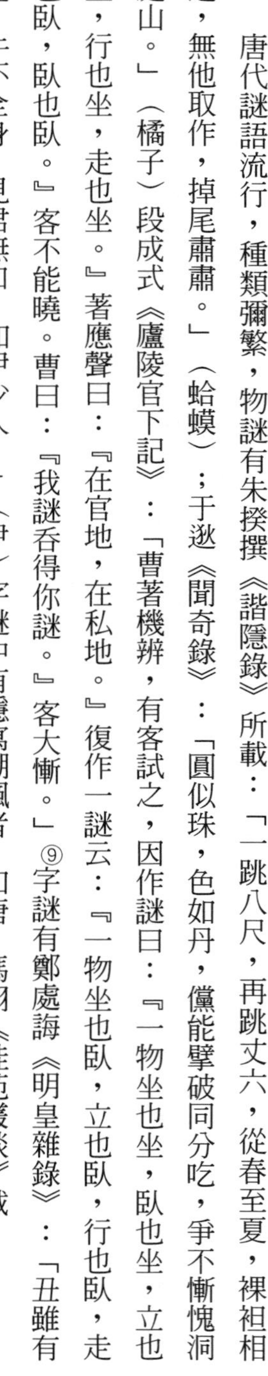

◎唐代種類繁興，宋代燈謎始創

唐代謎語流行，種類彌繁，物謎有朱揆撰《諧隱錄》所載：「一跳八尺，再跳丈六，從春至夏，裸祖相逐，無他取作，掉尾肅肅。」（蛤蟆）；于逖《聞奇錄》：「圓似珠，色如丹，儻能擘破同分吃，爭不慚愧洞庭山。」（橘子）段成式《廬陵官下記》：「曹著機辨，有客試之，因作謎曰：『一物坐也坐，臥也坐，立也坐，行也坐，走也坐。』著應聲曰：『在官地，在私地。』復作一謎云：『一物坐也臥，立也臥，行也臥，走也臥，臥也臥。』客不能曉。曹曰：『我謎吞得你謎。』客大慚。」[9]字謎有鄭處誨《明皇雜錄》：「丑雖有足，牛不全身，見君無口，知伊少人。」（尹）字謎中有隱寓嘲諷者，如唐·馮翊《桂苑叢談》載：

乾符末，有客寓止廣陵開元寺，因友會語愚云：頃年在京，權寄青龍寺日，見有客嘗訪寺僧，居賓署，屬主者忽遽，不暇留連。翌日復至，又遇要地朝客，不得展敬，別時又來，亦阻他事。客怒色取筆題門而去。詞曰：「竈龍東去海，時日隱西斜，敬文今不在，碎石入流沙。」僧眾皆不能詳，獨有沙彌能解之。眾問其由，則曰：「竈，龍去矣，乃合字；時，日隱西，乃寺字也；敬，文不在，苟字也；碎，石入沙，卒字也。此不遜之言，辱我曹矣！」僧人大悟，追前人，杳無蹤由。

唐代字謎中有諸多人名謎與社會時事相關，如李公佐〈謝小娥傳〉：

小娥，姓謝氏，豫章人，嫁歷陽俠士段居貞，父蓄巨產，隱名商賈間，常與段婿同舟貨，往來江河。時小娥年十四矣，父與夫俱爲盜所殺。……小娥夢父謂曰：「殺我者，車中猴，門東草。」又數日，復夢其夫謂曰：「殺我者，禾中走，一日夫。」……余曰：「車字，去上下各一畫，是『申』字，又申屬猴，故曰車中猴；草下有門，門中有東，乃『蘭』字也；又禾中走，是穿田過，亦是『申』字也。一日夫者，夫上更一畫，下有日，是『春』字也。殺汝父是申蘭，殺汝夫是申春，足可明矣。」小娥慟哭再拜，……後果復父夫之讎，得雪冤恥。

⑨ 清·咄咄夫《增補一夕話》：「晉惠帝在華林園聞蛤蟆聲問左右曰：此鳴者爲官乎爲私乎？侍中賈胤對曰：在官地爲官，在私地爲私。」曹著答出客所作之謎底爲「蛤蟆」，並另作一謎，謎底爲「蛇」，客答不出乃大慚。

亦有與史實軼事相契者，如唐．張鷟《朝野僉載》云：「裴炎爲中書令，時徐敬業欲反，令駱賓王畫計，取裴炎同起事，賓王足踏壁靜思，食頃，乃爲謠曰：『一片火，兩片火，緋衣小兒當殿坐。』教炎莊上小兒誦之，並都下童子皆唱。」此歌謠謎即將「裴炎」人名暗嵌其中。又如宋．錢希白《南部新書．丁》曾載唐末黃巢之逸聞：「黃巢令皮日休作讖辭云『欲知聖人姓，田八二十一；欲知聖人名，果頭三屈律。』巢大怒，蓋巢頭醜，掠鬢不盡，疑三屈律之言，是其譏也，遂及禍。」亦將「黃巢」姓名作成讖謎。《朝野僉載》另載一則狄仁傑與盧獻相嘲之趣聞：

秋官侍郎狄仁傑嘲秋官侍郎盧獻曰：「足下配馬乃作驢。」獻曰：「中劈明公，乃成二犬。」傑曰：「狄字犬傍火也。」獻曰：「犬邊有火，乃是煮熟狗。」

宋代歷經五代十國戰亂而得休養生息，百姓溫飽之餘，謎語的遊戲性特徵隨之彰顯，而猜謎也結合元宵燈節成爲全民參與的娛樂性活動。孟元老《東京夢華錄》卷六「元宵」云：「正月十五日元宵，大內前自歲前冬至後，開封府絞縛山棚，立木正對宣德樓，遊人已集，御街兩廊下，奇術異能，歌舞百戲，鱗鱗相切，樂聲嘈雜十餘里……其餘賣藥、賣卜、沙書、地謎，奇巧百端，日新耳目。」在百戲駢陳的元宵夜，猜謎樂事亦熱鬧其中。

南宋偏安江左，元夕放燈益趨靡麗，據周密《武林舊事》卷六「諸色伎藝人」中，以「商謎」聞名的藝人如胡六郎、東吳秀才、捷機和尚、馬定齋……等就有十三位。灌圃耐得翁《都城紀勝》「瓦舍眾伎」即記載當時謎語的類型及猜射方式：「商謎，舊用鼓板吹【賀聖朝】，聚人猜詩謎、字謎、戾謎、社謎，本是隱語。有道謎、正猜……、調爽。」⑩《夢粱錄》亦云：「商謎者，先用鼓兒賀之。」可見當時的猜謎活動是在鼓板、樂曲的配合下進行的，可想見其場面之熱烈。而《武林舊事》卷二「元夕燈品」所載以絹燈寫謎語之形制，堪稱後世猜謎用燈之濫觴：

又有以絹燈翦寫詩詞，時寓譏笑，及畫人物，藏頭隱語，及舊京諢語，戲弄行人。

宋代將謎語與元宵燈籠相結合的巧思，開創了我國「燈謎」民俗，盛行千餘年而不衰。當時工商發達，都市勃興，謎語鬥智、娛樂的特質頗受市民歡迎，猜謎不僅出現職業藝人，更建立起謎社等專門組織，《都城紀勝》載：「隱語，則有南北垕齋西齋，皆依江右謎法，習詩之流，萃而為齋。」至於文士間以字謎、詩謎相酬和之故事頗多，如東坡、秦觀、王安石、黃庭堅曾撰有《文戲集》四冊行於世，惜今未流傳。⑪其他無名氏所撰流傳至今之謎語更是不勝枚舉，宋代謎風之盛可見一斑。

◎明清踵事增華，謎格繁細

到了元代，擅謎藝之人才明顯衰替，元．夏庭芝《青樓集》記述元代近一百二十個女演員與三十多個男

⑩《都城紀勝》所載謎語種類與猜謎方式，可參錢南揚《謎史》頁三十五～三十七。

⑪明．郎瑛《七修類稿》無名氏〈千文虎序〉云：「東坡，山谷，秦少游，王安石，輔以隱字唱和者甚眾，刊集四冊，曰《文戲集》，行於世。」

演員的生活片段，其中擅長謎語的僅梁園秀一人而已。⑫有關謎語之專集，多佚而不傳，雜記所收，亦寥寥無幾，不若宋代之繁盛。

明代猜謎之風頗熾，從當時諸多文獻之記載可知其盛況。如劉侗《帝京景物略》云：「正月八日至十八日，集東華門外，曰燈市，有以詩隱物幌於寺觀壁者，曰『商燈』，立想而漫射之，無靈蠢。」田汝成《西湖遊覽志餘》卷二十「熙朝樂事」云：「正月十五日爲上元節，前後張燈五夜……好事者或爲藏頭詩句，任人商揣，謂之猜燈。」卷二十五「委巷叢談」又云：「杭人元夕，多以此爲猜燈，任人商略。」萬曆《錢塘縣志》載：「元宵張燈五夜，十五夜最盛。自官巷口至眾安橋，計里餘，懸賣各色花燈，謂之燈市。……或粘藏頭詩於燈上，揣之者揭去。」王鏊《姑蘇志》云：「上元燈市，藏謎者曰：彈壁燈。」《江震記》亦有類似記載。張岱《陶庵夢憶》卷六「紹興燈景」云：

十字街搭木棚，挂大燈一，俗曰「呆燈」，畫《四書》、《千家詩》故事，或寫燈謎，環立而猜射之。

明代上元燈會的流行，使得燈謎越發精緻化，因而出現中國謎語的高級格律——謎格。明代郎瑛《七修續稿》云：「又得不全《謎社便覽》一冊，謎家姓氏、書名、字母、門類，所宜不宜之格，諸幾備矣。」清代《四庫全書總目》一百三十云：「《廣社》，明．張雲龍撰，乃因陶邦彥所作燈謎而廣之，前載作謎諸格。」謎格的產生，標誌著製謎技術的高度鑽研，清代以降踵事增華，發展到民國多至數百種，形成一門獨特的謎藝學問。

清代以來謎語種類繁多，內容豐贍，不分老少貴賤、都城村野，全國各階層的人們都各自有其風味不同的猜謎娛樂。《紅樓夢》第二十二回體現的是宮廷與豪門貴胄的猜謎情致：

忽然人報，娘娘差人送出一個燈謎兒，命你們大家去猜，猜著了每人也作一個進去。四人聽說忙出去，至賈母上房，只見一個小太監，拿了一盞四角平頭白紗燈，耑爲燈謎而製，上面已有一個，眾人都爭看亂猜。……各人拈一物作成一謎，恭楷寫了，掛在燈上。太監去了，至晚出來……又將頒賜之物送與猜著之人，每人一個宮製詩筒，一柄茶筅。……賈母見元春這般有興，自己一發喜樂，便命速作一架小巧精緻圍屏燈來，設於當屋，命他姊妹各自暗暗的作了，寫出來粘於屏上，然後預備下香茶細菓以及各色玩物，爲猜著之賀。

賈府上元佳節賞燈取樂時，將謎語黏貼在燈上猜的情形，可說是宋元明清的習俗舊制。《紅樓夢》更藉著眾人所製之物謎作爲影射其自身遭際之讖語，如元妃之爆竹，「乃一響而散之物」，迎春所作算盤，是打動亂如麻。探春所作風箏，乃飄飄浮蕩之物。惜春所作海燈，一發清淨孤獨。」寶釵之更香，「更覺不祥，皆非永遠福壽之輩」，不由得賈政沉思悲讖語。

由於謎語的特殊形制與意涵，清代小說常用它來摹繪人情世態。⑬至於較爲複雜難懂的「謎格」，明代即

---

⑫《青樓集》所列首位藝人梁園秀：「姓劉氏，行第四，歌舞談謔，爲當代稱首。喜親文墨，作字楷媚；間吟小詩，亦佳。所製樂府……世所共唱之。又善隱語。……」見《中國古典戲曲論著集成》（二）頁十七，北京：中國戲劇出版社，一九五九。

⑬錢南揚《謎史》頁八十一：「清代小說，以謎語點粧事實者，莫先於《紅樓夢》，莫多於《鏡花緣》，莫精於《品花寶鑑》。《紅樓夢》多古體而鮮今體，《鏡花緣》皆今體，多半淺而鮮精警，《品花寶鑑》則寖寖乎將登大成之域。揆其所以，實時勢使然耳。」

已產生，從《七修類稿．千文虎序》所云：「觀其用心之處，抽黃對白，諧聲假意，轆轤拆白，街談市語，千奇百怪，應帶款曲，燦然靡所不備。」可知其形制格律的多樣，當時揚州人馬蒼山即有《廣陵十八格》問世，流行民間日久，至《日用寶庫》衍成二十四個謎格。實則謎語發展至清朝，製謎者爭奇鬥勝，擅自標新立異，謎格竟擴增至五百之多，其間雖不免有名異而實同之現象，但去其重複，數量仍相當可觀，謎格越多，說明謎路越寬廣。儘管它曾被詆爲「晦暗艱深，牽強造作」、「文人慣弄的無聊遊戲」，但爲數龐大的謎格，說明大眾對謎語的創發興致依舊不減，可惜如今存留的謎格式樣極爲有限。謎格之所以較難流播廣遠，讓一般人覺得難懂難猜，主要在於它不像普通謎語那樣直接扣合謎底，而是必須按照格法的規定加以調整，是間接地扣合謎底，所以在猜的過程中，先產生「副謎底」來扣合謎面，再按謎目、格法的要求調整成「正謎底」。如謎面：「孟德口是心非」，謎格：「蜓尾格」，謎目：猜三國人名一。要猜這謎，首先須瞭解蜓尾格的格法要求：正謎底後一個字，須（如蜻蜓般）上下分開來讀；此謎的副謎底是「曹不一」，才能使正謎底「曹丕」顯出意義來。一般謎語中的字謎，主要根據漢字形、音、義的特點，將筆畫與字體作增減、離合、啓示、比擬、寫意等方法所製成，如最簡單的「十二點」，即構成「斗」字；「一邊大，一邊小；一邊跑，一邊跳；一邊路旁吃青草，一邊偷偷把人咬。」是「騷」字；明代馮夢龍《黃山謎》中有一則：「三王是我兄，五帝是我弟，欲罷而不能，因非而得罪。」謎底是「四」字。

搭配謎格的要求，會使整個謎語發生各式各樣規律性的異化，它將謎底另外作出各種方式的變動：諧音、增刪、移位、隱蔽、離合、對仗等，形成謎藝空前複雜與多變的局面。而謎格的出現，正標誌著中國謎語的特殊性，其高超之技巧迥非世界其他各國所能比擬。高國藩曾詳列六十餘種謎格謎語，並簡易介紹其格法⑭，茲略舉數例以觀製謎者深心巧構之一斑：

捲簾格：亦稱「反唱」，將三個字以上的謎底經過倒讀，而巧妙地扣合謎面的含義。如：島（打世界地名，捲簾格），謎底：地中海（意即海中地）。紅顏薄命（射孟子一句，捲簾格），謎底：寡人好色（好，美好之意）。户籍（射四書一句，捲簾格），謎底：數口之家（意即家之口數）

徐妃格：又名齊飛格，取古代徐妃半面妝之意，謎底去其相同的偏旁。（另：去其上頭的稱為摩頂格，去其下部的稱為放踵格）

情願獨身（射一河北地名，徐妃格），謎底：邯鄲。

千絲萬縷（打常用詞，徐妃格），謎底：哆嗦（即多索之意）

蝦鬚格：又名分首格，正謎底第一個字由左右兩部分組成，分成兩個字來讀，狀如蝦鬚。

佛經（猜《紅樓夢》人名一，蝦鬚格），謎底：侍書（副謎底：寺人書）

男人不做女人做（射一成語，蝦鬚格），謎底：好自為之（副謎底：女子自為之）

繫鈴與解鈴格：字音變而字面不變。因古書中凡有異義須讀成破音者，則繫之以圈，狀如繫鈴故名；若欲讀作本音，須棄其圈如解鈴。

花柳病（射論語一句，繫鈴格），謎底：色難（意指因色而得「災難」）

金榜題名（猜教育機構，繫鈴格），謎底：高中。

---

⑭ 詳參高國藩《中國民間文學》頁五二六～五四五「謎格謎語——中國謎語的精華」，台北：台灣學生書局，一九九五。陳香《謎語古今談》頁三十三～五十七亦有常見謎格多種可供參酌，台北：臺灣商務印書館，一九七七。

謎語具有集體性、口頭性、傳承性的民間文學基本特徵，當然也存在因時、地而改變的「變異性」特質，如馮夢龍《黃山謎》中出現過一則「水車」的謎語：「頭兒一齊顛，臀兒一齊掮，腳兒一齊搬，弄得那槽兒中水，放成一個潭。」從明代一直流傳至一九六〇年代。而現代機器、電力取代人工，往昔農家常見的手搖軋棉機、打米的摚斗、人工織布機……等已然退場，如今「跨過一匹山，死一千漢官，一片白骨翻」的謎題，大概只有村野耄耋才能猜出它是「礁舂穀子」了。新時代興起的新鮮事物又成了謎語的新題材，如謎面「吸塵器」（打一字），謎底是「盔」；謎面「島」（打英文字母一），謎底是「t」，因英文單字water中間是「t」；也有反過來用「t」當謎面猜《詩經》一句的，謎底是「宛在水中央」。也有諧音猜台灣現代電影片名的，如謎面「便祕」，謎底是「賽德克巴萊」（閩南方言：屎置於腹內）……凡此皆可見謎語與時俱進、生生不息的新活力！

第六章 說書簡史

一、說書的文化基因
二、開源闢路——唐代說話、變文及其他
三、宋代說書之發展與繁榮
四、承前啓後的元明說書
五、再現繁盛的清代說書

一、說書的文化基因

說書此一自古相傳的伎藝，在漫長歷史中經過歷代藝人的耕耘傳承，創造出許多典型人物形象，如《三國》、《水滸》、《西廂》中或武勇智術，或瑰奇動人的奸曹操、神諸葛、莽張飛、智多星、俏紅娘……，至今依然爲人們所津津樂道。而當時說書的場域裡，上自公卿大夫，下至村婦牧豎，由瓜棚豆架到瓦舍書場，聽書者駢肩接踵，莫不因說書者具備有動魄驚心、喑嗚叱咤、突梯滑稽、傾靡四座的魅力。確鑿可據的說書資料雖溯自唐代，但在先秦兩漢的書史文傳和詩詞歌賦裡都能找到歷史淵源，鉤稽其原型。

◎荀子〈成相篇〉的說書推想

「說書」二字最早見於《墨子．耕柱》所云：「能談辯者談辯，能說書者說書。」但墨子此處所指的並非說唱故事，因而不能視爲說書的源頭。其萌芽倒可追溯至周代，據劉向《列女傳》第一卷《母儀傳．周室三母》條云：

古者婦人妊子，寢不側，坐不邊，立不蹕，不食邪味，割不正不食，席不正不坐，目不視於邪色，耳不聽於淫聲。夜則令瞽誦詩，道正事。如此則生子形容端正，才德必過人矣。

本篇敘述周室三母（太姜、太任、太姒）之一的太任在懷孕文王期間謹守胎教之事，顯示遠在周初已有瞽人專職爲孕婦「誦詩，道正事」，除吟誦詩篇，還說些關乎婦德風教的故事。但較可信的說法認爲是說唱藝術中韻

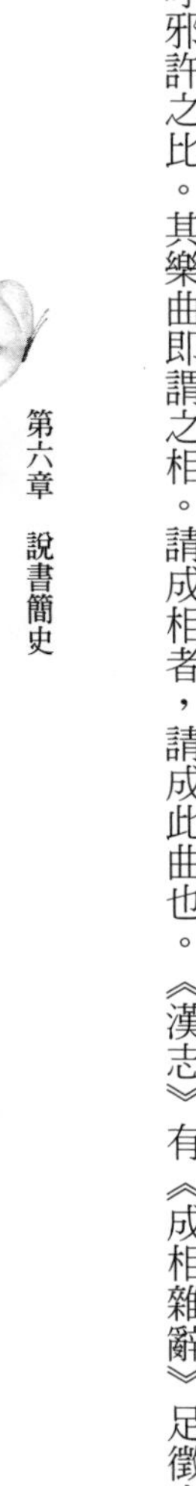

文唱詞，則見於《荀子．成相》這段文字：

> 請成相，世之殃，愚闇愚闇墮賢良。人主無賢如瞽無相何倀倀！
> 請布基，愼聖人，愚而自專事不治。主忌苟勝群臣莫諫必逢災。
> 論臣過，反其施，尊主安國尚賢義。拒諫飾非愚而上同國必禍。
> 曷謂罷？國多私，比周還主黨與施。遠賢近讒忠臣蔽塞主埶移。
> 曷謂賢？明君臣，上能尊主下愛民。主誠聽之天下爲一海內賓。
> 主之孽，讒人達，賢能遁逃國乃蹶。愚以重愚闇以重闇成爲桀。……

「相」爲舂米築地的工具演變成勞役時擊節奏拍的歌曲①。從〈成相辭〉中雅馴的文句，可看出荀子借鑑「相」的民歌形式抒發自己的政治見解，以桀紂亡，武王興，比干、箕子、伍子胥、百里奚、孔子等人的遭遇推闡爲君之道。全章用「三、三、七、十一」的句式，四句一韻，將敘事、評說、抒情融爲一體的章法，與後世的說唱曲藝頗爲相似，今日所見的彈詞、蓮花落、漁鼓道情、單弦牌子曲【耍孩兒】以及似說似唱的數來寶等等，似乎能從中覓得若干蛛絲馬跡。

至於古籍中常見宮廷裡短矮的侏儒與能歌善舞的俳優，總是「言爲笑」、「談笑諷諫」，侏儒類如小丑，

① 俞樾《荀子平議》引《曲禮》之說云：「鄭注曰：『相謂送杵聲。』蓋古人於勞役之事，必爲歌謳以相勸勉，亦舉大木者呼邪許之比。其樂曲即謂之相。請成相者，請成此曲也。《漢志》有《成相雜辭》足徵古有此體。」

而以機智雄辯爲人主解頤諷諫的俳優如優孟、優旃、優施……，其中著名的「優孟衣冠」，接近戲劇表演，他們的幽默表現大都是偶然性、片段式的，缺乏一致而連貫的主題，與一般說書的型態仍有相當大的距離。

◎〈太子晉篇〉與〈僮約〉的說唱跡象

先秦、兩漢都有職業的說書人，只是缺乏文獻記載，具體情況難以考述，而從今日倖存零篇斷簡、片辭隻句的考索中，依約可想見當時盛行的說唱風貌。如一般認爲敦煌寶窟中的變文，其韻散相間、又說又唱的特點，是後世說唱藝術中既說且唱這一體裁的祖禰。事實上，在此之前成於春秋末年的民間文學作品〈太子晉篇〉早已有之，它記述的是師曠會見太子晉的故事，全篇散文，卻在人物對答時出現韻文②，這種韻散相間的文學體裁，似乎爲千年之後的敦煌寫卷找到根源。

而漢代王褒的一篇遊戲文字〈僮約〉，被鄭振鐸斷定是漢代唯一的白話而押韻的賦，講述主人（即王褒）買一老家奴時所訂立的契約內容：「事訖欲休，當春一石。夜半無事，浣衣當白；若有私斂，主給賓客。奴不得有奸私，事當關白。奴不聽教，當笞一百。」……朝打夕罵的苛毒待遇，使髯奴聽罷嚇得目淚下落，鼻涕長一尺哭道：「當如王大夫言，不如早歸黃土陌，蚯蚓鑽額。」現代曲藝山東快書《武松趕會》有段描寫武松趕會路上聽到有一老頭說要買個大抬筐：

> 我雇了幾個小伙計不正幹，成天給我胡嘟囔！買抬筐，抬石頭，壓這些小子一身傷！

誦而不唱的快書，居然無論形式或內容都能與兩千年前的〈僮約〉遙遙相契。

◎樂府民歌的說書因子

再如今日存留下來的漢代樂府詩中，不乏敘事性頗強的民歌，如〈王昭君〉、〈秋胡行〉、〈楊叛兒〉等，情節生動的長篇敘事風格，顯然是歷經多年的民間說唱才進入到「相和曲」與「清商曲」的體製門類。漢代帝王不僅承繼古來即有的「稗官」制度，蒐訪民間故事、街談巷語，更創設「樂府」官署採詩夜誦以觀民風。③而稗官有組織地採訪，與職業藝人合作，使得故事曲折跌宕、人物神態宛然的長篇民歌得以傳頌至今，漢代相和歌古辭〈陌上桑〉便是用弦管更迭相和的歌詩，女主角羅敷不僅在後代的戲曲《桑園會》、《武家坡》中現身，西河大鼓《王三姐剜菜》中的王寶釧也有她的身影。漢樂府雜曲〈焦仲卿妻〉（通稱〈孔雀東南飛〉），全詩三百四十九句幾無蕪詞，廬江小吏焦仲卿與劉蘭芝悱惻動人的婚姻悲劇，迄今多種戲曲與說唱單弦牌子曲裡依然傳唱。

由北朝傳到南朝的鼓角橫吹曲辭〈木蘭詩〉，是民歌中的軍歌，音韻鏗鏘颯爽，傳至唐代仍有若干修訂，是民間文學中典型的集體創作，故而作者是無名氏，詩中場景的變動鮮明如畫，民間說書通俗朗鬯的口吻使它傳播廣遠。而今即便吳儂軟語的蘇州彈詞，依然彈唱麗調開篇〈新木蘭辭〉，從幽怨的「唧唧機聲日夜忙」，

---

② 〈太子晉篇〉中的韻文對話，師曠云：「吾聞太子之語，高於太山！夜寢不寐，晝居不安，不遠長道，而求一言。」王子曰：「吾聞太師將來，甚喜而又懼，吾年甚少，見子而懾，盡忘吾度！」此篇楊憲益《零墨新箋》（中華書局，一九四七）曾有詳考。

③ 《漢書・藝文志》注云：「王者欲知閭巷風俗，故立稗官，使稱說之。」

「願將那裙衫脫去換戎裝」的巾幗氣概，到「策勳十二轉」後的凱旋歸來，「當窗理雲鬢，對鏡貼花黃」回復女兒身的驚詫，收結在「不知將軍是女郎，誰說女兒不剛強」的高潮點上。此種充滿亮麗光彩的題材，北方京韻大鼓白雲鵬一派的〈木蘭從軍〉更是慨歌不歇。

◎說唱俑

一九五〇年代四川成都天廻鎮漢墓中出土數具「說唱俑」，考古專家證明是東漢末年靈帝時所塑造，其中一泥俑腰間負鼓，右手執鼓槌，左足蹺起似打節拍狀，笑口迎人的神態好像正在說唱一則動人的故事。而有些學者認爲他未必是在說書，可能「僅僅是一個擊鼓的樂工」④。另外有些方志資料顯示，這類泥俑多出現於墓葬文物中，可能是祈求亡故親人靈魂不死的「萬回哥哥」。而由於漢墓壁畫內容大都呈現墓主生前的諸般娛樂，如百戲雜技、飲宴歌舞等，也正因爲漢代說書伎藝的盛行，目前學界仍將這類泥俑視之爲說唱俑。

如果以一川奔騰不息的千年流水爲喻，說書藝術在每一歷史階段裡，常有特別突出的說唱藝術，好似橫空出世的炫人浪花，而這種藝術形式往往壓倒一切，成爲當時主流，被保留下來的資料也較多，如唐代的變文、元明的詞話、明清的彈詞鼓詞之類。此外，在說書長河中，有些胎息淵厚、傳衍力較強而具有跨時代特色的，其奔流活力強弱亦頗不一致，如北宋始創的諸宮調，歷經南宋至有元一代皆頗盛行，但發展到明代已名存實亡了。而唐代的話本資料有限，宋人話本則數量陸增，可是其中部分是元人所作，實難截然劃分；至於清代大量刊行的寶卷，明代仍可覓得古鈔本，清末蘇、滬一帶則盛行宣卷……，種種因素使得說書史在分期標目上很難畛域判然，僅能陳述時略爲交代以減闕漏。

二、開源闢路——唐代說話、變文及其他

說書藝術在我國有著源遠流長的傳統，但作爲一種普遍的民間伎藝，則歷經先秦兩漢、魏晉南北朝近千年的醞釀與培育，到了隋唐才逐漸發展成熟起來的。

隋唐之前，史籍中出現許多關於講故事、說笑話的記載，主角多爲帝王貴族家的俳優弄臣；魏晉之際貴族士夫善於「詼戲弄」的，如曹植初次會見邯鄲淳時能「誦俳優小說數千言」⑤；其兄曹丕，《文心雕龍》也有「魏文因俳說以笑書」之語；南朝時陳始興王叔陵夜間「呼召賓客，說人間細事，戲謔無所不爲。」（《南史》卷六十五〈陳始興王叔陵傳〉）……載錄的是貴公子一時興起的文士風流。至於擅說諧笑的民間藝人，史籍記載並不多見，如三國時代吳質在飲宴間曾召優人「說肥瘦」以助興：

質黃初五年朝京師，詔上將軍及特進以下皆會質所，大官給供具。酒酣，質欲盡歡，時上將軍曹眞性肥，中領將軍朱鑠性瘦，質召優使說肥瘦。（《三國志．魏志》卷二十一注引〈吳質別傳〉）

民間優人隨召而至，而且能即席編造笑談，足見當時社會賴此謀生的職業藝人頗多，且具有相當的藝術水準。

④ 見陳汝衡《陳汝衡曲藝文選》頁二七〇，北京：中國曲藝出版社，一九八五。
⑤ 見《三國志．魏志》卷二十一〈王粲傳〉，裴注引《魏略》。

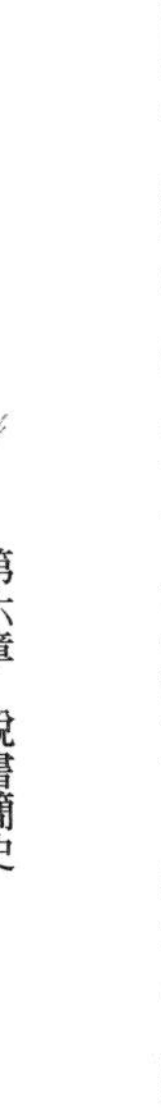

◎「說話」之首見

「說話」一詞，用來指說書、講故事，始見於隋唐。上述史籍記載此類詼諧譚事，僅籠統稱之爲俳優諧笑，「說」與「話」尚未連綴成詞，隋唐之後，說話的伎藝才從俳優小說中獨立出來，在史籍中作爲說書的代稱，如《太平廣記》卷二四八引隋代侯白《啓顏錄》云：

白在散官，隸屬楊素，愛其能劇談。每上番日，即令談戲弄。或從旦至晚，始得歸。才出省門，即逢素子玄感。乃云：「侯秀才可以（與）玄感說一個好話。」白被留連，不獲已。乃云：「有一大蟲，欲向野中覓肉，見一刺蝟仰臥，謂是肉臠。欲銜之，忽被蝟捲著鼻，驚走，不知休息。直至山中，因乏，不覺昏睡。刺蝟乃放鼻而去。大蟲忽起歡喜，走至橡樹下，低頭見橡斗，乃側身語云：『旦來遭見賢尊，願郎君且避道。』」

侯白具有「所在之地，觀者如市」高超的說話本事，他上班侍候上司楊素，迨晚欲歸家時又被其子楊玄感央求「說一個好話」，要他說一個動聽的故事，侯白只得回他一則語帶雙關的動物寓言脫身，頗堪發噱。唐代安史亂後，明皇權移兒子肅宗，回長安宮中，郭湜〈高力士外傳〉云：

太上皇移仗西內安置。……上皇與高公親看掃除庭院，芟薙草木，或講經、論議、轉變、說話，雖不近文律，終冀悅聖情。

爲排遣明皇幽禁的蕭索生活，高力士盡心服侍，他雖不甚專業卻也竭盡所能地模仿表演諸多伎藝。其中「說話」即說書，足見它與變文俗講同是極受歡迎的文化娛樂。憲宗時，罷官後的韋綬亦藉此消遣，《唐會要》卷四云：「元和十年……韋綬罷侍讀。綬好諧戲，兼通人間小說。」說書藝術在唐代，因為民眾喜聞樂見，也早已專門化、職業化成為「市人小說」，是「雜戲」中的重要伎藝，段成式《酉陽雜俎續集》卷四〈貶誤〉云：

予太和末因弟生日觀雜戲，有市人小說，呼「扁鵲」作「褊鵲」，字上聲。予令任道昇字正之。市人言：「二十年前嘗於上都齋會設此，有一秀才甚賞某呼『扁』字與『褊』同聲，云世人皆誤。」

能當場訾議藝人字音之正誤，可看出當時的「說話」是在大庭廣眾之下表演的。李商隱的〈驕兒詩〉中「或謔張飛胡，或笑鄧艾吃」，鄧艾口吃，而張飛在《三國志平話》中被呼稱「鬍漢」，義山這兩句詩正顯示著兒童們觀看「說三國」表演後可愛的模仿神態。唐代的說話名目，一般典籍雖少記載，但從元稹詩中可知當時《一枝花話》的盛行，其〈酬翰林白學士代書一百韻〉中兩句詩及原注云：

翰墨題名盡，光陰聽話移。

原注：樂天每與予遊，從無不書名屋壁。又嘗於新昌宅說《一枝花話》，自寅至巳猶未畢詞也。⑥

---

⑥ 由行文判斷，白居易在長安新昌里住宅中似乎作為一個說話人，講《一枝花話》給元稹和白行簡聽。事實上是元稹詩注漏列了說話人顧復本的名字，顧氏說完書，而後才有座客元稹作詩與白行簡作〈李娃傳〉傳奇小說。見同註④頁二七二。

「光陰聽話移」中的「話」，與楊玄感強請侯白「說一個好話」，同樣指的是「說話」伎藝。當時的說書藝術精湛，元稹等才會被迷住，有光陰「聽話移」的感受，而清晨五、六點到近午，約莫六小時，故事仍未完，足見藝人摹繪情節之細緻。一枝花是唐代名妓李亞仙的藝名⑦，她與滎陽巨族鄭元和頑艷纏綿的愛情故事，藉此說書伎藝流播廣遠，元明雜劇、明代話本與傳奇屢見不鮮，《曲江池》、《繡襦記》……至今依然在舞台上搬演不輟。

◎敦煌文學中的說唱藝術

唐代政治經濟上的富強，使塞外諸國與少數民族紛紛歸服，尊大唐天子為天可汗。都城長安胡商雲集，民物康阜，洛陽、揚州、廣州等地亦貿易日盛，《舊唐書》稱「揚州地當要衝，多富商大賈，珠翠珍怪之產。」（卷八十八〈蘇瓌傳〉）京城更是一片榮景，「開元末年，頻歲豐稔，京師米價斛不盈三百。天下乂安，雖行萬里，不持寸刃。」承平渥饒的生活帶來豐贍多彩的市民文化娛樂，說唱藝術亦滋育而蓬勃開展。

敦煌是連接中國文明與印度、波斯、大食乃至歐洲希臘羅馬文明的通道，異地文化之匯萃，使開放的大唐王朝無論音樂、美術、舞蹈、文學……皆生氣勃發，蘊蓄出廣袤磅礴、氣勢雄渾的格局。但由於史籍文獻記載闕如，在一九〇〇年敦煌藏經洞佛龕坍塌，珍貴文物暴露於世之前，人們對大唐瑰偉多姿的璀璨文明，尤其湮埋千年的唐代說唱仍認識有限，隨著敦煌石窟中大量民間文學資料的發現，世人方能藉此一窺唐代說書風貌。

由於敦煌俗文學寫本這類文獻迥異於傳統文學作品，因而如何「定名」？遂成為研究敦煌文學的首要課題。經過長期的反覆推研，學者們逐漸尋繹出若干命名：「通俗詩」、「通俗小說」（王國維，一九二〇）、

「佛曲」（羅振玉，一九二四）、「變文」（鄭振鐸，一九二九），然鑑於前三名稱過於浮濫或以偏概全，直至一九八〇年代初，敦煌學者約定俗成將「變文」視為敦煌俗文學作品的總稱。事實上，敦煌寫本由於積累上千年的文化，其內容豐贍而駁雜，就文學體式方面即包括講經文、變文、話本、詞文、俗賦、曲子詞、詩歌……等多種體裁，而由於研究視角不同，在分類上更出現諸多歧異與糾葛，概有以下幾方面須釐清：

「變文」是一種久已失傳的民間文學，由於在唐代並未受到文士碩儒的重視，自然也缺乏文字記述，因而千餘年後被發現時，似乎也沒人能清楚地鑑識它。在學者研究中，「變文」的名義與範疇，歷來爭議也最大。

欲解決「變文」之名義問題，首先須瞭解變文產生之淵源。近數十年來學界曾有若干分歧說法：有的認為變文是由印度傳來，「是外來的藝術形式」，有的指變文是「佛教徒宣講教義的一種文體」，屬宗教文學；有的則主張變文源自我國民族固有的詩、賦、駢體文學。而「變文」之「變」究竟何義？歷來亦有不同詮釋，種種說法之辨疑，得先從變文之歷史溯源談起。

㈠從講經到變文

變文在古籍史冊中鮮少提及，直到十九世紀末敦煌千佛洞大批敦煌寫本畫卷面世才備受關注，其題材多與佛經故事相涉，故變文之得名，當與佛家所謂之變現、變相有關，指顯現某種奇幻景象，而描繪此種變相之圖畫亦可稱為「變」，自六朝以迄唐宋，佛寺多見以「變」為名，如《彌勒變》、《法華變》、《地獄變》、

---

⑦明·梅鼎祚《青泥蓮花記·李娃傳》附注云：「娃，舊名一枝花。」

《降魔變》……之繪圖與壁畫。變文既是說唱文學藝術，其淵源自可溯自佛寺禪門的「講經」文化。

佛寺講經源遠流長，早在佛教傳入中土之前，漢代經學講堂中，經師碩儒即與都講合作講經，而此方式後爲釋家所照搬襲用。⑧儒釋兩家講經時，聽者可即席發問，與經師多次辯難，梁．慧皎《高僧傳．慧遠傳》云：「嘗有客聽講，難實相義，往復多時。」但如此出入空有、名理淵玄的講經方式，只能吸引少數根器穎悟之士。於是爲擴大宣教效果，六朝以來僧徒多以「唱導」、「轉讀」方式講經，「唱導者，蓋以宣唱法理，開導眾心也。」但「止宣唱佛名，依文致禮」，唱者疲乏，聽者依然不解，於是宣講者需披覽群典以因勢利導：

如爲出家五眾，則須切語無常，苦陳懺悔；若爲君王長者，則須兼引俗典，綺綜成辭；若爲悠悠凡庶，則須指事造形，直談聞見；若爲山民野處，則須近局言辭，陳斥罪目；凡此變態，與事而興，可謂知時知眾，又能善說。雖然，故以懇切感人，傾誠動物，此其上也。（《高僧傳》卷十三〈唱導〉）

除了內容上能善取譬的「客製化」之外，還搭配傳自印度以梵音唱誦的「轉讀」，抑揚其聲以諷誦經文，令人悅耳樂聞。

如此通俗化、世俗化的講經方式謂之「俗講」，由一都講、一法師合組而成，都講職務是唱經，而法師則除解說之外，還要吟詩，以增加聽者的興趣。敦煌所見講經文（又稱「俗講」）即呈現此一俗講特色，在講唱之前必須先引經文，然後逐段逐句逐字地發揮演繹，所以講經文開頭往往標有「經云」、「經曰」，唱詞末尾又利用催經的套語「○○○○唱將來」作結。變文的體製雖然同樣是韻散結合，說唱兼行，但變文與變文的早期體式「緣起」，皆不引原經文，且是一人既說且唱的表演伎藝。⑨

㈡變文體式之形成

變文的形成，既是一種特殊的宗教經典民間化的過程，就題材內容而言，由於變文與講經文化有著密不可分的歷史淵源，早期變文往往具有闡經義、說因果、勸善修福的宗教性目的，敦煌寫卷中，描繪佛經神變故事的變文有：《八相變》、《破魔變》、《降魔變文》、《大目乾連冥間救母變文》、《頻婆娑羅王后宮綵女功德意供養塔生天因緣變》……這類「佛陀變文」將如來佛祖塑造成無所不能的萬物主宰，尤其是神魔鬥法之替身變幻，或縹緲仙境，或幽森冥界，種種奇幻恢詭的變相著實令人驚異。

然而當變文宣講由佛寺禪門轉向更為廣闊的社會領域時，可勝任闡發佛典奧義作「名德之講」的高僧畢竟有限，而恣意渲染天上地下、神怪魔妖的虛幻想像，已無法滿足廣大的俗眾需要，於是釋氏講經為達化俗目的，逐漸朝通俗化發展，「俗講」的內容開始要求貼近現實生活。唐代執俗講牛耳的名僧文溆之所以名噪一時，主要是「述事而不述義」，不鑽研深奧的經籍義理，而以民間故事、俚語打動信眾，唐．趙璘《因話錄》云：

> 有文溆僧者，公為聚眾談說，假託經論，所言無非淫穢鄙褻之事。不逞之徒，轉相鼓扇扶樹。愚夫冶婦，樂聞其說，聽者塡咽寺舍，瞻禮崇奉，呼為「和尚教坊」，效其聲調以為歌曲。其甿庶易誘，釋

---

⑧《後漢書．侯霸傳》與〈楊震傳〉曾載漢代經師師徒傳授、合作講經等情形。參周紹良〈唐代變文及其它〉，《敦煌文學芻議及其它》，台北：新文豐出版公司，一九九一。

⑨有關敦煌講經文之體製與內容，詳參張錫厚《敦煌文學源流》頁三六二～四三一，北京：作家出版社，二〇〇〇。

徒苟知眞理及文義稍精，亦甚嗤鄙之。……⑩

《資治通鑑・唐紀・敬宗紀》載文溆事，胡三省注云：「釋氏講說，類談空有；而俗講者又不能演空有之義，徒以悅俗邀布施而已。」說明唐代的俗講重視故事性和伎藝性以邀錢財布施，是一種娛樂性高而風行的說唱伎藝。影響所及，變文的題材有了突破與拓展，現存敦煌所見反映世俗生活者爲數頗多（或稱「俗變」），甚且超過佛陀變文（或稱「經變」），其中歷史故事類有：《伍子胥變文》、《王昭君變文》、《漢將王陵變》、《舜子至孝變文》；《董永變文》（按其體製可歸「詞文」類，詳下文）與諸多孝子故事變文則大抵演述民間傳說故事。另有《張議潮變文》、《張淮深變文》較爲特別，《新唐書》卷二六一〈吐蕃傳〉曾有記載，變文講唱此唐代末年時事，讚頌張議潮叔侄「陰結豪英歸唐」、「生死大唐好」愛國情懷，表彰其民族英雄形象。

就音樂而言，敦煌所見講經文如《佛說阿彌陀經講經文》等，運用佛曲唱經，清冷寡淡的佛音梵曲搭配佛經文句，氣氛雖莊嚴卻嫌單調沉鬱，於是俗講開始吸納【伊州】、【長恨曲】、【三台】……等世俗樂舞曲調。敦煌變文唱詞中，有因襲梵音佛曲而作三七雜言句式者，亦有「平」、「側」、「斷」等新調之嘗試。⑪

就文學體式而言，變文最基本的特點是韻散相間、詩文結合、逐段鋪敘、說說唱唱地演述故事。這種形式，胡適認爲是由印度傳來的（見《白話文學史》），程毅中則認爲源於荀子〈成相篇〉、漢魏六朝「雜賦」（一種接近民間文學的詼諧文體）、漢晉間小說《吳越春秋》等，強調「變文是在我國民族固有的賦和詩歌駢文的基礎上演進而來的。」⑫持平而論，變文離不開佛經故事之敷衍，荀子〈成相篇〉雖具早期說唱曲藝形式，然其四句一韻的「三，三，七，十一」的句法與變文相較，不難發現變文中所呈現的「三，三，七，七，七」等三七雜言體句法，倒與佛曲較爲相近。漢魏六朝的雜賦，在內容、形式上，雖與齊言體的世俗變文略爲接近，但與演繹佛典的佛陀變文則差距甚遠。因而就形式淵源來看，變文的體式除承繼我國漢魏六朝樂府、小說、雜賦等文學傳統，也取法宗教闡述教義的講經文化，逐漸變成一種通俗鮮活的民間說唱藝術。

㈢變文之圖像特色——變相

自敦煌遺書面世後，學界討論「何謂變文」之篇章甚夥，其中最值得注意的是，變文在講唱時常會搭配「變相」來進行演述故事，有些學者甚至以「變相」之有無，作為是否為變文之判定依據，換言之，變文之關鍵特色在「變相」。

所謂「變相」，是指表現故事的連環組畫，「相」即圖畫之意；變文是說唱底本，表演時配合展示的畫卷稱「變相」。變文的演出，除了可能有輔助人員幫忙高舉畫幡、收換畫卷之外，大抵由一人所獨演，邊說邊唱邊引導觀看圖畫，有如近代說唱曲藝中的「拉洋片」、「西湖景」、「西洋鏡」。唐代已有歌妓能說唱變文，

---

⑩日本僧人圓仁《入唐求法巡行紀》云：「開成六年……令內供奉三教講論賜紫引駕起居大德文溆法師講《法華經》。城中俗講，此法師為第一。」又《因話錄》此段引文之斷句，歷來多將「教坊」二字屬下句，程毅中認為如此則「上一句『呼為和尚』就沒有意義。《紺珠集》本和《類說》本《因話錄》標題作『和尚教坊』，最能說明問題。」其說頗是，見程毅中〈關於變文的幾點探索〉，周紹良、白化文編《敦煌變文論文錄》頁三九六，上海古籍出版社，一九八二。

⑪有關講經文、變文中之佛曲與民間樂曲，詳參張錫厚《敦煌文學源流》頁四三三～四四一。

⑫詳參程毅中〈關於變文的幾點探索〉，周紹良、白化文編《敦煌變文論文錄》頁三七四～三七九。

李賀〈許公子鄭姬歌〉詩中即出現變相圖畫：「常翻蜀紙卷明君，轉角含商破碧雲。」昭君故事膾炙人口，王建〈觀蠻伎〉詩亦云：「欲說昭君斂翠蛾，清聲委曲怨於歌。誰家年少春風裡，拋與金錢唱好多。」晚唐吉師老的〈看蜀女轉昭君變〉詩亦描繪生動：

> 妖姬未著石榴裙，自道家連錦水濆。檀口解知千載事，清詞堪歎九秋文。
> 翠眉顰處楚邊月，畫卷開時塞外雲。說盡綺羅當日恨，昭君傳意向文君。

現存敦煌本《昭君變》中正有「邊雲忽然聞此曲，令妾愁腸每意（憶）歸」，「莫怪適下（來）頻落淚，都爲殘雲度嶺西」之句，正可印證當時蜀女唱（「轉」即「囀」意）《昭君變》所用的變相與今存敦煌本略同。此變文原分上下兩卷，上卷敘昭君入番，下卷說昭君憂死，漢使來弔。在上卷說完後，有句過渡語「上卷立鋪畢，此入下卷」。「鋪」是畫相的單位，一鋪指形象不同的幾幅畫合在一起，成爲一套。「立鋪」是「以圖畫立地」，也就是把它掛起來，隨說唱展示畫卷，一直到「上卷立鋪畢」，捲起來再換下卷。明人馬歡《瀛涯勝覽》「爪哇國」條云：「有一等人，以紙畫人物、鳥獸、鷹蟲之類，如手卷樣。以三尺高二木爲畫幹，止齊一頭。其人蟠膝坐于地，以圖畫立地，每展出一段，朝前番語高聲解說此段來歷。眾人圍坐而聽之，或笑或哭，便如說平話一般。」這條記載與唐代轉《昭君變》的情形頗相彷彿。⑬

完整的變文結構形式，都是一段散文體說白，接續一段韻文體唱詞，如此複沓回環。而在由「白」轉到「唱」之際，常會出現某些銜接過渡的慣用語句，如「看……處，若爲陳說」、「于爾之時，有何言語」……，這類「處」、「時」的字眼，即指圖畫之處，說唱者指點聽眾邊聽邊「看」變相的意圖。如《漢八年楚滅漢興王陵變》：

二將辭王，便往斫營處。從此一鋪，便是變初。……

二將斫營處，謹爲陳說。……

說其本情處，若爲陳說。……

陵母從楚營內，乘一朵黑雲，空中慚謝皇帝。祭禮處若爲陳說。……

再如德國人勒考克等從新疆境內克孜爾千佛洞瑪雅洞中剝走的一幅壁畫，畫的是阿闍王本生故事，在阿闍王與王妃之前，有兩個年輕女子，一人手持釋尊四相（誕生、降魔、成道、涅槃）畫旛，另一人則口講指劃，研究者指出，那是在說《八相成道》之類的變文。種種資料皆顯示唐代講唱變文在民間流行的盛況。

㈣變文之「變」

有關變文之題材內容與文學體式已如上述，然變文之「變」究屬何義？歷來有若干說法：或謂梵文轉譯（周一良），或指摹繪仙佛神奇「變異之事」之「變相」（程毅中、孫楷第、白化文、日本學者金岡照光等），或說僧徒爲因應不同觀眾，因地制宜而作的「變態」宣唱（路工），另有僅指體裁之「變易」而已（鄭振鐸）。

⑬ 參白化文〈什麼是變文〉，《敦煌變文論文錄》頁四三七～四四二。

四種說法中，梵文轉譯失之無稽，體裁變易之說過於直捷，而未彰顯變文之重要特色，而「變態」說法又顯得曲折而狹隘。唯「變相」之說較能扣住變文產生之歷史緣由與變文說唱時相輔而成之關鍵特色。其中孫楷第〈變文之解〉一文說法頗爲扼要：

以圖像考之，釋道二家，凡繪先佛像及經中變異之事者，謂之「變相」。如云《地獄變相》、《化胡成佛變相》等是。亦稱曰「變」；如云《彌勒變》、《金剛變》、《華嚴變》、《法華變》、《天請問變》、《楞伽變》、《維摩變》、《淨土變》、《四方變》、《地獄變》、《八相變》等是（以上所舉，見張彥遠《歷代名畫記》、段成式《酉陽雜俎．寺塔記》及《高僧傳》、《沙洲文錄》等書，不一一舉出處）。其以變標立名目與「變文」正同。蓋人物事蹟以文字描寫則謂之「變文」，省稱曰「變」；以圖像描寫則謂之「變相」，省稱亦曰「變」。其義一也。然則變文之得名，當由于其文述佛諸菩薩神變及經中所載變異之事……⑭

(五) 講經文、話本、詞文、俗賦

1. 講經文

敦煌文學中的說唱藝術，除變文之外另有講經文、話本、詞文與俗賦。講經文是變文的前身，俗講的底本，其主要表現形式是在講唱之前，先引經文一則，然後依據經義加以敷衍虛構、鋪陳排比，有時能將一二十字的經文，渲染成三五千字的鴻篇巨幅，如《維摩詰經講經文》中人物語言、形象鮮明，情節波瀾新奇，儼爲後代章回體小說之先聲。目前發現整理的敦煌講經文有《金剛般若波羅蜜經講經文》、《妙法蓮華經講經文》、《佛報恩經講經文》、《佛說阿彌陀經講經文》、《父母恩重經講經文》、《盂蘭盆經講經文》……凡十六種⑮，其講唱形製與題材已如上述。

2. 話本

話本是古代短篇小說的重要體裁之一，唐時把說故事稱為「說話」，而記錄說話的底本則稱作「話本」。在唐代，同為短篇小說的新興「傳奇」，是文士典雅的文言創作，而「話本」則是民間通俗的口語文學。話本的出現，促進了文言小說轉向白話小說，在文學史上具樞紐地位。

一般文學史專著通常以話本是宋代才出現的文學樣式，因而定名為「宋代話本」或「宋元話本」，主要因為「說話」一詞雖首見於隋唐時期，如前文所述，唐代社會也因物阜民豐而有市人小說興起、說《一枝花話》、說三國……等零星記載，但真正具體而完整的話本，在唐代典籍裡卻始終沒出現過，而敦煌寫本彌補了這缺憾。

敦煌話本為數不多且多殘損，足見其不如變文盛行，孫楷第說「唐朝轉變風氣盛，故以說話附屬於轉變……宋朝說話風氣盛，故以轉變附屬於說話。」（《俗講、說話與白話小說》）變文說唱兼具，配合變相，聲色生動；話本則以講說為主，韻文較少或無，在題材與創作手法上頗受變文影響。如宗教題材屬於佛教的有《廬山遠公話》，原寫本題目即如此（S2073），此一「話」字，證實唐人話本存在之本來面目。它描寫雁門

---

⑭ 上述諸種說法，詳參程毅中、周紹良、白化文等前揭文，路工「變態」之說見《敦煌變文論文錄》頁四〇一。

⑮ 今存敦煌十六種講經文內容，詳參張錫厚《敦煌文學源流》頁三六六～三八五。

惠遠和尚遠行廬山修道念經，感動山神造寺，潭龍聽經，遠契佛心而終成高僧之故事。談道教法術的《葉淨能話》，原卷前缺，卷尾題有「葉淨能詩」（S6836），然全篇皆用散文敘寫，除篇末的雜言讚詞之外，竟無一首詩，足見「詩」係「話」字之誤。⑯此話本誇寫「在道精熟，符籙最絕」的葉淨能被唐玄宗召見，大展法力顯各式神通如遙採仙藥、劍南觀燈、獻龍肉、求甘雨、皇后求子、率唐明皇遊月宮等奇幻曲折故事，最後唐明皇懾於「葉淨能移山覆海，變動乾坤，制約宇宙」，乃與高力士設計陷害，葉乃「歸大羅天去也」，明皇追悔無及，以「朕之葉淨能，世上無二」，「遙望蜀川，空流雙淚」之哭辭作結。

〈唐太宗入冥記〉亦雜採野史逸聞，敘唐太宗魂遊地府而遭判官崔子玉推勘，崔爲謀封賞，以太宗「殺兄弟於前殿，囚慈父於後宮」諸惡行恫嚇之，太宗迫允乃得生還等擅添祿命之誕事，含譏諷意義。〈韓擒虎話本〉保存相當完整，述隋代武將韓擒虎輔佐隋文帝滅陳、降伏大夏單于的歷史故事。話本開頭先說一段楊堅腦疼病與稱帝諸事，類似「入話」之作用。全篇盛讚年僅十三歲的韓擒虎英武事蹟，其中奉使和番，箭射雙雕震懾蕃王之神勇場面寫來最是令人咋舌：

忽有雙雕，爭食飛來。擒虎一見，喜不自勝，抵揖蕃王，當時來射。擒虎十步地走馬，二十步把臂上捻弓，三十步腰間取箭，四十步搭括當弦，拽弓叫圓，五十步翻身背射，箭既離弦，勢同劈竹，不東不西，況前雕咽喉中箭，突然而過，況後雕劈心便著，雙雕齊落馬前。蕃王一見，一齊唱好。

〈孔子項託相問書〉寫七歲項託（或作橐）駁詰孔子，孔子惱羞成怒竟殺害項託，項託精誠不去，化作森森百尺蒼竹長存人間。挑戰傳統至聖先師形象，筆致荒誕，全篇形製近於話本。至於敦煌本《秋胡》（S0133）其

表演型態曾有話本、變文之爭議，就原卷保存的殘文來看，除一首五言六句的贈詩之外，全篇皆用散文陳述，其間人物對話、情節鋪寫亦多留有說話痕跡，似當屬話本。秋胡故事，自漢．劉向《列女傳》以來，《藝文類聚》、《太平御覽》、《西京雜記》等多有簡略記述，敦煌本則大肆鋪寫，敘魯國儒生秋胡婚後遊學求官，言若不乘軒佩印誓不還鄉，其妻「冬中忍寒，夏中忍熱，桑蠶織絡，以事阿婆。」九年後秋胡官居魏國宰相，榮歸途中調戲採桑美貌女子而遭拒。抵家門，妻驚見「桑間贈金宰貴」竟是多年企盼之夫君，頓然「泣淚交流」，在婆母面前痛斥秋胡「於家不肖，於國不忠」，可惜該卷下文殘損，莫知結局。

3. 詞文

「詞文」一名，首見於敦煌寫本〈季布罵陣詞文〉之原題，以前曾被籠統歸入變文一類，幾乎掩蓋其史料價值，因其形製與變文迥不相類，是唐代另一種文體的專稱。它除了在篇首或雜以散說，作爲歌唱前的說明之外，全篇皆是齊言的韻文唱詞，以七言句爲主，間或轉爲三、四、五、六言句以作變化，而不再穿插說白；用韻則較爲自由，或一韻到底，或採鄰韻通叶，或中間換韻而不忌重韻，敘事述情波瀾跌宕，直可視爲民間長篇敘事詩，其洋洋數千言，一氣呵成的氣勢，正與〈孔雀東南飛〉、〈木蘭詩〉之風格遙遙相契。

敦煌所見詞文的代表作是〈大漢三年楚將季布罵陣漢王羞恥群臣撥馬收軍詞文〉，簡稱〈季布罵陣詞

---

⑯ 另有認爲「詩」是「傳」之訛，或指「詩」與「書」在唐宋時期的敦煌方音中同音，當改作《葉淨能書》。實則就手抄本字形偶有筆劃訛誤之現象，以及此篇通俗之語言風格和以詩結尾等講述體的「說話」特色，篇題仍以「話」字爲佳。

文〉，或有題作〈捉季布傳文〉，稱「傳文」係因其內容敘漢代人物傳記，原題作「詞文」，則就其以韻文演唱而言，二者名異而實同。全篇詞文計六百四十六句，四千五百二十二字，鴻篇鉅製，而由一人唱演，體例很接近後代的鼓書。此篇敘楚將季布罵陣，當眾羞辱劉邦。及項羽滅，劉邦布榜懸賞千金捉拿季布，季布幾經逃亡，終因劉邦大度而盡釋冤仇。本篇取材自《史記》、《漢書》而多增飾藻繪，「將死歷史作成活戲劇，如篇中所寫季布夜深潛至周氏堂階下，周氏夫妻疑是鬼神一節；季布不知新使重到，疑周氏懼罪輕棄一節；朱解深悔誤買季布，擬繫送於朝一節；高祖既釋季布罪，召其來朝，忽憶前愆，突令武士擒捉，欲置之鼎鑊一節。施之史傳，斯為瑕累，唱自詞人，的是精采處。」⑰說明史傳與民間文學性質風格之不同，而詞人豐富的想像力是演繹史事所不可或缺的，如《史記》僅「項籍使將兵數窘漢王」一句，詞文揮灑成近三十句的七言詩：

> 遙望漢王招手罵，發言可以動乾坤。高聲直噉呼劉季，公是徐州豐（沛）縣人。
> 母解緝麻居村墅，父能牧放住鄉村。公曾泗水為亭長，久於闤闠受饑貧。
> 因接秦家離亂後，自號為王假亂真。鴉鳥如何披鳳翼，黿龜爭敢掛龍鱗！
> 百戰百輸天不佑，士卒三分折二分。何不草繩而自縛，歸降我王乞寬恩。……
> 漢王被罵牽宗祖，……

譏諷劉邦身世微賤，趁秦亂而自立為王，以假作真，百戰百輸，何不自縛受降……言詞鋒利而痛快淋漓。至於季布如何多處逃亡，將被劉邦銜恨而烹時，如何巧言應對使漢皇回嗔作喜，種種揣想合理而逼真。

《董永》原卷篇題已佚，首起「人生在世審思量」，下迄「總為董仲覓阿娘」，敘董永賣身殯葬父母，路

遇織女助其還債，債完乘雲而去，其子董仲至阿耨池邊尋母故事。取材自劉向《孝子傳》、干寶《搜神記》而略增衍。本篇亦曾被歸入變文，然全篇除兩句三言外，全爲七言唱詞，凡一百三十四句，一韻到底，與變文體例未合，似宜歸「詞文」一類。〈下女夫詞〉全篇運用四、五、七言詩句，以男女儐相一問一答對唱形式唱述民間婚禮習俗，從初見面探問身世、傳遞情思到上酒、請君下馬、下床等婚儀之進行。如作品開頭部分述男子出遊，日暮時人馬疲困，至一戶人家，欲暫留而遭女子盤詰：

〈兒家初發言〉：賊來須打，客來須看，報道姑婕（嫂），出來相看。

女答：門門相對，戶戶相當，通問刺史，是何祇當？

兒答：心遊方外，意遂恒娥。日爲西至，更闌至此。人先馬乏，蹔欲停流（留），幸願姑婕，請垂接引！

女答：更深月朗，星斗齊明，不審何方貴客，侵夜得至門庭？

兒答：鳳凰故來至此，合得百鳥參迎。姑婕若無疑□，火急反身卻迴。

女答：本是何方君子，何處英才？精神磊朗，因何到來？

兒答：本是長安君子，進士出身。選得刺史，故至高門。

女答：既是高門君子，貴勝英流，不審來意，有何所求？

---

⑰ 見王重民〈敦煌本《捉季布傳文》〉，《北平圖書館館刊》第十卷第一號，一九三六年版。

兒答：聞君高語，故來相投。窈窕淑女，君子好逑。

曾有研究者認爲這是一篇由男女儐相演唱的婚禮儀式歌，但標題既有「詞」字，或可逕歸「詞文」一類，只是全篇由二人對唱，而非一人獨演，亦可視爲詞文之變體。

至於〈悉達太子修道因緣詞〉，主要以詞文形式演唱悉達太子（即釋迦牟尼）降生前後的故事，情節包括淨飯王夫婦喜結良緣、拜神求子、阿思陀仙人占相、耶輸陀羅結姻、太子遊觀四相、逾城出家到修道成佛等。內容有「隊仗白說」和大王、夫人、吟生、新婦等各種人物的吟詞，除開頭雜有四言、五言，全篇皆爲七言詩句；唱詞之外，另有類似舞台提示語的「回鑾駕卻」字樣，因此任二北認爲「儼然已接近劇本」，饒宗頤擬作「表演太子修道之歌舞劇」，李正宇則直接題作《釋迦因緣劇本》。⑱事實上，本篇雖與《佛本行集經講經文》（即《太子成道經》）內容相類，但與講經文相比，本篇已全無說白，唱詞亦極簡要，可能是匯集《悉達太子修道因緣》中的唱詞而成。就形製而言，本篇爲多種人物之吟詞組成，已突破二人對唱體之限制，形成多人對唱之新體式，然尚未達到成熟戲劇之必備樣貌，且本篇既以「詞」作標題，似宜屬對唱體之詞文作品。⑲

4. 俗賦

賦原是一種「鋪采摛文，體物寫志」的鋪敘文體，《漢書‧藝文志‧詩賦略》將賦分爲屈原賦、陸賈賦、孫卿賦與雜賦四種。孫卿（荀子）的賦包括〈成相篇〉和〈賦篇〉，前文提及「成相」即先秦當時的一種說唱曲藝形式；「雜賦」類則有《成相雜辭》十一篇和《隱書》十八篇。劉向、班固之所以將「雜賦」另立一類，主要因爲它與傳統典麗堆疊、鋪陳閎肆的賦不同，是較爲接近民間文學的詼諧文體，與敦煌俗賦風格相類。

敦煌俗賦又稱故事賦，是一種以白話韻文說理敘事的通俗賦體，它遠承宋玉〈登徒子好色賦〉、張衡〈髑髏賦〉、蔡邕〈短賦〉、王褒〈僮約〉、黃香〈責髯奴辭〉、曹植〈鷂雀賦〉……問答嘲戲、俳諧滑稽的敘事手法，其「不歌而誦」的特點，即屬於說唱文學之一體。「賦」在唐代民間文學中是獨立的一種體裁，據徐堅等奉敕所撰類書《初學記》卷十三中曾引劉謐之〈寵郎賦〉（一作「龐郎」），載其開端四句：

坐上諸君子，各各明君耳。聽我作文章，說此河南事。

希望座上的觀眾用「耳」來「聽」講述者鋪陳一段故事，這樣的開場白點明該賦是以說唱為目的。《北夢瑣言》卷七云：「皮日休曾謁歸融尚書，不見，因撰〈夾蛇龜賦〉，譏其不出頭也。而歸氏子亦撰〈皮靸鞋賦〉遞相謗誚。」皮、歸所撰二賦今雖不傳，但既是「遞相謗誚」，則內容必屬俳諧嘲戲，由此也能看出唐代俗賦之出現而受歡迎，自有其歷史淵源。而金代院本以「笑樂」著稱，其中的〈大口賦〉、〈療丁賦〉、〈風魔賦〉、〈傷寒賦〉、〈方頭賦〉、〈罷筆賦〉等，即繼承此一諧謔傳統。直至現代，南方彈詞仍稱「不歌而誦」的韻文為「賦贊」，當是「雜賦」這類傳統形式的遺存。

至於文士所作如白行簡〈天地陰陽交歡大樂賦〉，即所謂俳體賦，劉瑕〈駕幸溫湯賦〉（亦稱〈溫泉賦〉），鄭棨《開天傳信記》曾節引，稱其「詞調倜儻，雜以俳諧」。而敦煌所存俗賦為數不多，僅趙洽〈醜

---

⑱ 詳參任二北《唐戲弄》頁八七五～八七九，上海古籍出版社，二〇〇六；饒宗頤《敦煌曲》收於《饒宗頤二十世紀學術論文集》第十二冊，頁七二五，台北：新文豐出版公司，二〇〇三。

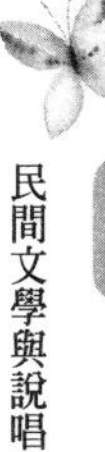

婦賦〉一篇署名而已，大都爲無名氏，其年代，按寫卷之題記及內容，大抵創作於唐代，至遲不晚於五代，由文墨之士草撰，流傳民間再經多方加工潤色而成，如以下諸篇：

〈晏子賦〉取材自《晏子春秋》而多所點染，將史傳「晏子使楚」改爲「使梁」；晏子原本只是身形短小，賦將他醜化成「面目青黑，唇不附齒，髮不附耳，腰不附胯。」接著以對答方式，晏子與王就小門、狗門、齊國無人進行針鋒相對的論辯，俗賦中並擴增短小、黑色、先祖諸問題，使詰難過程更具衝突性，如梁王譏晏子短小，晏子對王曰：「梧桐樹雖大裡空虛，井水雖深裡無魚，五尺大蛇怯蜘蛛，三寸車轄制車輪。得長何益，得短何嫌！」使意欲羞辱晏子的梁王反受其辱，型塑出晏子學博而辯捷的良史之才形象。

〈燕子賦〉以鳥擬人的問答敘事手法，與曹植的〈鷂雀賦〉相較，無論在體裁和題材上皆有一脈相承關係。敦煌的〈燕子賦〉現存兩種體式截然不同的同名賦作，其中以四言爲主而間雜五至九言者，句法靈活，情節生動而曲折，極適合講唱。如曹植〈鷂雀賦〉以鷂、雀代言，傳神鋪寫出鷂欲啖雀而未果之經過，敦煌〈燕子賦〉將兇狠主角改作黃雀，受害者換成燕子，衍成燕雀爭巢、鳳凰判案之寓言故事，其文云：

> 乃有黃雀，頭腦峻削，倚街傍巷，爲強凌弱，睹燕不在，入來皎（挍）掠。見他宅舍鮮淨，便即兀自占著。婦兒男女，共爲歡樂，自誇樓羅。……燕若入來，把棒撩腳。伊且單身獨手，……與你到頭尿卻。言語未定，燕子即回，踏地叫喚。雀兒出來，不問好惡，拔拳即搓，……燕子被打，可笑屍骸，頭不能舉，眼不能開。夫妻相對，氣咽聲哀：「不曾觸犯豹尾，緣沒橫羅（罹）烏災？」遂往鳳凰邊下，下牒分析……

雀占燕巢而毆燕，燕負屈而請鳳凰決審，鴟鴞奉命往捉雀，初判雀枷項禁身。鶬鴰急難，雀婦探監並賄賂獄卒，最後鳳凰判雀無罪開釋。表面上看，鳳凰代表王權弭平爭端，實則偏護「見有上柱國勳」之特權，好似一幅官場現形記，燕子無辜卻敗訴，末尾所謂「燕雀既和」、「合作開元歌」，亦僅粉飾太平之假象而已。全篇藉眾鳥暗諷世態，形神逼肖。另一篇以五言詩體為主的〈燕子賦〉：「雀兒實嘖唸，變弄別浮沉……」全篇以雀、燕二者問答「論議」為主，略添鳳凰斷案，其他鶬鴰等陪襯人物全無，情節單調而乏高潮。

著名的〈韓朋賦〉，據容肇祖考證，可能是六朝時期作品⑳，而王利器則從賦文內「臣」作「㐆」，係武后所造新字，推斷為武周時代寫本㉑，足見此賦傳誦悠久，歷百餘載而有添易（如北朝民歌〈木蘭詩〉出現唐代官制）。該賦取材自晉．干寶《搜神記》卷十一〈韓憑妻〉條（「憑」字或作「朋」、「馮」，三字古音同聲通用），文云：「宋康王舍人韓憑，娶妻何氏，美，康王奪之。憑怨，王囚之，淪為城旦。妻密遺憑書，繆其辭曰：『其雨淫淫，河大水深，日出當心。』既而王得其書，以示左右，左右莫解其意。臣蘇賀對曰：『其雨淫淫，言愁且思也；河大水深，不得往來也；日出當心，心有死志也。』俄而憑乃自殺。其妻乃陰腐其衣。王與之登臺，妻遂自投臺下，左右攬之，衣不中手而死。」其後康王不願合葬韓憑夫妻，竟發生墓樹根枝交

---

⑲ 上述四種詞文之詳細內容，可參張錫厚《敦煌文學源流》頁五四〇～五五四。

⑳ 見容肇祖〈燉煌本韓朋賦考〉，載《慶祝蔡元培先生六十五歲論文集》下冊，一九三五。

㉑ 參王利器〈敦煌文學中的《韓朋賦》〉，《文學遺產增刊》第一輯，一九五五。

纏、鴛鴦悲鳴之靈異現象，而「南人謂此禽即韓憑夫婦之精魂」。

敦煌本〈韓朋賦〉在〈韓憑妻〉小說原有的基礎上添枝加葉，將韓憑、何氏、蘇賀三人改名為韓朋、貞夫、梁伯，並極力醜化宋王與梁伯。故事鋪寫貞夫乃「明解經書」之貞婦，韓朋出遊，六秋不歸，貞夫寄信盼其早歸，韓朋得家書意感心悲，不慎遺書殿前而為宋王拾得。梁伯與宋王計誘貞夫入宮逼婚，貞夫矢志不從：「妾是庶人之妻，不樂宋王之婦。」然竟遭韓朋誤解其貞操節行，遂以死明志。夫妻雙雙殉情後的情節較原小說倍顯奇幻：

> 宋王即遣人掘之。不見貞夫，唯得兩石，一青一白。宋王睹之，青石埋於道東，白石埋於道西。……宋王即遣（人）誅伐之。三日三夜，血流汪汪。二札落水，變成雙鴛鴦，舉翅高飛，還我本鄉。唯有一毛羽，甚好端正。宋王得之，遂即磨拂其身，大好光彩，唯有項上未好，即將磨拂項上，其頭即落。生奪庶人之妻，枉殺賢良。未至三年，宋國滅亡。梁伯父子，配在邊疆。行善獲福，行惡得殃。

夫妻精魂化生青白二石，雖被分埋卻能長出枝根相連之桂樹、梧桐。宋王遣人伐樹，隨幻成鴛鴦高飛還鄉，宋王拾得一片毛羽，摩拂時初則大放光彩，隨即頭落，畫面驚悚異常。此賦為追求說唱表演時之戲劇效果，刻意將原本只是好色，對韓憑夫妻驚魂所化的鴛鴦悲鳴尚能哀感而表彰「相思樹」的宋康王，醜化成狡詐狠毒而終食惡果的暴君，增加夫妻死後化石、石生為樹、樹化鴛鴦到毛羽截項復仇等多層次的鋪寫情節，也使得原本浪漫飄逸的愛情傳說，經過人物典型化、關目奇幻化與因果報應觀等世俗化處理，變成道德勸懲、高潮迭起的民間說唱藝術，表達平凡百姓的俗世想望。

◎唐代講唱對後世之影響

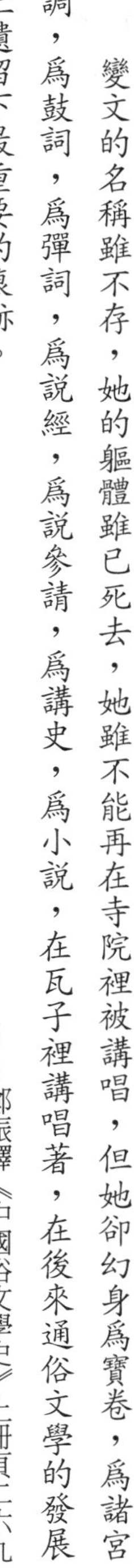

變文的名稱雖不存，她的軀體雖已死去，她雖不能再在寺院裡被講唱，但她卻幻身爲寶卷，爲諸宮調，爲鼓詞，爲彈詞，爲說經，爲說參請，爲講史，爲小說，在瓦子裡講唱著，在後來通俗文學的發展上遺留下最重要的痕跡。

——鄭振鐸《中國俗文學史》上冊頁二六九

鄭振鐸以文學口吻娓娓述說唐代變文對後世說唱藝術的遠大影響。而他所指稱的「變文」範疇略廣，事實上，不只通俗文學，唐代整體說唱藝術對宋元明清的小說、曲藝與戲曲，無論形式或內容皆曾留下不可抹滅的痕跡。

(一)唐代說唱題材、套語與音樂之影響

唐代的「說話」題材每每影響宋代以後的小說、戲曲，如《一枝花話》這本李亞仙話本，到了宋代繼續在勾欄瓦舍裡表演，《醉翁談錄》的「小說開闢」即曾提及，而元明清的戲曲《曲江池》、《繡襦記》至今依舊搬演不歇。講史類如李商隱〈驕兒詩〉中的說三分，到北宋時不僅說書盛行，而且還從平話演成影戲，王圻《稗史彙編》云：「宋朝仁宗時，市人有能說三國事者，或將其說加緣飾，作影人，始爲魏、吳、蜀三分戰爭之象。」唐代的俗講、變文風行一時，對宋代的「說話」與明清曲藝皆有影響，向達〈唐代俗講考〉一文云：

今從敦煌所出諸俗講文學作品觀之，宋代說話人宜可溯源於此：紀伍子胥故事，《漢將王陵變》、〈季布罵陣詞文〉、《昭君變》，以及《張淮深變文》之類，即宋代說話人中講史書一科之先聲，而說經說參請，又爲唐代諸講經文之本支與流裔。彈詞寶卷，則俗講文學之直系子孫也。

唐代話本的藝術手法已相當成熟，因此在演述故事時也建立了常見的套語和熟語。如敦煌寫卷多殘篇零簡，其中較爲完整的〈廬山遠公話〉與〈韓擒虎話本〉，開頭都在概括性敘述之後，緊接著「說這惠遠，家住雁門，兄弟二人，更無外族」，「說其中有一僧名號法華和尚」……這種說書程式成爲後來宋元話本的模式。而描繪金戈鐵馬的〈韓擒虎話本〉則出現「說此膏未到頂門一半也無，才到腦蓋骨上，一似佛手捻卻」、「說者酒未飲時一事無，才到口中，腦裂身死」，如此鏗鏘有致的套語，也每爲後代說書人所仿效。

敦煌歌辭是唐代文苑的奇花異卉，詞山曲海，眾體芃興，任二北《敦煌歌辭集》即收錄一二〇〇餘首，按不同場合唱演可分：舞曲、酒令曲、戲弄曲、講唱曲以及變文所用的「插曲」等，對後世說唱音樂影響深遠。諸多曲調曾活躍於宋元說唱藝術中，如宋．趙令時的鼓子詞【商調蝶戀花】，宋元話本中經常使用的商調【醋葫蘆】、【南鄉子】、【鷓鴣天】、【菩薩蠻】，諸宮調中的【浪淘沙】、【定風波】、【出隊子】、【賞花時】、【戀香衾】，皆可於敦煌歌辭中覓得其先聲。含禪門思想的【五更轉】、【十二時】、【百歲篇】、【十恩德】等通俗曲調，隨後代民間說唱文學的發展，直到近代依然有人傳唱，而其針對一個總題，用反覆數遍的曲調作不同分題式的歌詠，已具套曲之雛形，對後世的說唱、戲曲音樂皆深有影響。另外，前文所提唐代俗講名僧文溆，其伎藝不僅能使當時的觀眾「塡咽寺舍」，皇帝與樂工更曾按他「轉（囀）變」時的聲腔譜曲，此首【文溆子】在宋元諸宮調、南戲中依然風行。

(二)俗講「押座文」與變文慣用語、「變相」之衍化

敦煌所存講經文篇幅長而文字富麗，按照講經的儀軌，在講說之前先要有一段「押座文」，使聽眾專心聽講，它主要由七言韻語組成，間或夾雜若干說白。向達〈唐代俗講考〉認爲：「今按押座之『押』或與『壓』字義同，所以鎮壓聽眾，使能靜聆也。」孫楷第也表示：「押者即是鎮壓之壓，座即四座之座。慧琳《一切經音義》卷二十六『打擲埳押』注云：『押正體作壓，烏狎反，鎮也。押字古狎反，籬辟也，非此義。』是『押』字可通作『壓』，有鎮服意。……押座之義，可釋爲靜攝座下聽眾。開講之前，心宜專一，故以梵讚鎮靜之。」㉒

有的押座文並不固定專爲某種講經文使用，有時還可隨意挪用在其他講經文之前，因此爲了便利俗講師選用，這類通用押座文常有集錄成卷的寫本出現。宋人話本常用詩詞開場，明代的平話小說則用與本篇相類似或相反的短小故事作爲「入話」，而元雜劇則有開場「楔子」，其性質頗與專用押座文相類，到了清代的彈詞「開篇」，也與通用押座文相仿。一般書場藝人在開演前，觀眾尚未到齊，若貿然開講，效果不彰，因此照例用「開篇」定場，先試試嗓音暖身，斟酌用氣力度，而弦索一響，場內觀眾便逐漸靜聲聆賞，開篇若唱得好，自然能招徠更多聽眾。㉓

㉒ 見孫楷第〈唐代俗講軌範與其本之體裁〉，《滄州集》卷一，北京：中華書局，二〇〇九。

㉓ 詳參楊振良〈由現存評彈「開篇」論押座文〉，漢學研究中心編印，《第二屆敦煌學國際研討會論文集》頁四六七～四八〇，一九九一年六月。

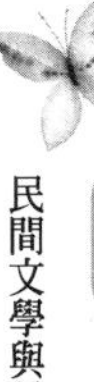

變文在說白將終，要轉到唱腔之時，每用「當爾之時，有何言語」、「……處，謹為陳說」等慣用語，以引起下面要唱的韻語。這個特點在北宋之後的說唱文學中出現類似情形，只是銜接過渡語略異而已。如北宋趙令時〈商調蝶戀花鼓子詞〉在開頭的「序」之後，唸「奉勞歌伴，先聽格調，後聽蕪詞」三句，才開始唱第一首【蝶戀花】；唱完即引元稹〈鶯鶯傳〉原文，接著連用「奉勞歌伴，再和前聲」兩句來引起下面的【蝶戀花】唱詞，如此散韻相間地用十二闋【蝶戀花】說唱鶯鶯與張生戀史始末。明代洪楩編的《清平山堂話本》中，《刎頸鴛鴦會》一篇也有相同的慣用語，在說話人開始唱商調【醋葫蘆】小令十首之前，先唸「奉勞歌伴，先聽格律，後聽蕪詞」三句，唱完一闋後，說一段散文；迨將續唱下一首【醋葫蘆】時，再唸「奉勞歌伴，再和前聲」，如此重複這兩句九次，展現有張有弛、錯落有致的說唱藝術。

「變相」是變文在說唱時重要的輔助圖畫。敦煌本《昭君變》在銜接上下卷時，有個過渡語：「上卷立鋪畢，此入下卷」，用「立鋪畢」而不用「講畢」字樣，足見表演者是同時攜帶圖像設備而按圖講唱的。到了宋代，說書人已不帶「變相」進行表演，故話本的結尾都用「說」字，如《簡帖和尚》末云：「話本『說』徹，且作散場」，《合同文字》與《陳巡檢梅嶺失妻記》亦以「話本『說』徹，權作散場」作結，沒再出現「鋪」的字眼。但後代的小說與劇本，往往附有圖像，稱「全相」平話、「出像」小說、「繡像」戲曲，雖與刊刻書商宣傳刻工精美有關，但也可能沿襲自唐代「變相」之衍化。此外，話本既是說話人的底本，其陳述口吻，原是假定說話人正在進行講說的，如宋人話本中常出現「看官聽說這段公事……」《錯斬崔寧》的語句，《刎頸鴛鴦會》末尾：「在座看官要備細，請看敘大略漫聽秋山一本《刎頸鴛鴦會》」，用「看官」而不用「聽官」，雖現場已無圖可看，但仍存留唐朝時眾「看官」眼看變相、耳聽變文的痕跡，甚至到了明代《水滸傳》小說裡，依然沿襲著此一慣用稱呼。㉔至於現在劇場上仍有「軸文」之名詞與大軸、壓軸等術語，似乎皆此流風餘韻使然。

三、宋代說書之發展與繁榮

在唐代變文的基礎之上，宋代民間說書的藝術質量有顯著提高。宋代政治昇平，民物阜蕃，新興的市民階層逐漸成爲「說話人」，甚至故事中的主角。在元雜劇、明清傳奇等越發攫人目光的戲曲表演藝術出現之前，宋代的說唱一片榮景。

◎瓦舍勾欄繁興

結束了五代十國半個多世紀的兵燹戰亂，宋代氣象一新，自仁宗慶曆（一〇四一～一〇四八）後，廢除自唐代沿襲已久的「坊市制」，拆毀隔絕市民住處的坊區與商業市區間的圍牆，宮廷、官府之供應亦仰給於市肆，促使商品經濟活絡而繁榮。當時汴京的繁華正如周邦彥〈汴都賦〉所稱「竭五都之瑰寶，備九州之貨賂」；而孟元老《東京夢華錄》亦提及東京各行業齊全，凡金銀綵帛「每一交易，動即千萬，駭人聞見。」「僕從先人宦遊南北，崇寧癸未（徽宗二年，一一〇三）到京師，……太平日久，人物繁阜，垂髫之童，但習

㉔ 一百二十回本《水滸傳》第一百十四回：「看官聽說，這回話都是散沙一般，先人書會留傳，一個個都要說到。只是難做一時說，慢慢敷演關目，下來便見。看官只牢記關目頭行，便知衷曲奧妙。」

鼓舞，斑白之老，不識干戈。」尤其「宵禁制」之解除，使京城內外之夜市「耍鬧之處，通曉不絕」，北宋張擇端「清明上河圖」裡勾勒的正是首都汴京民眾熙攘風貌。

鑑於唐末因藩鎮割據而招致滅亡，宋朝將大軍集中於中央，於是京城內外駐有龐大禁軍，爲因應軍卒暇日娛戲與市民經濟發展需要，宋代出現專供遊樂的場所——瓦舍。瓦舍又稱瓦肆、瓦子，是專爲雜劇與多種民間伎藝表演而設置的大型遊樂區，職業藝人長年在此賣藝，隨著表演活動的進行，瓦舍中另有各色生意人雜賣飲食與其他需求，「瓦中多有貨藥、賣卦、喝故衣、探搏、飲食、剃剪、紙畫、令曲之類。終日居此，不覺抵暮。」（《夢華錄》卷二）多樣的玩樂之需每令觀眾流連忘返。而瓦舍中的一切活動主要因表演而產生，表演結束，則所有人潮與雜賣生意亦隨之消歇，故吳自牧《夢粱錄》卷十九〈瓦舍〉云：「瓦舍者，謂其來時瓦合、去時瓦解之義，易聚易散也。」瓦舍不知起於何時，據《東京夢華錄》言，崇寧、大觀間（一一〇二～一一一〇）東京的瓦舍已遍布四城，其〈東角樓街巷〉云：

街南桑家瓦子，近北則中瓦，次裏瓦。其中大小勾欄五十餘座。內中瓦子蓮花棚、牡丹棚；裏瓦子夜叉棚、象棚最大，可容數千人。

專供表演的劇場是「勾欄」，常以「棚」命名，上述三個瓦舍中就有大小勾欄五十餘座，最大的勾欄可容納數千人。高宗南渡之後，定都臨安（今杭州），原是自古繁華的東南大都，在北宋柳永〈望海潮〉詞中已是「市列珠璣，戶盈羅綺」、「參差十萬人家」，到了南宋定都後，更是「人煙生聚，民物阜蕃，市井坊陌，鋪席駢盛」，「戶口蕃息，近百萬餘家」㉕。南渡數十倍的人口暴增，杭城繁盛遠勝汴京，紹興年間，爲供北來護衛京畿的軍士娛樂，於是再創瓦舍榮景，《夢粱錄》卷十九〈瓦舍〉云：

杭城紹興間駐蹕於此，殿巖楊和王因軍士多西北人，是以城內外創立瓦舍，招集妓樂，以爲軍卒暇日娛戲之地。今貴家子弟郎君，因此蕩遊，破壞尤甚於汴都也。

原是軍卒暇日娛戲的瓦舍，後來也成爲市民、吏卒、文士、富家紈袴的遊樂之所。據宋《西湖老人繁勝錄》載，淳祐時（一二四一～一二五二）城裡不計，僅杭州城外就有二十幾座瓦子，亦有作夜場者，晝夜竟歡不絕，而「十三座勾欄不閒，終日團圓」的盛況，則來自於觀眾的熱情參與，「不以風雨寒暑，諸棚看人，日日如是。」（《東京夢華錄》）

就宋代伎藝人作場情形來看，藝術水準較高者才得進入勾欄獻藝，而浪蕩江湖的路歧藝人，「只在耍鬧寬闊之處做場者謂之『打野呵』，此又藝之次者。」（周密《武林舊事》卷六〈瓦子勾欄〉）他們隨地作場，肉市、米市、菜市、藥市皆有其足跡。㉖又當時士大夫常在杭州城郊的茶坊雅聚，也每見說書演出，如嘉會門外茶肆有講說《漢書》的，中瓦內王媽媽家的「一窟鬼茶坊」則最負盛名。㉗至於酒樓、廟會、農村，或應邀至

㉕ 見吳自牧《夢粱錄》卷十九〈塌房〉條。

㉖ 宋．耐得翁《都城紀勝》「市井」條云：「執政府牆下空地，諸色路歧人在此作場，尤爲駢闐。……如此空隙地段多有作場之人，如大瓦肉市、炭橋藥市、橘園亭書房、城東菜市、城北米市。」

㉗ 見洪邁《夷堅支志》丁集卷三〈班固入夢〉條、《都城紀勝．茶坊》條、《夢粱錄》卷十六〈茶肆〉條。

私人宅第，或供奉內廷演出，皆不乏說書人身影，而宋代的說唱藝術也因而空前繁榮起來。

政治經濟的承平富庶，使文學藝術臻於絢爛。北宋仁宗至徽宗初政，百年的極盛期，百姓因悠閒而追求享樂，僅靖康難變，金人鐵騎南下俘走趙佶父子而蒙受巨痛。隨即南渡後，朝廷無意恢復舊山河，以議和苟安，君臣上下「直把杭州作汴州」，富室巨賈、清客幫閒莫不耽於逸樂而生活侈靡；文人士夫雅好山水，集會結社品評詩文；廣大的市民階層因工商發達而陡然竄升，工作餘暇亦往茶坊酒肆瓦舍間觀劇聽書，於是為藝人編寫劇本、話本的「書會才人」應運而生。而隨南渡逃難至杭州的汴京老藝人也從此授徒傳業，使北宋原有的講史、小說、說諢話等說書家數得以傳承，開枝散葉、分庭立派，其門類之紛繁主要為滿足各階層觀眾需要，如女性喜聽愛情傳奇，男子樂聞殺伐戰爭，學深識廣者好講史禪機，年老者偏信因果報應……，年齡、情性、文化程度不同，所聽的書類亦興趣各別。

◎說話人背景與話本概說

因為社會型態的改變，宋代說書故事中的主角，與唐人傳奇、敦煌話本相比較即有顯著不同。唐代的說書大抵環繞著帝王貴族、名將名僧、名士名媛而描寫，《一枝花話》的女主角李亞仙，也因拯救落魄的滎陽貴胄鄭公子，最後夫榮妻貴封為汧國夫人，才受到唐代說話人的青睞；雖然宋元話本也說此故事，而《醉翁談錄》的《李亞仙不負鄭元和》置於「不負心類」，著眼點在與「負約類」的《王魁負心桂英死報》等作對比，《樂昌公主破鏡重圓》類亦如是，以愛情離合為視角而作揀擇。一般而言，宋人話本裡的男女主角皆非上層人物，而是普通的市民，如《樂小舍拚身覓偶》是開雜貨鋪的，《萬秀娘仇報山亭兒》女父開茶館，《汪信之一死救

全家》係由賣炭鐵起家，《碾玉觀音》的崔寧是碾玉工人，養娘秀秀是繡工，家裡開裱褙舖……能體察這些小市民的悲喜心聲，主要由於說話人自身亦多來自市民階層。

宋代說唱伎藝以「說話」最爲盛行，類於近世之說書。北宋說話人，據《東京夢華錄》卷五〈京瓦伎藝〉條所載，說五代史的尹常賣，之前應是曾作過小買賣之生意人，因「常賣」係宋代市語，指街上叫賣零星雜物者。說滑稽諢諷的張山人，據《澠水燕談錄》、《碧雞漫志》、《夷堅志》等書記載，本名張壽，山東兗城人，至和三年（一〇五六）至汴京瓦舍中說諢話，多以十七字詩穿插其間，俚俗、突梯而含譏諷，蜚聲於熙寧至崇寧間（一〇六八～一一〇五）。當時恰有人用十七字詩之特殊形式嘲諷大臣，府尹即疑張山人所作，遂捕至府衙審訊，足見其諢話影響力之深廣。另有張廷叟說《孟子》書，卻無說唱佛經等任何記載，恐與北宋眞宗時明令禁止寺院俗講有關。

至南宋，說話伎藝尤爲興盛，據宋・周密（四水潛夫）《武林舊事》等書記載，說話藝人高達一百多人（北宋見諸記載者未逾二十人）。其中小說（包括文武兩家）藝人最多，約五十八人，其次講史二十六人，說諢經（或僅作「說經」）者皆僧尼，近二十人；彈詞因緣則多爲道教界人士，凡十一人；諸宮調七人，鼓子詞、說諢話各一人；金朝說話人見諸《金史》載錄的，有說小說的賈耐兒與張仲軻兩人。說話藝人中女演員數量極少，小說僅一人，講史三人，其他各類總和亦不逾五人，與今日書場景況大異。㉘

名單中有自稱「書生」者，如演史類的武書生、穆書生、戴書生，可能飽讀詩書文士，因興趣或迫於現

㉘ 詳參《陳汝衡曲藝文選》頁三七一～三七五，北京：中國曲藝出版社，一九八五。

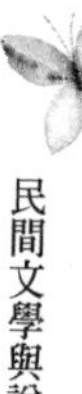

實而改習說書仍自矜學識者。講史者須腹笥甚廣，其中除「喬萬卷」之外，稱貢士、進士、解元的共七人，他們未必科舉奪魁，更可能是功名蹭蹬、落第潦倒而淪爲職業藝人。其他林宣教、徐宣教、李郎、王六大夫等皆是供御的官人。小說類藝人所講題材較爲多樣，有煙粉、靈怪、傳奇、公案、鐵騎……鮮活動人，因而特出者也能在御前獻藝，施珪、葉茂、方瑞（端）、劉和等，另有標註「德壽宮」者，如朱脩、孫奇等則是特地被請到孝宗專爲養親而造的德壽宮，獻藝給太上皇、皇太后欣賞，《武林舊事》卷七云：「上侍太上，於欏木堂香閣內說話，宣押棊待詔并小說人孫奇等十四人下棊兩局……後苑小廝兒三十人，打息氣唱道情。太上云：此是張掄所撰鼓子詞。」張掄官任知閤，嘗仿民間說唱編鼓子詞以供宮廷說唱之需，而宮廷近侍也有演述小說的，如《三朝北盟會編》卷一四九載內侍綱曾將鎮江邵青抗爭及受招安之始末編成話本，爲高宗說書而頗得寵信。《貴耳集》亦載「憲聖在南內，愛神怪幻誕等書」，可知高宗吳皇后也愛聽「銀字兒」既說且唱的表演。民間伎藝卓犖超群者參與「御前供話」，「各以藝呈，天顏喜動，則賞賚無算。」（明．陳繼儒《太平清話》）可說相當光彩而幸運。就中載譽最高的是講史的藝人王防禦，元．陸友《研北雜志》卷下云：

> 方萬里輓委順子王防禦詩云：「溫飽逍遙八十餘，稗官原是漢虞初。世間怪事皆能說，天下鴻儒有不如。聳動九重三寸舌，貫穿千古五車書。哀江南賦箋成傳，從此韋編鎖蠹魚。」

他的學養能令鴻儒減色，舌粲蓮花足以聳動聖聽，無怪乎到了明清仍被津津樂道[29]，李日華說：「防禦以說書供奉得官，既老，築『委順堂』以居，士大夫樂與往還。」有學問擅說書的委順子眞是天恩眷顧榮寵無比！

話本原是說話人說書的底本，僅供藝人記憶備忘，文字粗疏簡略，如現存宋刊話本《大唐三藏法師取經記》〈入沉香國第十二〉一節，不滿百字，而在實際講唱時盡可將故事任意放長，它具有保存說話人提綱的價值。師父將它作爲秘本傳留給徒弟，然年深日久，輾轉傳抄，或因書商爲牟利而請文士潤色予以刊版，或書會先生加工編撰以供藝人演出，使得某些話本文字雅馴可誦，情節生動而傳神。在文學史上，它上承唐代變文，下開明代章回小說，標誌著民間文學與語體文學的的重要發展進程。

宋代話本，根據南宋羅燁《醉翁談錄》甲集卷一《舌耕敘引．小說開闢》條所述，單是小說名目就列有靈怪、煙粉、傳奇、公案、朴刀、桿棒、神仙、妖術八大類，共有一〇七種之多。若再按明．晁瑮《寶文堂書目》和清．錢曾《也是園書目》中所記宋代小說名目看，則總數有一百四十多種，可惜大部分話本均已佚失。流傳至今的話本有：《京本通俗小說》殘卷，其他則散見於後人所輯的《清平山堂話本》、《雨窗集》、《欹枕集》、《喻世明言》（或作《古今小說》）、《警世通言》、《醒世恆言》和熊龍峰刊本中。

清末繆荃蓀在上海發現的影元人寫本《京本通俗小說》殘卷，於一九一五年刊印，共收七種：《碾玉觀音》、《菩薩蠻》、《西山一窟鬼》、《志誠張主管》、《拗相公》、《錯斬崔寧》、《馮玉梅團圓》。繆氏當時發現的另有《金主亮荒淫》和《定州三怪》兩種，由於前者過於穢褻，且不似宋人舊本，後者則過於破碎，遂皆未付印。然此二種爲馮夢龍《三言》收錄，前者即《醒世恆言》卷二十三〈金海陵縱慾身亡〉，後者係《警世通言》卷十九〈崔衙內白鷂招妖〉，原有注云：「古本作〈定州三怪〉，又名〈新羅白鷂〉。」已刊行的七種中，《錯斬崔寧》載於《醒世恆言》，題作《十五貫戲言成巧禍》，其他六種皆錄於《警世通言》，

㉙王防禦逸聞見明．李日華《紫桃軒又綴》卷一、清．俞樾《茶香室三鈔》卷二十三、陳衍《元詩紀事》卷五。

依序題作《崔待詔生死冤家》、《陳可常端陽坐化》、《一窟鬼癩道人除鬼》、《張主管志誠脫奇禍》、《拗相公飲恨半山堂》、《范鰍兒雙鏡重圓》。可知馮夢龍編輯《三言》時，宋元話本留存頗多，後來淩濛初輯刻《拍案驚奇》在初刻自序裡說：

宋元時有小說家一種，多採閭巷新事，爲宮闈承應談資，語多俚近，意存勸諷。……龍子猶氏（按：即馮夢龍）所輯《喻世》等諸言，頗存雅道，時著良規，一破今時陋習，如宋元舊種，亦被搜括殆盡。

馮夢龍在網羅舊本上確實下過功夫，雖然他編纂時或有增損潤飾，已非當時眞正話本的全貌，但就其思想、藝術而言，《三言》中的諸多短篇保存了宋元勾欄瓦肆說書藝人的神采。

《清平山堂話本》是馬廉（隅卿）從日本內閣文庫所藏殘本三冊影印而成。由於版心上方有「清平山堂」（明嘉靖時洪楩刊書的堂名）四字，故因以爲名。之後馬氏在家鄉寧波又發現范氏天一閣舊藏，版心亦有「清平山堂」字樣的另外話本三冊十二篇，便按原書根題字，合刊爲《雨窗欹枕集》。《清平山堂話本》共收十五篇，《雨窗集》（上）有五篇，《欹枕集》（上）兩篇，《欹枕集》（下）五篇。其後錢杏邨於上海亦發現與《清平山堂話本》同版式的《翡翠軒》及《梅杏爭春》話本兩種，均爲殘卷。熊龍峰刊本萬曆時亦刊有小說四種。

此外，明嘉靖時晁瑮《寶文堂書目》所載話本，至今尚存者不下五十三種之多，熊刊四種小說名目赫然俱在。而宋代說話人必備的重要參考書《綠窗新話》，更節錄唐宋傳奇、《太平廣記》與詩文筆記等一五四篇傳奇故事，其中與《醉翁談錄》所列話本名目故事相同者有十餘篇。這些資料在話本尚未受關注之前，常被研究者誤認為是明清小說，如趙景深〈重估話本的時代〉一文（見《銀字集》），就曾把孫楷第《通俗小說書目》中所認定是明清小說的名目，取來與《醉翁談錄》的小說名目作比較對照（共十三種），研究結果是：這些原以為是明清小說的話本，年代應提早為宋元。

由此可見，目前留傳至今的宋人話本僅三十多種，然因累代亡佚過甚，執此有限篇章或可管窺宋代閭閻恣肆之說話大觀。㉚至於話本的時代當如何鑑別？在《清平山堂話本》中，有的話本如《風月相思》寫明洪武元年事，《雨窗集》中《曹伯明錯勘贓記》說元至正年間事，顯係元、明話本。因此在明代所刊話本中，包括了宋元明三代作品，其中哪些才是眞正宋代話本？鑑別的原則在於須把「文人擬作」的話本與後人刊印時刪改不大而仍保存原來面目的「宋元話本」兩者區別開來，既可不簡化地將所有話本皆歸為宋元作品，又不拘泥於枝節上的繁瑣考證，將原本該屬於宋元時的作品摒棄於外。所以復旦大學中文系所編《中國文學史》秉此原則認為：

凡是以宋元民間故事傳說為題材，反映宋元市民社會各階層生活面貌，以中下層人物為主角，而在若干細節（如風俗、習慣、地名、官名、語言）上都具有宋元特徵的，基本上都可以肯定為宋元話本。㉛

㉚ 有關宋元話本之名目、內容與存佚情形，可參《陳汝衡曲藝文選》頁三二八～三四〇。

㉛ 見復旦大學中文系編《中國文學史》中冊第二章「宋元民間文學」頁二一〇。

◎何謂「說話四家」

北宋的說話家數，按《東京夢華錄》所載僅講史、小說、說諢話三種。宋室南遷，汴京的老藝人渡江逃至杭州，依然表演著往昔熟練的伎藝，在富庶的江南授徒傳業，開宗立派，各運匠心，終而枝繁葉茂，專業分工，使其門庭家數之多樣遠非北宋所可比擬。

南宋說書向有「四家」之說，這四家究竟是哪些？該如何分類？由於古籍傳抄、版刻譌舛，尤其無句讀可供研判，致論者各執一詞，似無共識，學界諸多名家如王國維、魯迅、胡懷琛、孫楷第、譚正璧、趙景深、陳汝衡、李嘯倉、嚴敦易、胡士瑩等，皆曾就此發表看法，足見此問題之重要與問題本身之複雜。而有關南宋說話「四家」之文獻記載如下：

△灌園耐得翁《都城紀勝》「瓦舍眾伎」條：

說話有四家：一者小說，謂之銀字兒，如煙粉、靈怪、傳奇；說公案，皆是搏刀趕棒及發跡變泰之事；說鐵騎兒，謂士馬金鼓之事。說經，謂演說佛書；說參請，謂賓主參禪悟道等事。講史書，講說前代書史文傳、興廢爭戰之事。最畏小說人，蓋小說者能以一朝一代故事頃刻間提破。合生與起令隨令相似，各占一事。商謎舊用鼓板吹【賀聖朝】，聚人猜詩謎、字謎、戾謎、社謎，本是隱語。

△吳自牧《夢粱錄》卷二十「小說講經史」條：

說話者謂之舌辯，雖有四家數，各有門庭。且小說名銀字兒，如煙粉、靈怪、傳奇、公案，朴刀桿棒發發蹤參之事，有譚淡子、翁二郎、雍燕、王保義、陳良甫、陳郎婦棗兒、徐二郎等，談論古今，如水之流。談經者，謂演說佛書，說參請者，謂賓主參禪悟道等事，有寶庵、管庵、喜然和尚等，又有說諢經者戴忻庵。講史書者，謂講說通鑒、漢唐歷代書史文傳，興廢爭戰之事，有戴書生、周進士、張小娘子、宋小娘子、邱機山、徐宣教；又有王六大夫，元係御前供話，爲幕士請給，講諸史俱通，於咸淳年間，敷演《復華篇》及《中興名將傳》，聽者紛紛，蓋講得字眞不俗，記問淵源甚廣耳。但最畏小說人，蓋小說者，能講一朝一代故事，頃刻間捏合。（按：此處漏「合生」兩字）與起令隨令相似，各占一事也。商謎者，先用鼓兒賀之，然後聚人猜詩謎、字謎、戾謎、社謎，本是隱語。

△周密《武林舊事》卷六「諸色伎藝人」條：

演史：喬萬卷、許貢士、張解元、周八官人（等二十三人）；說經諢經（按：陳刻無「諢經」二字）：長嘯和尚、彭道（等十七人）；小說：蔡和、李公佐、張小四郎、朱脩（等五十二人）……說諢話：蠻張四郎；商謎：胡六郎、魏大林、張振、周月巖（等十三人）……合笙：雙秀才。……

△《西湖老人繁勝錄》「瓦市」條：

南瓦、中瓦、大瓦、北瓦、蒲橋瓦。惟北瓦大，有勾欄一十三座。常是兩座勾欄專說史書：喬萬卷、許貢士、張解元。……說經：長嘯和尚、彭道安、陸妙慧、陸妙淨。小說：蔡和、李公佐，女流史惠英。小張四郎一世只在北瓦占一座勾欄說話，不曾去別瓦作場，人叫做小張四郎勾欄。合生：雙秀

才。……背商謎：胡六郎。……說諢話：蠻張四郎。……

這裡的商謎是猜謎遊戲，合生（常作「合笙」）是指物題詠、「唱題目」，由兩人（雙秀才）搭檔獻藝的表演，類似今日的對口相聲，這兩項皆非說書，只因其略有觀眾，古籍附帶提及而已，並不在「四家」之列。一般而言，小說、講史、說經這三類屬於「說話四家」，學界並無異議，問題在於這三類說書，如何按其性質、內容劃分成四家？清代翟灝《通俗編》引耐得翁《古杭夢遊錄》之說，分成銀字兒、鐵騎兒、說經、講史四家，今人王古魯〈南宋說話人四家的分法〉一文亦從其說並加以闡釋。

如此分類，即所謂說話的「四門家數」，但細部內容的歸整仍出現爭議。如胡士瑩對王古魯的說法頗爲稱許，但他的《話本小說概論》（頁一〇七）更推進一步作細部分類成：㈠小說，即銀字兒——煙粉、靈怪傳奇、說公案，皆是朴刀桿棒發跡變泰之事。㈡說鐵騎兒——士馬金鼓之事。㈢說經——演說佛書；說參請——賓主參禪悟道等事；說諢經。㈣講史書——講說前代書史文傳興廢爭戰之事。

胡士瑩認爲耐得翁的一段話著重在某一家數說甚麼「事」，如發跡變泰之事、士馬金鼓之事、賓主參禪悟道等事、興廢爭戰之事。似乎四家中每一家數都用「事」字來作結束語，凡具備「事」字的就是一家。如此說法，從行文形式看似很有條理，但就內容細想，則扞格難通，因爲煙粉、靈怪、傳奇是飄逸柔美而令人妙想聯翩的，如何能與英雄創業奮鬥的陽剛歷練劃歸一類？因此斷句應是「說公案，皆是朴刀桿棒發跡變泰之事。」陳汝衡也指出，將「說話四家」說得最清楚的耐得翁在他集錄自己「寓遊京國，目睹耳聞」時，「但紀其實不擇其語」（《都城紀勝．序》），用的是南宋的民間行話、市語來敘述，較接近當時生活語言的眞實。而在宋代，「公案、鐵騎」經常併用，如該書〈瓦舍眾伎〉談傀儡時說：「凡傀儡敷衍靈怪故事、鐵騎公案之類，其話本或如雜劇……」；《醉翁談錄．小說開闢》末用一首長律概述宋代說唱時云：「涉案鎗刀并鐵騎，閒情雲雨共偷期」；金代《董西廂》諸宮調受南宋說話影響，卷首仙呂調【風吹荷葉】即表明「話兒不是朴刀桿棒，長槍大馬」，而是要「唱一本倚翠偷期話」，朴刀桿棒是公案類，長槍大馬指士馬金鼓的鐵騎兒，與《西廂》的愛情題材迥不相類。爲使陳述更爲明晰，茲參酌陳汝衡說法與表格㉜，將「說話四家」之分法表臚列如下：

值得說明的是，小說之所以稱「銀字兒」，是由於在說唱時用銀字笙或銀字篳篥來伴奏，這種吹奏樂器聲情悱惻動人，後來詩中多有用「銀字」代稱哀艷腔調，小說中的煙粉、靈怪、傳奇，內容大都哀感頑艷，故以「銀字兒」稱之，以與公案、鐵騎兒相區別。「說公案」皆是朴刀桿棒、發跡變泰之事，講英雄人物的發跡奮鬥史，「說鐵騎兒」則謂士馬金鼓之事，說宋代中興名將張浚、韓世忠、劉錡、岳飛等戰爭抗敵之「新話」，與銀字兒一文一武成爲小說兩大門庭。

然而由於小說題材的豐贍而複雜，在宋人分類中，「公案」與「傳奇」即出現內容摻揉的現象，如《醉翁談錄》甲集卷二〈張氏夜奔呂星

㉜ 詳參《陳汝衡曲藝文選》頁五四七～五五三，表格見頁三〇六。

<table>
<tr><th colspan="3">說話四家</th><th>內容</th></tr>
<tr><td>（一）</td><td rowspan="2">小說</td><td>銀字兒（文）</td><td>煙粉、靈怪、傳奇</td></tr>
<tr><td>（二）</td><td>說公案（武）
說鐵騎兒（武）</td><td>朴刀桿棒、發跡變泰之事
士馬金鼓之事</td></tr>
<tr><td>（三）</td><td colspan="2">說經
說參請
說諢經</td><td>演說佛經
賓主參禪悟道等事
（與佛道相關，庸俗無聊）</td></tr>
<tr><td>（四）</td><td colspan="2">講史書</td><td>講說前代書史文傳、興廢爭戰之事</td></tr>
</table>

哥〉話本，敘星哥與織女私奔，公公陳樞密爲子爭婚而告官，話本有男女雙方的供狀及官府判詞，編者羅燁將它列爲「私情公案」類，私情是傳奇，而告官則屬公案。《清平山堂話本》中的〈簡帖和尚〉，敘皇甫松夫妻因和尚簡帖而離合之事，末以開封府衙斷案作結，此話本題目下特別注明「公案傳奇」。由此可見同是「小說」大類中的某些話本，由於現實人生的曲折複雜，其類別亦難截然劃分；而後期的「說公案」，江湖豪傑亡命，殺人雪仇，釀成血案，終必經官動府，因而也從原來「武」的範疇逐漸趨向於摘奸發伏、對簿公堂、清官斷案、惡人伏法一類新奇的題材。

「說經」一類係唐代寺院俗講變文之流衍，北宋眞宗曾禁講唱佛經，迨至南宋，由於時日已久，禁令鬆弛，勾欄瓦肆又見俗講風貌，可惜這類資料極少。相傳最早的《香山寶卷》係普明禪師於北宋崇寧二年（一一〇三）在武林所作，今北京圖書館所藏《銷釋眞空寶卷》亦宋末元初抄本。說經話本《大唐三藏取經詩話》幸運被保留下來，它是宋刊本，卷末有「中瓦子張家印」字樣，刊書的張家，即《夢粱錄》所載南宋臨安有名的「張官人諸史子文籍鋪」。書中詩、話相間，故名「詩話」（與唐宋以來論詩之詩話不同），文字簡略通俗，僅供說話人充作提綱之用，留有變文既說且唱的表演形式。此外《永樂大典》中〈夢斬涇河龍〉一段殘文，極爲新奇有趣，雖是一鱗半爪，皆彌足珍貴，成爲後來《西遊》故事之豐厚養料。至於「說參請」類，「參請」原禪門用語「參堂請話」之謂，係說話人借用佛家參禪悟道的題材，臨機設辯，嘲戲間發，謔浪諧笑以娛觀眾的一種說書。日本內閣文庫存有抄本《東坡居士與佛印禪師語錄問答》，大概是南宋瓦肆說話人說參請之話本。陳繼儒《寶顏堂秘籍》收有《問答錄》一卷，題「東坡蘇軾撰」㉝，記東坡與佛印相互嘲謔之趣談，其中〈聯佛印松詩〉條云：

東坡過天竺謁佛印，款語間，因言窻前兩松，昨為風折其一，悵恨成一聯，竟未得續其後。舉以示坡云：「龍枝已逐風雷變，減卻虛牕半日涼。」坡續云：「天愛禪心圓似鏡，故添明月伴清光。」佛印喜而歌，歎服不已也。

東坡為佛印續的兩句詩新奇超俗，體現禪門「大圓鏡智」的高妙意境。而有些問答則充滿機鋒令人發噱，如：

……東坡宴而戲之曰：「向嘗與公談及昔人詩云：時聞啄木鳥，疑是叩門僧。又云：鳥宿池邊樹，僧敲月下門，未嘗不嘆息前輩以僧對鳥，不無薄僧之意，豈謂今日公親犯之。」佛印曰：「所以老僧今日得對學士。」東坡愈喜其辨捷。

另有一則〈酒令相嘲〉亦頗含譏諷之詼趣：

東坡與佛印同飲，佛印曰：「敢出一令，望納之：不慳不富，不富不慳，轉慳轉富，轉富轉慳，慳則富，富則慳。」東坡見有譏諷，即答曰：「不毒不禿，不禿不毒，轉毒轉禿。轉禿轉毒。毒則禿。禿則毒。」

㉝ 此書係說話人託名東坡，借用為題目，加以渲染，以做餬口之道，流行瓦舍既久，鄙俚無稽，為南宋中葉之作品，詳參張政烺〈問答錄與「說參請」〉，中央研究院《歷史語言研究所集刊》第十七本，一九四六。

如此一問一答式且充滿機智的相互嘲諷，費時不長，若搬上勾欄表演，則需大量諧笑題材，且與佛理相關，要作成一個時辰以上的演出實在不可能，因此「說參請」極有可能只穿插在說經之前（或中、後）的小段表演，用以招徠觀眾或令聽者提神、解頤，使說經場面更爲熱切。而「說諢經」者，除僧尼、道士之外，似另有一般藝人，以滑稽調笑爲目的，並非眞正闡發佛理之說經，往往將「說參請」發揮得庸俗而無聊。

而「講史」這一家數的藝人，在勾欄瓦肆裡其自視是高出同儕的，因爲他們通經史、博古今才能「秤評天下淺和深」（《醉翁談錄》），來聽的觀眾多爲知識分子，藝人本身也是「書生」，以貢士、進士、解元爲藝名而自許。北宋講史藝人的最早記載要推宋初流行民間的〈說韓信〉，宋．江少虞《事實類苑》記黨進事云：

（黨進）過市，見縛欄爲戲者，駐馬問，汝所誦何言？優者曰：「說韓信。」進大怒曰：「汝對我說韓信，見韓信即當說我，此三頭二面之人。」即令杖之。

黨進是北宋開國功臣，人稱黨太尉，卻目不識丁，竟不知韓信爲何代人物，因而鬧出這等笑話。南宋茶坊說書盛行，講史藝人的學養彷彿連撰作《漢書》的班固都會首肯，洪邁《夷堅支志》丁集卷三「班固入夢」條云：

乾道六年冬，呂德卿偕其友王季夷嵎、魏子正羔如、上官公祿仁往臨安，觀南郊，舍於黃氏客邸。王、魏俱夢一人，著漢衣冠，通名曰班固。既相見，質問西漢史疑難，臨去云：「明日暫過家間少款可乎？」覺而莫能曉，各道夢中事，大抵略同。適是日案閱五輅，四人同出嘉會門外茶肆中坐，見幅紙用緋帖，尾云：「今晚講說漢書。」相與笑曰：「班孟堅豈非在此邪！」旋還到省門，皆覺微餒。入一食店，視其牌，則班家四色包子也。且笑且歎，因信一憩息一飲饌之微，亦顯於夢寐，萬事豈不前定乎！

宋代的講史話本，傳世至今的極少，有名的如《三國志平話》、《梁公九諫》、《五代史平話》、《大宋宣和遺事》、《永樂大典》所收薛仁貴征遼及說岳一段，對後來的演義小說、歷史劇之撰作與搬演皆深有影響。

◎宋代說書形製與藝術技巧

(一)小說中的入話、得勝頭迴與結尾

宋代說話各家擅場，題材愈形廣闊，講史依傍著史書積年累月地不斷講說，表演形式較爲典重而呆板；小說則輕鬆自由些，短篇的故事搭配樂器，有說有唱，或新奇聳聽，或頑艷動人，最能吸引觀眾，故《都城紀勝》、《夢粱錄》皆有「最畏小說人」之語。㉞

從流傳下來的話本來看，小說的形製一般都用「入話」開場，再引入正文，最後以詩結尾。「入話」原是說書引子，表面上與正文無關，性質類似閒話，卻有一些積極效用，不僅能引人入勝，亦可藉此等候觀眾到齊才進入正書，使闔座瞭然首尾。「入話」的形式多樣而靈活，大抵用一首四句或八句的五言詩或七言詩，也有詩詞並用的，如《碾玉觀音》用了十一首當代或前代詩人所撰詠春詞或詩（按：作者多係僞託），作爲入話來引入故事；《馮玉梅團圓》則用一闋詞與一首吳歌「月子彎彎照幾州」作爲入話。入話的摹情寫景都與正文的

㉞《醉翁談錄．小說引子》談講史與小說兩派之差異：「（講史）得其興廢，謹按史書；誇此功名，總依故事。如有小說者，但隨意據事演說云云。」

故事內容相貼合而具銜接性。

另有在「入話」之後，先說一段與正文相類似，或情節類似而結局相反的短小故事，之後再轉入正文，這極短篇就稱做「得勝頭廻」或「笑耍頭回」。如公案類的《錯斬崔寧》以一首七律開場後，接著說：「這回書單說一個官人只因酒後一時戲笑之言，遂至殺身破家，陷了幾條性命，且先引下一個故事來，權做個『得勝頭廻』。我朝元豐年間有一個少年舉子姓魏名鵬舉……」講魏生與妻子因家書中幾句戲謔之言被有心人渲染，竟至「做官蹭蹬不起，把錦片也似一段前程等閒放過去了，這便是一句戲言撒漫了一個美官。今日再說一個官人也爲酒後一時戲言，斷送了堂堂七尺之軀，連累兩三個人枉屈害了性命……」說話人從「得勝頭廻」中的魏生講到正文中的劉貴也因戲言而遭賊劈死，又連累無辜的崔寧等冤死始末。如此引言鋪陳巧妙，銜接得宜，很能勾起觀眾的懸念與興味。在《刎頸鴛鴦會》中，說話人以一詩一詞「入話」後，即曉諭世人宜戒情、色二字，先說一段趙象知機識務，終脫虎口的「笑耍頭回」，用來反襯正文中「有個不識竅的小二哥，也與婦人私通，日日貪歡，朝朝迷戀，後惹出一場禍來，屍橫刀下，命赴陰間……」

講完正文之後，一般多用四句（或八句、十句）詩收尾，總括故事大要；或用「正是」、「可謂是」加數句韻語對故事作評論；也有唱支曲調作結束的，如《簡帖和尚》末尾，當和尚被判重杖處死時，「一個書會先生看見，就法場上做了一隻曲兒，喚作【南鄉子】：怎見一僧人……低聲，果謂金剛不壞身。」而說話人在演述全篇故事後，收呵道：「話本說徹，權作散場」，彷彿醒木一敲，全場翕然，體現出說書者獻藝時的口吻風度。

㈡鼓子詞、諸宮調、陶眞、涯詞及其他

鼓子詞是北宋即有的說書伎藝，它的特點是針對一個主題，不論歌唱篇幅的長短，都僅用一闋詞牌來演唱，主要伴奏樂器是鼓，故又稱「鼓兒詞」。既說且唱的鼓子詞在表演時有兩種形式：一種是先說一段序文，再將同一詞調（不同唱詞）連唱多遍，如歐陽修詠西湖景物的【采桑子】十首，在唱之前先說一段「西湖念語」：「昔者王子猷之愛竹……，乃知偶來常勝於特來，前言可信。所有雖非於己有，其得已多。因翻舊闋之辭，寫以新聲之調，敢陳薄伎，聊佐清歡。」李子正詠梅花的【減字木蘭花】十首，序文末尾也說：「試綴蕪詞，編成短闋，曲盡一時之景，聊資四座之歡。女伴近前，鼓子祗候。」提醒用鼓伴奏的女伴，該把樂器準備好，觀眾一聽這套語，即知演唱即將開始。

另一種則是說唱相間，與唐代變文較爲接近，說一段散文，唱一段韻文，反覆回環地唱演一個故事，最著名的是趙令畤（德麟）的商調【蝶戀花】鼓子詞，歌詠張生崔鶯鶯的戀情始末，悽愴怨慕的商調聲情在末曲「棄擲前歡俱未忍，豈料盟言，陡頓無憑準，地久天長終有盡，綿綿不似無窮恨。」表達他對張生的始亂終棄感到惋惜。本篇的寫作動機，是因爲當時「倡優女子皆能調說大略，惜乎不被之以音律，故不能播之聲樂，形之管弦。」他嫌歌妓雖調弄樂器來說唱崔張故事，但未必合律，恐不入文士之耳，於是他才另製此篇，以元稹《鶯鶯傳》爲素材而略其煩褻，「句句言情，篇篇見意。奉勞歌伴，先定格調，後聽蕪詞。」唱完一首後，唸段散白，再重複以「奉勞歌伴，再和前聲」銜接韻文，如此連續唱完十二首【蝶戀花】。此篇詞藻穠艷，原是文士大夫極飲肆歡的宴會雅作。現存宋代話本《刎頸鴛鴦會》的說唱形製與此相同，唱詞用十首商調【醋葫蘆】，每唱之前皆有「奉勞歌伴，再和前聲」的提示語，講唱蔣淑珍、朱秉中（朱小二哥）癡戀，蔣的丈夫張

二官識破姦情，將兩人一併刎頸之事，話本雖經修潤，然可能於瓦肆中演出，故文字較趙作淺近通俗。

另有諸宮調伎藝，但至元末已「罕有人能解之者」㉟。它是北宋民間新興的說唱藝術，澤州人（今山西晉城）孔三傳曾作加工整理，南宋曾改造賺詞的張五牛又創作《雙漸蘇卿》諸宮調，今雖不存，然《水滸傳》第五十一回〈插翅虎枷打白秀英〉，白秀英說唱的即是此一故事，保留當時職業演員獻藝情況，對諸宮調表演時的專門術語如開呵、務頭、按喝，以及界方、鑼棒等拍奏器樂皆頗具參考價值。諸宮調又稱「諸般品調」，有說有唱，以唱為主，說白略短，它吸收唐宋以來的大曲、詞調、纏令、唱賺以及北方流行的民間樂曲，音樂、體製極為豐贍而成熟，故可用一二百套不同宮調的曲子說唱長篇故事，按故事中離合悲歡、剛柔美惡的不同情節與氛圍，選宮擇調揀取聲情適合的曲子予以烘托鋪述。

今存三種諸宮調中，《劉知遠》殘本語言樸拙遒勁，應屬南宋勾肆藝人話本，非文士典麗之擬作。元初王伯成《天寶遺事》其書久佚，然經鄭振鐸、趙景深從《雍熙樂府》、《九宮大成》等選本曲譜中爬梳輯佚，已得六十套，其所用曲調，一部分不在元雜劇範圍內（王伯成曾撰元劇《貶夜郎》、《泛浮槎》，用調與諸宮調有別），由此可見諸宮調係元劇之先驅。三種中，金．董解元《西廂記》最為完整，凡一九一套，體製宏偉，添增孫飛虎、鄭恆、法本、法聰等人，且將人物典型化，使〈鶯鶯傳〉結局轉悲為喜，增設「佛殿奇逢」、「張生鬧道場」、「月下聯吟」、「長亭送別」、「村店驚夢」等關目，洋洋八卷五萬言，就完善《西廂》藝術而言，作了「質的躍進」，為王西廂奠下堅實基礎。

陶眞與涯詞同是流散藝人作場演唱的伎藝，只是觀眾群略異。南宋《西湖老人繁勝錄》載當時臨安十三軍大教場等寬闊處，有路歧人在內作場，「唱涯詞，只引子弟；聽陶眞，盡是村人。」可知陶眞（又作「淘眞」）較為淺俗，適合村民觀賞，它雖未留下任何唱本或話本，但自宋迄清仍見若干記載。如陸游〈小舟遊近村舍舟步歸〉詩云：「斜陽古柳趙家莊，負鼓盲翁正作場。死後是非誰管得，滿村聽唱蔡中郎。」日暮鄉間趙家莊說唱的是蔡中郎（附會東漢蔡邕）如何背親棄婦，爲貪慕富貴而放馬踹死趙五娘，終遭五雷轟頂的故事（即南戲《趙貞女蔡二郎》）。詩中雖未曾指盲翁即是陶眞藝人，而陸游此詩係慶元間作於家鄉山陰（今紹興），山陰離臨安不過百餘里，《繁勝錄》所載亦慶元前後之事，可知當時陶眞已從浙東民間流行至臨安廣場演出。元末高明《琵琶記》（蔡中郎一夫二妻團圓版）之〈義倉賑濟〉有段淨丑唱陶眞：

（淨）……大的孩兒不孝不義，小的媳婦逼拗離分，單單只有第三個孩兒本分，常常將去了老夫的頭巾，激得我老夫性發，只得唱個陶眞。（丑）呀，陶眞怎的唱？（淨）呀，到被你聽見了，也罷，我唱你打和。（丑）使得。（淨）孝順還生孝順子（丑）打打哈蓮花落（淨）忤逆還生忤逆兒（丑）打打哈蓮花落（淨）不信但看檐前水（丑）打打哈蓮花落（淨）點點滴滴不差移（丑）打打哈蓮花落。

七言句式的唱詞淺白易懂，然中間穿插民間蓮花落的和聲，變成一唱一和形式，已不盡是陶眞原來的唱詞。明代郎瑛《七修類稿》與周楫《西湖二集》所舉陶眞之唱詞，亦皆爲七言句式。㊱只是唱陶眞的伴奏樂器，宋代

㉟見陶宗儀《輟耕錄》卷二十七。明．沈德符《顧曲雜言》亦云：「金章宗時，董解元西廂尙是院本模範。在元末已無人能按譜唱演者，況後世乎？」

㊱郎瑛《七修類稿》卷二十二〈小說〉條云：「閭閻淘眞之本之起，亦曰：『太祖太宗眞宗帝，四帝仁宗有道君。』國初瞿存齋（佑）〈過汴〉之詩，有『陌頭盲女無愁恨，能撥琵琶說趙家』，皆指宋也。」周楫《西湖二集》卷十七〈劉伯溫薦賢平浙〉入話云：「那陶眞的本子上道：『太平之時嫌官小，離亂之時怕出征。』」

陸游詩中用的是鼓，到明代則改用琵琶，明．田汝成《西湖遊覽志餘》卷二十一〈熙朝樂事〉：「杭州男女瞽者，多學琵琶，唱古今小說、平話，以覓衣食，謂之陶眞。」明代城市盲人說唱陶眞，將原本單調的鼓聲進展爲悅耳的琵琶弦樂。到了清代，李調元《童山詩集》卷三十八〈弄譜百詠〉中有一首詩：「曾向錢塘聽琵琶，陶眞一曲日初斜。白頭瞽女臨安住，猶解逢人唱趙家。」其詩題爲〈聞書調一名陶眞〉，可知清代陶眞又稱聞書調，「聞書」蓋「文書」之誤，據清．范述祖《杭俗遺風》云，當時杭州稱彈詞爲「文書」，今寧波彈詞亦稱「四明文書」。始於明代晚期的彈詞，在江浙民間流行，也用琵琶伴奏，唱詞爲七言句式，可能漸與陶眞合流。而明清至今瞽男盲女學琵琶習彈唱，一般稱作彈詞，迨彈詞繁盛後，「陶眞」這一古老名稱也走入歷史了。

同樣以唱爲主的「涯詞」（又作「崖詞」），記載說它「只引子弟」，好像頗得城市富家郎君的青睞，可惜文獻闕如，僅能從宋代傀儡戲相關記述窺其大略。《都城紀勝》云：「凡傀儡敷演煙粉靈怪故事、鐵騎公案之類，其話本或如雜劇，或如涯詞，大抵多虛少實，如巨靈神、朱姬大仙之類是也。」《夢粱錄》亦有類似記載。南宋的傀儡戲既曾採用涯詞的腳本來演唱，則市肆間演唱的涯詞，其題材亦不外乎煙粉、靈怪、鐵騎、公案等小說一類的內容。至於唱腔音樂爲何？傀儡戲中的【傀儡兒】有可能吸收涯詞的唱調，或可於《董西廂》下本的兩支【傀儡兒】嘗試推求之。

宋代另有一些民間流行得說唱伎藝，如北宋的小唱、嘌唱、叫果子，南宋更增加唱耍令、唱京詞、唱撥不斷等，皆是體製較爲短小的唱曲子。有趣的是，當時街市的叫賣聲，因爲悅耳有特色，居然能敷衍成一種唱伎。（台灣的〈酒矸倘賣麼〉亦如是）宋．高承《事物紀原》卷九「吟叫」條云：「京師凡賣一物，必有聲韻，其吟哦俱不同，故市人採其聲調，間以詞章，以爲戲樂也。今盛行於世，又謂之吟叫也。」元代白樸的《梧桐雨》也保留【叫聲】的曲調。而宋代也出現學像生、學鄉談、說藥等具有模擬、口技性質的民間說唱伎藝，「說藥」在《繁勝錄》中稱「喬賣藥」，具諷刺玩笑意味，應與宋雜劇中的《眼藥酸》近似。（北京故宮博物院藏有此圖）這類學南腔北調、效百禽鳴的表演，與後來的相聲口技極有關聯。㊲

此外，另有一種似說書非說書、但也唱故事情節的「覆賺」，談說唱史的每有提及，茲將其形制、內容略述如次。它原是宋代瓦肆間頗爲流行的一種歌唱伎藝，興起於北宋，盛行於南宋，是最早用同一宮調中若干支曲子組成一個套數來歌唱的藝術形式。

據王國維考證，北宋初年的「傳踏」（或作「轉踏」），發展至北宋末年成爲「纏令」、「纏達」，「纏達之音與傳踏同，其爲一物無疑也。」（見《宋元戲曲考》）現存傳踏作品，如曾慥《樂府雅詞》所收的〈調笑轉踏〉，是每節一詩一詞歌詠一個故事，合若干節，歌詠若干故事爲一套節目；或專詠一故事，如石曼卿〈拂霓裳轉踏〉（已佚）專寫開元天寶遺事。前有勾隊詞、口號，後有放隊詞，傳踏是邊歌邊舞的，當然不屬於說書。到北宋末年，體製漸變，勾隊詞變爲引子，放隊詞變爲尾聲，歌詞中一詩一詞的形式也變爲全用詞調，遂演變爲以歌唱爲主的纏令、纏達。南宋耐得翁《都城紀勝》云：「唱賺在京師日有纏令、纏達，有引子、尾聲爲纏令；引子後只以兩腔互迎，循環間用者爲纏達。」纏令在《董西廂》諸宮調中使用頗多（數逾三十），如【點絳唇纏（令）】、【醉落魄纏令】、【虞美人纏】、【侍香金童纏令】……，而兩腔循環的「子母調」形製，如【滾繡球】與【倘秀才】、【金盞兒】與【後庭花】，在元雜劇、明清傳奇中都被

㊲ 小唱至說藥內容，詳參中國藝術研究院曲藝研究所編《說唱藝術簡史》頁六十二～六十五，北京：文化藝術出版社，一九八八。

保留著。

南宋紹興年間，有藝人張五牛因聽到鼓板伎藝中【太平令】與「賺鼓板」音樂上抑揚起伏的美妙變化受到啓發，於是吸收各種唱調精華，創造了「賺」的聲腔與唱法，《夢粱錄》卷二十〈妓樂〉說：「凡唱賺最難，兼慢曲、曲破、大曲、嘌唱、耍令、番曲、叫聲，接諸家腔譜也。」宋．陳元靚《事林廣記》中有一套〈圓社市語〉是歌詠蹴球的賺詞，其中一首詩形容唱賺的美聽：「鼓似眞珠綴玉盤，笛如鸞鳳嘯丹山，可憐一片雲陽木，遏住行雲不往還。」正如《都城紀勝》所稱：「賺者，悞賺之義也，令人正堪美聽，不覺已至尾聲，是不宜爲片序也。」唱賺以腔美吸引觀眾，但它只以同一宮調的曲子組成套數，不宜鋪敘長篇的曲折故事。此時唱賺講究「腔必眞，字必正」，藝人是在專心唱曲而非說書。到了「覆賺」雖有進一步發展，「變花前月下之情及鐵騎之類」（《都城紀勝》），藝人可以將煙花粉黛與戰爭驍勇故事引入詠唱，但仍以表現唱腔爲主，沒有散說部分，亦未留下眞正說書之痕跡，因而研究說書史者一向將它擯斥在說書之外。㊳

㈢說書之藝術技巧

說書靠口才，「說話者謂之舌辯」。戲曲演員在舞台上「現身說法」，有戲服粧扮、文武場面、配角幫襯、布景烘托，整體效果豐富而易營造；說書藝人則需靠一己之力，讓古往今來的各樣人物在他們的「說法中現身」，正如陳汝衡所謂「集生旦淨丑於一身，冶萬事萬物於一爐」，其難度實大於戲曲演員。

說書藝人要把故事講得熱鬧動人，需要經歷相當的藝術錘鍊，如話本《西山一窟鬼》裡說：「自家今日也說一個士人，因來行在臨安府取選，變做十數回蹺蹊作怪的小說。」這一話本在書面上僅六千字左右，但在演述時必有大量的穿插騰挪，揣摩故事人物與觀眾心理，做出種種合理的誇張與必要的渲染，每回都設置懸念，

方能抓住觀眾。這種穿插敷演須做到羅燁《醉翁談錄．小說開闢》說的：「講論處不滯搭，不絮煩；敷演處有規模、有收拾；冷淡處提掇得有家數，熱鬧處敷演得越久長。」這些都體現了說書者「隨意據事演說」的口頭創作特色。而要達到席上風生、滿座盡歡的境界，則來自高度的藝術要求。首先，說話人需有廣博的知識，〈小說開闢〉一開始就說：

夫小說者，雖爲末學，尤務多聞。非庸常淺識之流，有博覽該通之理。幼習《太平廣記》，長攻歷代史書。煙粉奇傳，素蘊胸次之間；風月須知，只在唇吻之上。《夷堅志》無有不覽，《琇瑩集》所載皆通。動哨、中哨，莫非《東山笑林》；引倬、底倬，須還《綠窗新話》。論才詞有歐、蘇、黃、陳佳句；說古詩是李、杜、韓、柳篇章。

唯有這般堅實的學養，「開天闢地通經史」、「吐談萬卷曲和詩」，說書時才能得心應手地「說收拾尋常有百萬套，談話頭動輒是數千回」。而面對不同的題材，如煙粉、靈怪、傳奇、講史，口吻必然不同，情致亦異，「說重門不掩底相思，談閨閣難藏底密恨」，「講鬼怪令羽士心驚膽戰，論閨怨遣佳人綠慘紅愁」，「說國賊懷奸從佞，遣愚夫等輩生嗔。說忠臣負屈銜冤，鐵心腸也須下淚」。

其次，說話伎藝注重詩、詞、賦贊的運用是受唐人的影響。魯迅說：「因爲唐時很重詩，能詩者就是清品，而說話人想仰攀他們，所以話本中每多詩詞。」話本中隨處可見詩詞，如一開頭就有「入話」，正文中間

㊳ 詳參《陳汝衡曲藝文選》頁三二五～三二六。

也往往穿插若干詩詞，或作引證，或為書中人物吟詠，或用駢體賦贊摹情寫景，或分段處以兩句詩「按喝」，正文最後以七絕收尾……因此說話人得具備吟詩、唱詞、誦賦的才華方能開講。

歌唱原是說書必要的本領，宋代講史皆用散說，而小說在初期是有唱詞的，如《刎頸鴛鴦會》需會唱鼓子詞，《快嘴李翠蓮記》要嗽唱，《張子房慕道記》得吟唱二十六首詩加一闋詞。南宋之後，歌唱部分似漸減少，故〈小說開闢〉只說：「曰得詞，念得詩，說得話，使得砌。」足見書中的詩詞都改用唸誦了。唱雖變少，但「使砌」仍是說話中一項重要特色，「砌」即插科打諢，以語言滑稽為主，似亦兼含神態、動作之搞笑，這類耍噱頭全靠藝人的靈活運用，如《宋四公大鬧禁魂張》敘豪富而慳吝的張員外㊴，在地上拾得一文錢時，竟愛之如命地：

把來磨作鏡兒，捍做磬兒，掐做鋸兒，叫聲「我兒」，做個嘴兒，放入篋兒。人見他一文不使，起他一個異名，喚做「禁魂張員外」。

一連串的順口溜，說書人在塑造人物時很可能邊說邊做，這類突梯的科諢很受歡迎，因此《醉翁談錄》特地蒐羅各式嘲謔笑談，如嘲人好色、不識羞、面似猿猴、婦人嫉妒、夫嘲妻青黑、借驢罵僧……等笑料，輯成「嘲戲綺語」，供說話人選用以為談助，畢竟科諢能驅睡魔，對說書、演戲等表演藝術都極為重要。

四、承前啓後的元明說書

◎禁令與說書

元代是蒙古統治中國的朝代，元人為鎭壓漢民族反抗而採行戒嚴，全國廣設駐兵區，夜裡禁止點燈，不許通行，平時商業市集買賣與宗教祈神賽會皆遭禁止。官場賄賂公行，賣官鬻爵，堪稱中國歷史上吏治崩壞之最。由於女眞、蒙古族之生產力遠落後於宋朝，政權交替時，城市經濟倍受破壞，一般而言，金元時代的說唱藝術實不如宋代興旺繁榮，在元人記述中，《東京夢華錄》、《夢粱錄》、《西湖老人繁勝錄》所描寫的盛況已難再現。由於褊狹的種族心理，元代統治者將全國百姓分蒙古、色目、漢人、南人四等，待遇迥異，以至於「貧極江南，富誇塞北」。不平等的政治手段，來自於異族內心深層的不安，《元典章》四十一《刑部》三〈謀反亂言平民作歹〉條，記元武宗至大三年（一三一〇），有一回回農民木八剌因貪慕官賞而誣告某漢人倡言「漢兒皇帝出世也，趙官家來也」，即達達家（蒙古）統治將告終的政治性預言，後經查證，原來只是木八剌「幼小聽得妄傳詞話」的不實之詞。以致官方因懼怕具有影響力的說書，在說唱時聚眾散播反政府的煽動性

㊴話本用幾句陰損的話形容主角張富：「這員外有件毛病，要去那：蝨子背上抽筋，鷺鷥腿上割股。古佛臉上剝金，黑豆皮上刮漆。痰唾留著點燈，捋松將來炒菜。這個員外平日發下四條大願：一願衣裳不破，二願吃食不消，三願拾得物事，四願夜夢鬼交。是個一文不使的眞苦人。」

言詞，於是頒布種種高壓箝制文化娛樂的禁令：

> 諸妄撰詞曲，誣人以犯上惡言者，處死。（《元史．刑法志三》）
>
> 農民、市户、良家子弟，若有不務本業，學習散樂般說詞話人等，并行禁約。……在都唱琵琶詞、貨郎兒人等，聚集人眾，充塞街市，男女相混，不唯引惹鬥訟，又恐別生事端，蒙都堂議得，擬合禁斷。（《元典章》卷五十七〈刑部〉十九〈雜禁〉條）

這些禁令都直接間接地影響元代說書藝術之發展。明代朱元璋雖驅逐韃虜，恢復中華，但因出身微賤，自卑心理作崇，恐藝人表演或寓暗諷（如諧音「僧」者）有損其帝王形象，於是洪武二十二年降旨：「學唱的割了舌頭，下棋打雙陸的斷手，蹴圓者卸腳，犯者如法施行。」說唱、演戲與民間遊藝活動被明令嚴禁，以下兩則記載更可看出他對說書藝人的蔑視與摧殘：

> 《國初事跡》云：洪武時令樂人張良才說評話，良才因做場擅寫省委教坊司招子，貼市門柱上。有近侍言之，太祖曰：「賤人小輩，不宜寵用。」令小先鋒張煥縛投於水。（清．焦循《劇說》卷一）
>
> 陳君佐，揚州士人，善滑稽，太祖甚愛之。一日給米一升，上一日令君佐說一字笑話，對曰：「俟臣一日。」上諾之。君佐出尋瞽人善詞話者十數輩，詐傳上命，明日諸瞽畢集，背負琵琶，君佐引之至金水河。見上，大喝曰：「拜。」諸瞽倉皇下拜，多墮水者，上不覺大笑。（明．都穆《都公譚纂》卷上）

古代伶優地位卑賤，張良才以爲能受詔進宮說評話乃莫大榮寵，因而演出時在街市擅寫教坊司招子廣作宣傳，沒料到竟被告發而綁投水中。而善說詞話的瞽者身揹琵琶，也被陳君佐出賣而墮水，只爲博天顏一笑，陰騺的朱洪武居然笑得出來，眞箇是視民如草芥。

元明兩代尤其初期雖曾對說書明頒禁令予以遏抑，但說唱是屬於大眾喜聞樂見的民間文學與藝術，具有極強韌的生命力，不管壓制多久，只要一遇契機便能迅猛勃發。如金、元君王原好音樂歌舞，當時中外交通發達，各民族音樂急遽融合，戰後經濟復甦，大都、杭州日趨繁榮，使建立在市民階層的說書藝術出現長足之發展。其中諸宮調經兩宋的演進，至金代蔚然成熟，予元雜劇以深刻影響；煙粉、靈怪類小說日趨衰歇，而講史類「平話」則大顯發達，爲明代長篇演藝小說奠下厚實基礎。尤以明成祖朱棣遷都北京後，工商繁榮，民樂太平，短篇話本與長篇章回小說之風行，反映出說書文化之昌盛，除講史平話、詞話之外，陶眞、彈詞、寶卷也有開展。

◎「詞話」的出現與內容

詞話係淵源於唐、五代的詞文，而直接繼承宋代的說話伎藝，是元明對講唱文學的通稱。由於清初錢曾《也是園書目》曾著錄「宋人詞話」十二種，王國維跋《大唐三藏取經詩話》，並有「以其中有詩有話，故得此名；其有詞有話者，則謂之詞話。」之詮釋，故學界對於詞話名稱原出宋人，殆無疑義。

㈠「詞話」首見於元代

然而翻檢相關典籍文獻，宋代雖有種種名稱不同的說唱藝術，但迄今仍未發現有稱爲「詞話」的。如宋

人記載說話與諸雜伎的書：《東京夢華錄》、《夢粱錄》、《都城紀勝》、《西湖老人繁勝錄》、《武林舊事》、《醉翁談錄》等，皆無說「詞話」一項之伎藝名稱。而明刊的宋人話本裡，對宋代流傳下來的故事，也僅註明「宋本」或「宋人小說」，卻絕無提及「詞話」一語。且就形製而言，宋代講唱小說全屬短篇，而元明則多作長篇；宋人講唱用詞調樂曲，元明詞話則因詞調唱法已漸失傳，而改用七言或十言較為通俗的詩讚為主體。因而錢曾等所謂「宋人詞話」之說法，完全是明清時人把元明兩代慣用的「詞話」名稱，硬加在宋人話本上面所致，事實上，「詞話」名稱始見於元代，且元明兩代最為通行。㊵

自敦煌寶庫開啓後，民間文學的研究備受關注，然一時之間資料蒐羅匪易，民間文學的開山之作《中國俗文學史》（鄭振鐸撰），對元明的詞話付之闕如，原因是無從取材，不知詞話究竟為何物。迄今元代的詞話依然未見作品流傳，僅能從元雜劇中窺得部分形貌，如元劇曲文中常引用「詞話」的若干唱詞，關漢卿《趙盼兒風月救風塵》第三折趙盼兒誘耍周舍時所唱【滾繡毬】【么篇】：

……更做道你眼鈍，那唱詞話的有兩句留文：「咱也曾武陵溪畔曾相識，今日佯推不認人。」我為你斷夢勞魂。

詞話在當時極為盛行，說話藝人創造出新奇有味的韻語，往往會留在人們口頭上成為習用俗語，上引兩句詞話留文，亦多見於元明雜劇中。㊶尤其元雜劇劇本中每在「詩云」、「詞云」、「訴詞云」或「斷云」之後，常接整段的七言或十言（間用五言、八言、九言等雜言）詩讚體的唱詞，其作用主要是敘述和總結，其次是形容。這類很鮮明的詞話形式被保存在元雜劇中，說明當時的詞話伎藝特別發達，且有著深厚的群眾基礎，代言體的戲劇在搬演時居然會穿插詞話的說唱技巧，目的是迎合觀眾的流行胃口，如關漢卿《杜蘂娘智賞金線池》第四折末：

〔詞云〕韓解元雲霄貴客，杜蘂娘花月妖姬。本一對天生連理，被虔婆故意凌欺。擔閣的男遊別郡，抛閃的女怨深閨。若不是黃堂上聊施巧計，怎能勾青樓裏早遂佳期。

石府尹將如何施巧計撮合韓輔臣與杜蘂娘之經過始末，用「詞話」形式作一總結，六句七言的「詩」押《中原音韻》齊微韻，鏗鏘有味。同是「元曲四大家」的鄭光祖所撰《王粲登樓》第四折末亦採詞話形式作結：

（蔡相云）天下喜事，無過子母夫婦團圓。就今日臥翻羊窨下酒，做個大大慶喜筵席者。（詞云）我兩姓結婚姻原在生前，難道我今日敢違背初言。因此上屢移書接來到此，本待將加官職指引朝天。只爲你生性子十分驕傲，並不肯謙謙的敬老尊賢。……想登樓這一點思鄉客淚，多應是長飄灑似雨漣漣。

㊵ 詳參葉德均〈宋元明講唱文學〉一文，收於《戲曲小說叢考》，有關「詞話」出現之時代考證，見該書頁六五六～六五八，北京：中華書局，一九七九。

㊶ 詞話中「武陵溪畔曾相識，今日佯推不認人。」已成膾炙人口之留文，元明雜劇之曲文、唸白亦多所引用，如戴善甫《陶學士醉寫風光好》第三折【滾繡毬】曲、吳昌齡《花間四友東坡夢》第二折【烏夜啼】曲與第四折白、王子一《劉晨阮肇誤入桃源》第三折【耍孩兒】曲、李唐賓《李雲英風送梧桐葉》第一折【寄生草】曲，以上五例雖未明說錄自詞話，然與關漢卿《救風塵》所列蓋同出一源。

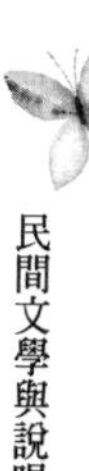

萬言策又是我轉聞今上，才得授大元帥入掌兵權。早先期高平去迎將老母，預蓋下大宅院供具俱全。專等待你回來選其吉日，與小女結花燭夫婦團圓。此皆由我老夫殷勤留意，非學士能出力爲你周旋。到如今纔一一從頭說破，大家的開笑口慶賞華筵。

上列所引詞話共二十四句，通篇押《中原音韻》先天韻，且一句仄聲，一句平韻，句法整齊，跌宕有致，此「三、三、四」的十言詩讚，與今日習見的北方鼓詞、南方「讚十字」彈詞頗爲彷彿。如此運用詞話的體裁代替散說的賓白，將故事大要總述一番，作爲全劇的結束，現存元人雜劇一百六十本中，極大多數有詞話，即以目前最通行的《元曲選》爲例，一百種中有詞話的計九十二種，占百分之九十以上；而將詞話用於全劇之末的第四折或第五折的，計有八十七種，一百十九處，占百分之六十以上。㊷元雜劇以詞話作結，使觀眾了然首尾，有如宋元話本在故事結尾時以「有詩爲證」、「詩曰」、「正是」等數句韻文作一收煞，只是宋元話本僅用短短數行韻文來作結尾，而元雜劇所用的詞話則句數較多，兩者之間仍存在沿襲衍化之跡。

(二)明代詞話之特色

明代有說有唱的詞話，上承宋元遺風，卻又不盡相同。在成化詞話刊本未發現之前，一般僅就楊慎《歷代史略十段錦詞話》與諸聖鄰《大唐秦王詞話》立說（如葉德均《宋元明講唱文學》等），而誤以爲明人詞話多爲講史一類。其中楊慎（升庵）所作係文人擬作，遣詞造語遠勝於藝人的話本，經後人增加詳注，改名爲《二十一史彈詞》，其書雖盛行於世，然用語過於典雅，可供案頭欣賞而不利於口說耳聞㊸，故不爲說書藝人所用，雖名稱、形式保留詞話傳統，在通俗文學上聞名，實際上是一種僅供閱讀的講史，無法與元明講唱的小

說相提並論，「在說書史裡，是大可存而不論的！」㊹

1.《大唐秦王詞話》

明萬曆間澹圃主人諸聖鄰的《大唐秦王詞話》，又名《唐秦王本傳》、《秦王演義》，今存天啓刊本，敘唐太宗李世民征伐諸雄一統天下之歷史故事。共八卷六十二回，散、韻文交織，以詩、詞、賦、贊刻畫人物形象，寫景詩如「山嘴吐時煙，牆頭戴芳草。黃鸝罵杏花，惹得遊蜂惱。」明白如話，新穎鮮活；寫人如「尉遲名恭字敬德，熊腰虎背少人倫。身長一丈金剛像，膀闊三停太歲形。面貌宛如鍋底黑，髭鬚倒豎似鋼針……」一連二十句的賦贊，簡筆勾勒秦王身旁「指日凌煙閣上臣」的武勇面貌。全篇詞話展現初唐一幅君臣相得，壯士一心，軍容威盛，人才濟楚之氣象。而從唐太宗行近古廟一節，可見其筆法之古拙：

> （秦王）猛抬頭，見一林茂盛樹木，心下自想，且到林中躲一躲去。一騎馬跑進樹林中，只見一座古廟，牌上寫著「三清老君之殿」。秦王下馬離鞍，行進廟中，把馬拴在廊下，將廟門緊閉，走到殿上，只得撮土爲香，禱告老君。
>
> 唐太子，急拈香，低聲禱告。李世民，忙下拜，恭敬參神。吾乃是，大唐國，高皇次子。父李

㊷ 見葉德均前揭書頁六六三。

㊸ 如楊慎詞話第四段「說三分兩晉」：「……劉先主，擅梟雄，拊髀人物……結孫權，鏖赤壁，俊傑雲蒸。并劉張，馘夏侯，跨連荊益……安樂公，傳數祀，煞有深心。」

㊹ 見《陳汝衡曲藝文選》頁一一五。

淵，祖李昞，李虎玄孫。憶往歲，煬帝崩，九州鼎沸。隋恭皇，禪寶位，讓父爲君。普天下，起煙塵，一十八處。剪強梁，誅賊寇，放赦安民。……

夾敘夾唱、質樸帶勁猶如北方鼓詞之嫡派祖禰，保留說書藝人之原始況味，語言鄙俚粗糙，情節生動豐富，對說唐系列的集大成之作——清代褚人獲的《隋唐演義》有直接、間接之啓發與影響。㊺

2. 成化刊本十六種

一九六七年江蘇省嘉定縣宣氏婦人墓中出土明成化間（一四六五～一四八七）所刊說唱詞話十六種及南戲《新編劉知遠還鄉白兔記》一種。這批文物的出土，就說書史而言，是極爲重要的一件大事，因爲它是目前所見最古老的一批詞話，據傳尾印記，係明憲宗成化年間北京永順堂的刊本，是當時說唱詞話藝人的底本，由民間刻印刊行。一九七九年影印刊行的《明成化說唱詞話叢刊》中刊本詞話十六種分別是：1.《新編全相說唱足本花關索出身傳》2.《新編全相說唱足本花關索認父傳》3.《新編足本花關索下西川傳》4.《新編全相說唱足本花關索貶雲南傳》5.《新編說唱全相石郎駙馬傳》6.《新刊全相唐薛仁貴跨海征遼故事》7.《新刊全相說唱包待制出身傳》8.《新刊全相說唱包龍圖陳州糶米記》9.《新刊全相說唱足本仁宗認母傳》10.《新編說唱包龍圖公案斷歪烏盆傳》11.《新刊說唱包龍圖斷曹國舅公案傳》12.《新刊全相說唱張文貴傳》上下二卷13.《新編說唱包龍圖斷白虎精傳》14.《全相說唱師官受妻劉都賽上元十五夜看燈傳》上卷、《全相說唱包龍圖斷趙皇親孫文儀公案傳》下卷15.《新刊全相鶯哥孝義傳》16.《新刊全相說唱開宗義富貴孝義傳》。

何以確知此十六種皆爲詞話？據研究，這十六種中，石郎駙馬傳、歪烏盆傳、張文貴傳、鶯哥孝義傳等四種扉頁，均標明「詞話」，其圈示「說」、「唱」或添「白」、「詩曰」、「攢十字」等形製皆與之相同，因而這十六種說唱文本全屬「詞話」無疑。㊻這十六種詞話中，屬於三國故事的有花關索四種，屬於包公故事的有包待制出身傳等八種（第七至十四項），足見這兩類題材在民間頗受歡迎，只是花關索詞話雖常在明代街市上彈唱，民間祠祀亦多，但其生平故事㊼卻不見於一般熟知的元明戲曲與小說；《石郎駙馬傳》敘五代後晉石敬塘宮鬥事，薛仁貴故事可見於《隋唐演義》；而鶯哥孝義則以禽鳥孝義諷諭人心，《開宗義富貴》亦寄寓勸世思想。就其內容而言，前六種爲講史類，七至十四種爲公案類，後二種爲傳奇、靈怪類。由此看來，明代的詞話內容既有講史，又有小說，明人詞話雖上承宋元，但已經不復拘限於宋人「說話四家」的家數了。其形製、風格亦與一般詞話相同，韻、散相間，唱詞係以七言爲主，偶雜「攢十字」之詩讚系，對嘉靖以後的彈詞與清代的鼓詞皆有影響。其插圖風格簡古而難臻雅緻，文字亦體現出民間說唱樸野而稚拙的特色。

3. 彈唱《水滸》

在散文小說《水滸傳》普遍流行後，說書藝人紛紛開講《水滸傳平話》，到了清代，南方說書先生更把

㊺ 參侯虹霞〈論《大唐秦王詞話》的藝術價值〉，《科學之友》（學術版），二〇〇六年十一月。

㊻ 詳見上海博物館編《明成化說唱詞話叢刊》頁一～九〇六，北京：文物出版社，一九七九。

㊼ 詞話中花關索事略蓋敘劉關張桃園結義欲創天下，劉以「恐有回心」令二人殺其全家，關張乃互殺老小以從劉備。時關妻胡金定懷胎而逃，後生一子，七歲時因觀燈走失爲索員外拾得，九歲從花岳先生學諸般武藝，十八歲回索家問明身世，遂以三家姓爲名，取名「花關索」。繼而與母赴西川認父，途中收服草寇，後又助劉備定西川、征東吳，終因劉備病逝，孔明回臥龍崗修行而氣死。

《水滸》當作「大書」來說，與說《三國》同樣地位尊崇，唯有男子可講說這等大書。然而，在明代《水滸》原是可以彈唱的，由明嘉靖時徐渭《徐文長佚稿》及錢希言《戲瑕》（成書於萬曆四十一年，一六一三）二則記載可作證明：

> 始村瞎子習極俚小說，本《三國志》，與今本《水滸傳》一轍，爲彈唱詞話耳。（《徐文長佚稿》卷四〈呂布宅詩序〉）

> 詞話每本頭上有請客一段，權做個德（得）勝利市頭回，此政是宋朝人借彼形此，無中生有妙處。遊情泛韻，膾炙千古，非深於詞家者，不足與道也。微獨雜說爲然，即《水滸傳》一部，逐回有之。全學《史記》體，文待詔諸公暇日喜聽人說宋江，先講攤頭半日，功父猶及與聞。（《戲瑕》卷一）

徐渭提及盲藝人先後彈唱《三國志平話》、《水滸傳詞話》的書目，錢希言亦指出在說《水滸傳》之前，藝人須先講「攤頭」半日，做個開場引子「得勝頭回」，嘉惠早來捧場的觀眾（「請客」），而這「借彼形此」烘托正文的段子，應當是且唱且說的，才能給觀眾「遊情泛韻，膾炙千古」的享受感。講史的詞話韻散結合，韻文部分當然也是七言爲主（間用十言）的詩讚體。不論有無《水滸傳詞話》的刊本，據徐渭所記當時彈唱詞話的《水滸傳》在嘉靖年間早已存在，口頭彈唱的《水滸》也必然在施耐庵編撰散說體之前，他集撰的《水滸傳》有可能是詞話體。今見最早的《水滸》刊本（明嘉靖刊本），雖然它已經成爲散文體的章回小說，其中保留的唱詞仍相當多。到了明末，即便各種繁簡本《水滸》在坊間大量湧現，但詞話的痕跡依舊清晰可見，如明刊本《忠義水滸傳》百回本第四十八回，宋江察看祝家莊時，有一段韻文詩贊描繪祝家莊氣象云：

獨龍山前獨龍崗，獨龍崗上祝家莊。遶崗一帶長流水，周遭環匝皆垂楊。牆內森森羅劍戟，門前密密排刀鎗。對敵盡皆雄壯士，當鋒都是少年郎。祝龍出陣眞難敵，祝虎交鋒莫可當；更有祝彪多武藝，咤叱喑嗚比霸王。朝奉祝公謀略廣，金銀羅綺有千箱。白旗一對門前立，上面明書字兩行：「塡平水泊擒晁蓋，踏破梁山捉宋江。」

這段詩贊正是散文體《水滸傳》刪落未盡的舊有唱詞，因爲它在詠嘆之中又兼有敘事作用，與上下段散文相銜接，不像一般平話小說的「有詩爲證」可隨意刪卻而不影響情節的交代。由此可知，水滸故事至少在元代是既說且唱的，到了明朝中葉仍有人在伴著弦索悠悠彈唱。

◎講史「平話」：元明說書主流及其他

元代說書之講史，別稱「平話」，亦即明清人所謂之「評話」（亦作「平話」）。元明說書中，以講史平話爲主流，成就最高，影響也最大，在現存宋元話本中，可確定爲元代創作、刊刻的作品，主要是講史一類。如《全相平話五種》、《薛仁貴征遼事略》、《吳越春秋連像平話》等皆是。明成祖敕編《永樂大典》所載元代遺留下來的平話便有二十六種之多，其他煙粉、靈怪等小說類作品則鮮見傳本。㊽至於元代擅講史的藝人男女皆有，如胡仲彬兄妹、朱桂英、高秀英等。楊維禎對瓦市間「腹笥有文史，無煙花脂粉」的朱桂英頗爲佩

㊽ 胡士瑩《話本小說概論》曾將《柳耆卿詩酒翫江樓記》等十六種小說定爲元代話本，然乏確鑿證據。

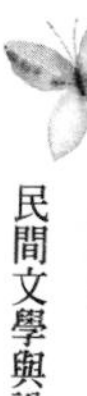

服，直欲稱她爲「女學士」。㊾一般的講史平話是只說不唱，而王惲筆下的高秀英，說漢魏隋唐事，卻是「掩翻歌扇珠成串」，有拍板的既說且唱，因而在元代將它歸在「駁說」類。㊿今蘇滬一帶曾有評彈藝人盛行「大書小說」，即說《水滸傳》時，中間插入若干唱段以吸引觀眾，或爲駁說之遺風。

另元代講史地位之突出，應與異族統治下所激發的民族意識有關，陶宗儀《輟耕錄》卷二十七〈胡仲彬聚眾〉條云：「胡仲彬，乃杭城勾闌中演唱野史者，其妹亦能之。時登省官之門，因得夤緣注授巡檢。至正十四年七月內，招募遊食無藉之徒，文其背曰：『赤心護國，誓殺紅巾』八字爲號，將遂作亂。爲乃叔首告，搜其書名簿，得三冊。纔以一冊到官，餘火之，亦誅三百六十餘人。」勾欄藝人以講史作掩護㉛，聚眾起義，爲數甚夥，亦蒙元政權會對說書伎藝頒施禁令原因之一。

(一)元代《全相平話五種》

現存元代講史話本的代表作是《全相平話五種》，元至治（一三二一～一三二三）年間福建建安虞氏刊本。這五種平話分別是：《新刊全相平話武王伐紂書》、《新刊全相平話樂毅圖齊七國春秋後集》、《新刊全相平話秦併六國秦始皇傳》、《新刊全相平話呂后斬韓信前漢書續集》、《新刊全相平話三國志》。其篇幅較小說爲長，分卷分目，每種各分上、中、下三卷，每卷之中又有小題目，如《武王伐紂平話》卷上有「紂王夢玉女授玉帶」、「九尾狐換妲己神魂」、「紂王納妲己」、「寶劍驚妲己」、「文王遇雷震子」……，是當時講史人在講說長篇史事時，用若干小標題作爲劃分段落的依據。以七絕或七律作爲開始或散場，中間敘事同樣穿插詩詞、書傳、表章、信柬，按正史編年以順敘法敷演，而少插敘或倒敘，爲後來長篇歷史小說所襲用，尤其分卷分目，成爲日後章回小說回目之濫觴。

這五種平話的文字大都簡陋欠通順，別字破句尤多，思想充滿庶民心理。如《武王伐紂平話》以得人心者得天下之理念，大肆鋪排紂王惡行：酒池肉林，焚炙忠良，爲辨胎兒性別而刳剖孕婦，爲驗骨髓多少而斫人腳脛……，聲言伐紂是「天心合與人心順」，最後紂王之子殷郊親自殺了紂王。而對於攔阻武王伐紂的伯夷、叔齊，則怒斥他們「讓匪巢由義亦乖，不知天命匹夫災，將圖暴虐誠諫阻，何事崎嶇助虐來！」不像傳統儒家給予他們「聖之清者也」的肯定。

《全相三國志平話》則摻入神怪因果思想，開頭就說三分天下的原因在於劉邦得天下後即誅殺韓信、彭越、英布三位功臣，三人冤魂告狀，天帝命秀才司馬仲相斷案，於是判三人託生爲曹操、劉備、孫權以分漢家天下，爲的是「來報高祖斬首冤」，秀才斷獄公明，天帝遂令他託生爲司馬懿，削平三國而合爲一晉，此等因果輪迴觀雖無稽，卻爲庶民所樂道。此外，三國究竟孰爲正統？歷來史家各有其立場，如西晉陳壽撰《三國志》尊魏爲正統，東晉偏安江左後，習鑿齒作《漢晉春秋》改以蜀漢爲正統；北宋司馬光《資治通鑑》又尊魏，南宋偏安南渡，朱熹的《通鑑綱目》則改以蜀漢爲正統。面對歷史定位的反覆現象，清代章學誠分析得很

㊾ 見元．楊維禎《東維子文集》卷六〈送朱女士桂英演史序〉。

㊿ 元．王惲《秋澗先生大全文集》卷七十六〈鷓鴣引贈馭說高秀英詞〉：「短短羅衫淡淡妝，拂開紅袖便當場。掩翻歌扇珠成串，吹落談霏玉有香。由漢魏，到隋唐，誰教若輩管興亡。百年總是逢場戲，拍板門錘未易當。」

51 《輟耕錄》說胡仲彬是「演唱野史者」，實則即是說史書、說評話，明．蔣大器《三國演義．序》即有「前代嘗以野史作爲評話」之語。

清楚：「陳氏生於西晉，司馬氏生於北宋，苟黜曹魏之禪讓，將置君父於何地？而習與朱子，則固南渡之人也，唯恐中原之爭正統也，諸賢易地而皆然。」而文藝作品將蜀漢尊為正統且固定下來，則首推《全相三國志平話》，足見民間文學影響人心之深。

說《平話》的藝人側重西蜀，前以張飛、後以諸葛亮為主角，演張飛武勇事跡特多，如張飛殺定州太守，劉關張往太行山落草，張飛自號無姓大王，單人獨騎至杏林莊招安張表，張飛在長坂坡喝斷橋樑，黃鶴樓劉備逃宴……，諸多情節既不見於正史《三國志》，後來的小說《三國演義》也沒採納，表現的是庶民大眾思維。《平話》中張飛在當陽長坂大聲一喊：「吾乃燕人張翼德，誰敢共吾決死！」「叫聲如雷貫耳，橋梁皆斷，曹軍倒退三十餘里。」說書藝人講得有聲有色，但顯然過於誇大，小說將它改為夏侯傑因此嚇破了膽。而元人無名氏的《劉玄德醉走黃鶴樓》雜劇，敘周瑜在黃鶴樓設宴，邀劉備過江赴席，預謀害他，劉備用軍師計策，竟安然脫險。《三國志平話》有此故事，謂孔明事先給劉備紙條，上有八字「得飽且飽，得醉即離」，劉備在周瑜彈琴大醉之際，秘密脫逃而未遭毒手。羅貫中小說覺得粗疏而將它刪掉，但京劇、漢劇、秦腔、晉劇、豫劇等則多加渲染，至今皆搬演不歇。

(二)明代講史平話

在明代說書中講史平話的影響最大，除了明無名氏《如夢錄．街市紀》專敘明代汴京風物：「相國寺每日寺中有說書、算卦、相面，百藝逞能，亦有賣吃食等項。」街市有說書伎藝供市民觀賞，一般豪門貴族也有蓄養善於說書的人材以供笑樂，明．徐復祚《花當閣叢談》卷五〈書乙未事〉云：

……元美家有廝養名胡忠者，善說平話。元美酒酣，輒命說解客頤。忠每說明皇、宋太祖、我朝武宗，輒自稱朕，稱寡人，稱人曰卿等，以爲常，然直戲耳。

至於宮廷中的說書表演，有時不僅是娛樂，也有更多權位名利上的算計，沈德符《萬曆野獲篇》卷五云：

初，（郭）勛以附會張永嘉議大禮，因相倚互爲援，驟得上寵。謀進爵上公，乃出奇計，自撰開國通俗紀傳名《英烈傳》者，內稱其始祖郭英戰功，幾埒開平、中山。而鄱陽之戰，陳友諒中流矢死，當時本不知何人，乃云郭英所射。令內官之職平話者，日唱演於上前，且謂此相傳舊本。上因惜英功大賞薄，有意崇進之。

陳友諒中箭身亡，朱元璋鄱陽湖大捷而奪得天下，這一箭至爲關鍵，郭勛深心結撰《英烈傳》小說，稱此箭乃其始祖郭英所射，並請宮中以說平話爲職的內官「日唱演於上前」（按沈德符所言，則當時的平話是有說有「唱」的表演），大概表演過於生動，明世宗竟信以爲眞，而郭勛也因此加官晉爵。因箇中巧妙攸關名利，所以會出現特意撰寫小說，再遣人敷演成平話以廣視聽的情形。[52]

[52] 萬曆時《平播全書》被改造成平話的過程亦與此相類，清．俞樾《九九消夏錄》云：「明萬曆間，播州宣慰使楊應龍叛，郭子章巡撫貴州，與李化龍同討平之。化龍時巡撫四川，進總督四川、湖廣、貴州軍務。事平，化龍有《平播全書》之作。其後一二武弁，造作平話，以播事全歸化龍一人之功。子章不平，作《平播始末》二卷以辨其誣。據此，知明人於時事亦有平話也。」

而根據時事與傳聞敷衍而成的平話無疑更能引人入勝，如明成祖爲尋訪建文帝（朱允炆）下落，屢派鄭和下西洋，而一次次揚帆海外所帶回種種殊方傳說，也成爲宮廷戲曲與民間書場平話藝人的最佳題材，錢曾《讀書敏求記》云：「蓋三保下西洋委巷流傳甚廣，內府之戲劇，看場之平話，子虛亡是，皆俗語流爲丹青耳。」書場多方流傳的結果，萬曆間產生了羅懋登編寫的小說《三寶太監西洋記通俗演義》。而明代《說岳全傳》中〈大相國寺閒聽評話〉一節，雖寫南宋史事，但有些情節是「宋」事「明」說，社會背景仍屬明代，此節敘述不曾聽過說書的牛皋，跟人走進圍場去聽「評話」，當天兩場說書內容分別是《北宋金鎗倒馬傳》楊家將的故事與《興唐傳》羅成之武事，聽完各給兩錠、四錠銀子，而牛皋則是一路跟著人連聽兩場白書。該段描寫也呈現一些明代說書的場景。此外，百二十回本《水滸傳》第一百十回〈宋江東京城獻俘〉，記東京上元佳節，燕青和李逵聽說評話《三國志》，雖寫宋事，其所敘勾欄說書情狀仍屬明代實況：

燕青灑脫不開，只得和李逵入城看燈，不敢從陳橋門入去，大寬轉卻從封丘門入城。兩個手廝挽著，正投桑家瓦來。來到瓦子前，聽的勾欄內鑼響，李逵定要入去，燕青只得和他挨在人叢裏，聽的上面說平話，正說三國志，說到關雲長刮骨療毒。當時有雲長左臂中箭，箭毒入骨。醫人華陀道：「若要此疾毒消，可立一銅柱，上置鐵環，將臂膊穿將過去，用索拴牢，割開皮肉，去骨三分，除卻箭毒，卻用油線縫攏，外用敷藥貼了，內用長托之劑，不過半月，可以平復如初；因此極難治療。」關公大笑道：「大丈夫死生不懼，何況隻手？不用銅柱鐵環，只此便割何妨！」隨即叫取棋盤，與客弈棋，伸起左臂，命華陀刮骨取毒，面不改色，對客談笑自若。正說到這裏，李逵在人叢中高叫道：「這個正是好男子！」眾人失驚，都看李逵，燕青慌忙攔道：「李大哥，你怎地好村！勾欄瓦舍，如何使的大驚小怪這等叫！」李逵道：「說到這裏，不由人喝采！」燕青拖了李逵便走。

元代《全相平話三國志》並無關公刮骨時與客人對奕之語，上列《水滸傳》所述，係明代說書人將舊有話本潤飾擴大的結果，而這段精彩的渲染也被羅貫中《三國演義》所吸收。

明嘉靖、萬曆以來，聽平話已然成為社會風氣，尤其明末以擅說《隋唐》、《水滸》故事的說書大家柳敬亭出現，成為平話藝人中的代表人物，其人格氣節與藝術造詣對清代說書更深有影響。（詳下文）

㈢彈詞．寶卷

彈詞以韻文說唱，並佐以一定樂器伴奏而廣受歡迎。這種伎藝究竟始於何時？目前仍無確說。或謂可溯自金代董解元《西廂記諸宮調》，宋代諸宮調由說唱者自擊鑼和拍板打拍，間或以鼓伴奏，發展到金元時代，增加琵琶或箏等弦樂伴奏[53]，故明清人稱董西廂為《弦索西廂》、《西廂記搊彈詞》，雖名稱上有「彈詞」字樣（實乃以弦索「搊彈」之意），但絕非明清人所謂之「彈詞」。或謂始於元末詩人楊維禎所作《四遊記彈詞》，然此四種彈詞皆未見傳本，無由判斷。而明代中葉來自民間的彈詞曾風行一時，有關活動記載如次：

其時優人百戲：擊毬、關撲、魚鼓、彈詞，聲音鼎沸。（田汝成《西湖遊覽志餘》卷二十〈記杭州八月觀潮〉）

若有彈詞多瞽者以小鼓、拍板，說唱於九衢三市，亦有婦人以被弦索，蓋變之最下者也。（臧懋循

---

[53]《太平樂府》卷九載楊立齋【鷓鴣天】詞：「煙柳風花錦作園，霜芽露葉玉裝船。誰知皓齒纖腰會，只在輕衫短帽邊。　啼玉髓，咽冰弦。五牛身後更無傳。詞人老筆佳人口，再喚春風到眼前。」冰弦即指琶箏等弦樂。

《負苞堂文集》卷三〈彈詞小紀〉）

其魁名朱國臣者，初亦宰夫也，蓄二瞽姬，教以彈詞，博金錢，夜則侍酒。（沈德符《野獲篇》卷十八〈冤獄〉）

（草頭娘）……更熟二十一史，精彈詞。（清·佚名《三風十愆記》）

上述資料顯示明嘉靖至明末，彈詞流行於江浙一帶，歷來學者多認爲陶眞是彈詞的前身，同屬七言詩讚體之江浙伎藝，彈詞可用弦樂、琵琶或鼓板兩種伴奏路數，與陶眞宋時用鼓，至明改用琵琶之情形相類似。到了清代，則唯有用三弦、琵琶彈唱的才叫彈詞。

寶卷則直接淵源於唐代寺院的俗講、變文，到了宋代瓦肆間的說經一脈相承。然元明之際，寺僧藝人如何說佛道經典（或說諢經），雖鮮有資料可供稽考。據存世至今最古的寶卷，北京圖書館所藏宋元鈔本《銷釋眞空寶卷》，可推知當時講經依舊發達，因佛教故事經過僧眾（或俗眾）說唱以後，常由寺院或信士集資刊版印行發送給信眾。萬曆、崇禎時爲各種寶卷刊行之極盛期，而明代說唱寶卷的情形，從《金瓶梅詞話》第七十四回〈吳月娘聽宣王（按：宜作「黃」）氏卷〉可窺一斑，此回敘薛姑子等三位女尼宣黃氏女卷給西門慶家中婦女聽。這三個姑子在晚間盤膝坐在炕上，由薛姑子先高聲演說一番，她唸說白、偈語、詩贊等才開卷，「……《黃氏寶卷》才展開，諸佛菩薩降臨來。爐香遍滿虛空界，佛號聲名動九垓。昔日漢王治世，雨順風調，國泰民安，感得一位善心娘子出世。家住曹州南華縣，黃員外所生一女，端嚴美色，年方七歲，吃齋把素，念《金剛經》報答父母深恩，每日不缺。感得觀世音菩薩半空中化魂……」漸次說到故事本身，最後以偈語結束。中間有白有唱，說到二更方完，時間是相當長的。《金瓶梅詞話》爲明人編撰，雖敘「宋」事，實乃「明」說，體現的是明代僧尼在大戶人家婦女中宣講寶卷的情況。

清康熙後，寶卷漸行式微，但同治、光緒間，以上海、杭州、蘇州、紹興、寧波等城市爲中心，寶卷又以新面貌出現，由說經佈道發展爲民間說唱伎藝的一種，稱作「宣卷」（「宣卷」一詞在寶卷剛發生時就有，但當時只用作「宣講寶卷」之簡稱），寶卷也就成爲宣卷藝人的腳本，而藝人進行宣講的情況，李世瑜《寶卷綜錄》曾作簡扼說明：

> 宣卷時照例先由宣卷藝人焚香請佛，然後唱四句定場詩，如《家堂寶卷》：「家堂寶卷初展開，諸佛菩薩降凡來。在堂大眾高聲唸，消災延壽福滿來。」唱完以後開書。在宣講正文時，有說有唱，說少唱多。唱腔音樂性不強，有時只用一支簡單的調子，伴奏用打擊樂器，或用鼓、板，或用漁鼓、簡板，或用木魚、鐘磬，個別也有用胡琴的。由於藝人派系不同，唱腔和伴奏樂器也就有所不同。除宣講正卷外，還有用於敬香、請灶、傳香、收香、結緣等儀式的小卷。(54)

寶卷除佛教故事外，另有部分神道故事是道教以及民間秘密宗教結社的教義內容，如白蓮教、彌勒教、八卦教等常將教義寫成寶卷，藉作政治、宗教宣傳。寶卷被保存之數量，與彈詞同樣不下數百種，內容豐贍，兼賅佛、道、民間傳說、因果報應與遊戲文章，堪稱無體不備，其中較具代表性數種爲：

---

(54) 宣卷之歷史、內容、表演與衰微原因，李世瑜另有專文詳述，見〈江浙諸省的宣卷〉，《文學遺產增刊》七輯，一九五九年十二月。

甲、佛教故事：《目連寶卷》、《香山寶卷》、《妙音寶卷》、《魚籃觀音寶卷》、《如如寶卷》。

乙、道教及神道故事：《藍關寶卷》、《何仙姑寶卷》、《土地寶卷》。

丙、據傳統劇目、民間傳說改編：《琵琶記寶卷》、《董永賣身寶卷》、《孟姜女寶卷》、《梁山伯寶卷》、《白蛇傳寶卷》、《珍珠塔寶卷》、《正德遊龍寶卷》、《龍圖寶卷》。

丁、遊戲性質：《百鳥名寶卷》、《藥名寶卷》、《百花名寶卷》。

寶卷中有些稱爲「經」的，如《香山寶卷》原題爲《觀世音菩薩本行經》，又如《消災延壽閻王經》敘岳飛父子升天，秦檜夫婦墮地獄事，足見其原出宋人之「說經」，亦承自唐代俗講，而「寶卷」二字乃後加之名稱。至於寶卷之體例則頗不劃一，一般皆爲韻散合組，韻文是唱詞，七言、十字皆有，敘事體與代言體常夾纏不清；散文是說白，也有詩、偈等吟誦摻雜其中，體例較彈詞混亂。

◎說書之鑑賞美學

而另方面，由於元代雜劇以滄海納百川的氣派容納前代戲樂之長而成爲文壇主流，戲曲演員唱唸做打全方位的鑑賞美學，影響所及，同是表演藝術而來自民間的說唱曲藝，便在品評視角上，較諸宋代有了更進一層的開拓。元代中葉胡祗遹（一二二七～一二九三）《紫山大全集》第八卷載有作者寫給一位黃姓女藝人的〈黃氏詩卷序〉，揭櫫「九美說」，作爲演員表演時的九項要求：

女樂之百伎，惟唱說焉。一、姿質濃粹，光彩動人；二、舉止閒雅，無塵俗態；三、心思聰慧，洞達事物之情狀；四、語言辨利，字眞句明；五、歌喉清和圓轉，纍纍然如貫珠；六、分付顧盼，使人人解悟；七、一唱一說，輕重疾徐，中節合度。雖記誦嫺熟，非如老僧之誦經；八、發明古人喜怒哀樂、憂悲愉佚、言行功業，使觀聽者如在目前，諦聽忘倦，惟恐不得聞；九、溫故知新，關鍵詞藻時出新奇，使人不能測度爲之限量。九美既具，當獨步同流。

這段文字胡祇遹以理學家的視角，理性、客觀而具體地分析說唱演員應具備的內外條件與修養(55)，不僅關注演員「唱」、「說」的口頭伎藝，對容貌氣質、台風與心思靈慧等皆有要求，尤其最後兩項強調演員得深入角色，表演時才能再現古人的悲喜憂樂，讓觀眾有如在目前的感受，而且要「時出新奇」，使觀聽者「不能測度」。藝術最忌匠氣，尤其說書更需翻新出奇，所謂「聽書聽生，看戲看熟」，說書與戲曲表演性質不同，諺云「好戲不厭百回看」，而說書則需時出新猷，日新又新才能吸引觀眾，說唱口訣中有「一人千面看不厭，千人一面沒人看」，「話說三遍淡如水，動作三遍臭如糞」。胡祇遹此篇妙賞，較宋代《醉翁談錄》所評深廣許多。

從古至今，說書藝人何啻萬千，這其中，享有「說唱界祖師爺」盛譽的明末說書大家柳敬亭堪稱箇中翹楚。柳敬亭（一五八七～一六六八後），江蘇泰縣人，本姓曹，原名永昌，字葵宇，據云其十七歲時因官府追緝獷

---

(55) 胡氏此篇「九美說」，部分學者認爲是針對戲曲演員作評騭，然「九美」中並未提及身段、容妝、穿關、文武場……等舞台搬演要素，且第七項強調一「唱」一「說」，又最末項需有新奇詞藻，且使觀眾不能預知情節，此與戲曲就固定劇本而搬演之本質迴異，故此篇應係就說唱演員作評賞。

悍無賴，由是避仇流落江湖，在安徽盱眙學習說書，並又得善說《西遊記》與《水滸傳》的松江老書生莫后光㊻的教益，由是其藝精進，舉凡說書時之養氣、定詞、辨物、審音，均有獨到，故使聽者忘倦。清人吳偉業的〈柳敬亭傳〉對莫后光與柳敬亭的傳授有如是的敘述：

莫君言之曰：「夫演義雖小技，其以辨性情，考方俗，形容萬類，不與儒者異道。……非天下至精者，其孰與於斯矣？」柳生乃退就舍，養氣定詞，審音辨物，以爲揣摩。期月而後請莫君。莫君曰：「子之說未也。聞子說者，歡咍嗢噱，是得子之易也。」又期月，曰：「子之說幾矣。聞子說者，危坐變色，毛髮盡悚，舌撟然不能下。」又期月，莫君望見驚起曰：「子得之矣！目之所視，手之所倚，足之所跂，言未發而哀樂具乎其前，此說之全矣。」於是聽者儻然若有見焉，其竟也，恤然若有亡焉。莫君曰：「雖以行天下莫能難也。」

這樣的教學法，已從技巧面提昇至境界層次，指出說書須博學廣識，體察各方風俗民情。接著是技巧的磨鍊，三個月的苦練與揣摩，終於得到莫師賞識，舉手投足，未發乎聲而先有情的氣場營造，不僅聲音，就連表情、眼神、手足動作皆與說評史書融爲一體，近代說書訣諺有云：「有戲無戲全在臉，有神無神全在眼。」就是精氣神合一的最好說明，說書藝術理論至此又翻一高峰。

此外，從「聽書聽生」的觀眾接受學來看，柳敬亭說書的題材是極爲繁富的，有《水滸》、《西漢》、《隋唐》（尤擅說名段子「秦叔寶見姑娘」）、《三國》、《精忠》……他都能「縱橫撼動，聲搖屋瓦，俯仰離合，皆出己意，使聽者悲泣喜笑」（顧開雍〈柳生歌小序〉），說金戈鐵馬時，「劍戟刀槊，鉦鼓起伏，髑髏模糊，跳擲繞座，四壁陰風璇不已。予髮肅然指，幾欲下拜，不見敬亭。」（周容《春酒堂文集》之〈雜憶七傳．柳敬亭〉）而張岱《陶庵夢憶》記柳麻子說武松打虎的情狀最是膾炙人口：

> 余聽其說《景陽崗武松打虎》白文，與本傳大異，其描寫刻畫，微入毫髮，然又找截乾淨，並不嘮叨詩夬，聲如巨鐘。說至筋節處，叱吒叫喊，洶洶崩屋。武松到店沽酒，店內無人，謈地一吼，店中空缸空甓皆甕甕有聲。閒中著色，細微至此。

所謂「《景陽崗武松打虎》白文，與本傳大異」，這是所有說唱藝術普遍的情況，因為說書必須語言求其通俗，在描述人物性格時力求細緻生動，傳神入化，就必然要鋪演長製，如近代蘇州彈詞《珍珠塔》的段子「下扶梯」說方卿得中狀元返家，襄陽陳御史的女兒陳翠娥下扶梯到後花園會方卿，丫環攙扶裹小腳的翠娥拾級而下，樓梯才十八級，說書藝人就說了十天八天，二人才得見面，所以「白文」著重渲染，而說書門派亦在其中。

最末要提的是「藝品即人品」的賞鑑理念。柳敬亭為人任俠詼諧，因面黑滿皰，故人稱其「柳麻子」。他早年草澤亡命，與抗清的著名文士時有往來，而當時復社標榜的宗旨正是「重氣節、輕生死、嚴操守、辨是

---

56 李辰山《南吳舊話錄》卷二十一「莫后光」云：「莫后光三伏時每寓蕭寺，說《西遊》、《水滸》，聽者嘗數百人，雖炎蒸爍石，而人人忘倦，絕無揮汗者。后光嘗語人云：『今村塾師冷面對兒童，焉能使渠神往，記誦如流水？須用我法，庶幾坐消修脯。』」

非」，因而他在左良玉軍中當幕客，爲左說書，有時受委託到南京接洽要務，諸大臣皆敬他爲「柳將軍」。左良玉原是一魯莽軍人，最後居然能不降清，興兵「清君側」以挽救南明危亡，柳敬亭對他自不無影響。㊼明末遺老大思想家黃宗羲特爲柳敬亭作傳，表彰其說書藝術能使人聞之「亡國之恨頓生，檀板之聲無色」，光輝人格體現出的民族氣節著實令人忻慕。

五、再現繁盛的清代說書

說書史上，清代是相當熱鬧的一個時代，號稱「太平盛世」的康、雍、乾三朝，農工商全面發展，政治安定，社會經濟繁榮，爲說書藝術之再盛奠下基礎。除滿族特創的八角鼓、子弟書，全國各地方說唱品類因交流而繁衍，藝術流派異彩紛呈。道光、咸豐之後，繼鴉片戰爭帶來帝國主義諸多不平等條約，新興租借地與商埠轉趨繁榮，尤其上海蔚爲全國經濟文化中心，吸引無數藝人至滬獻藝。茶樓、戲館、書場與唱本刊坊林立且日新月異，藝人間的書藝競爭、時局感懷與新舊思潮的激盪，促使清代的說書再現繁盛榮景。

◎說書盛於軍政界

說書原是口頭藝術，有時亦與軍事、政治扯上關係。前文提及大說書家柳敬亭就曾在左良玉軍中獻伎，而這種軍中說書的現象，在明末一直是蔚爲風氣的，如張獻忠、李定國的軍伍之中皆不乏說書良才，且頗有啓發作用：

張獻忠之狡也，日使人說《水滸》、《三國》諸書，凡埋伏攻襲咸效之。其老營管隊楊興吳嘗語孔尚大如此。（劉鑾《五石瓠》）

明末李定國，初與孫可望並爲賊，蜀人金公趾在軍中，爲說《三國演義》，每斥可望爲董卓、曹操，而期定國以諸葛。定國大感曰：「孔明不敢望，關、張、伯約不敢不勉。」自是遂與可望左。及受明桂王封爵，自誓努力報國，洗去賊名，百折不回，殉身緬海，爲有明三百年忠臣之殿，則亦傳習郢書之效矣。（陳康祺《郎潛紀聞》卷十）

軍人在兵馬倥偬的軍旅生活中，也常需要聽書娛樂，不僅紓壓、益智又能陶鑄人格。張獻忠從講史說書中學到奇謀戰術，而原是流賊草寇的李定國，則在尊蜀爲正統的蜀人金公趾說書感召下，竟能以關公、張飛、姜維自勉，以身殉國，洗去賊名，成爲銳志抗清流芳百世的一代忠臣，說書的氣節薰染功不可沒。

古代帝王爲了消閒解悶，常會爲羅致說書藝人到宮內當內廷供奉，原是純粹娛樂的事，沒想到在清代開國君王手上竟成了摧陷敵方的利器，勝過百萬大軍。滿清入關前，清太祖努爾哈赤與其子清太宗皇太極皆喜讀《三國演義》、《水滸傳》等說部，一六二七年皇太極繼位改國號爲清，在完善滿族文字的同時，開始翻譯

---

(57)《明史・左良玉傳》云：「有柳生敬亭者，號稱柳麻子，善說平書，游將軍門，抵掌談忠孝節義大事。」湯用彬《舊都文物略》第十二〈雜事略〉云：「明末有柳敬亭者……能以風趣飾其讜言，士大夫恆禮重之。」

漢籍。由於皇太極不喜歡讀嚴肅的史籍，於是找了擅長說書的莊頭石漢爲他說了六年的書[58]，石漢雖非文人學士，只當過各項雜役的主管，但因深諳說書技巧，居然能使皇太極愛上《三國》，並在軍事、政治上靈活運用，使《三國演義》成爲他的開國方略。如著名的一次反間計，用的即是《三國演義》第四十五回〈三江口曹操折兵群英會蔣幹中計〉，他模仿蔣幹盜書卻反遭周瑜愚弄的情節，假手「自用聰明，察察爲務」（清．計六奇《明季北略》語）的崇禎皇帝，殺了忠心耿耿的一代名將袁崇煥，使明朝自壞長城，從此勢如潰瓜。

入主中國以後，《三國演義》被譯爲滿文，除了供滿族上層閱讀，汲取統治經驗與思想外，一般滿民亦可藉通俗小說之教育作用提昇文化。世祖順治皇帝亦喜說書，江南評話家韓圭湖曾做內廷供奉[59]，順治七年（一六五一）頒行《清字三國演義》，倡讀《三國》，並表彰關羽之聖德，藉關公之忠義思想鞏固其政權。故清人入關，不僅不似蒙元對民間說唱橫施禁令，甚至利用說唱藝人爲其宣導尊君忠主思想，如康熙之《聖諭廣訓》與至今仍見流傳之《宣講大全》、《宣講拾遺》，皆以化導百姓當順民爲宗旨。

然而，爲政貪虐所引起的民怨卻難以壓抑粉飾。清初「愛聽秋墳鬼唱詩」的蒲松齡仿照民間通俗的時調小曲，用淄川方言土語寫成長達六十萬字的《聊齋俚曲》，旨在「參破村庸之迷，大醒市媼之夢」，除抒發侘傺牢騷，或勸孝言悌，意在教化之外，另有諸多抨擊官場黑幕之篇章。聊齋俚曲所用曲牌的重要來源是明清的教派寶卷[60]與清初新流行曲調，由於音樂來自民間，故能「使街衢里巷之中，見者歌而聞者亦泣」，成爲後來聊齋說唱之先聲。其中《寒森曲》藉商三官之憤懣，抨擊官場黑暗；《磨難曲》第十四回「按台公斷」一節，敘按台大人奉旨來調查馬縣官操守，馬縣官聞知即用錢收買全縣秀才爲他說好話以保住官位，諸秀才收賄後如是唱道：「【耍孩兒】論老馬甚酷貪，又打殺范子廉，待秀才眞不成體面。常常借重盟兄弟，待要推辭開口難，兄弟過日怎相見？何況有白銀五兩，看了看耀眼光鮮。……如今不過是銀錢世界，甚麼是公道良心！且歹他五兩銀子，盤費不了，給老婆子買點人事。叫一聲俺潮哥，講廉恥做什麼？頭巾歪塌藍衫破。只是銀錢有實濟，從來良心下不得鍋。不害羞請管不忍餓，在背後指指畫畫，回過臉誰敢咋著？」道出縣官無恥、秀才見利忘義種種不公世道之社會亂象，通過聊齋俚曲「刺貪刺虐，入骨三分」的描繪，表達民間百姓對清初吏治貪腐之譏諷。

◎說書風氣之開展

清代說書承元明遺緒而迭有開展，其分類或按題材內容，或由表演形式，或因地域習慣而略異。揚州向為漕運、鹽務中心，蘇州兼海運開拓，商賈輻輳，並使說唱藝術臻於隆盛。此時北京天橋的評書與南方的評話，皆各擅勝場而頗耀觀覽，茲略述如次。

---

(58) 據清初殘本檔案所記：「石漢供稱……我於太宗皇帝陛下說書六年，管匠役十二年，管毛皮二年，初定烏眞超哈莊頭，又管三年，又管曬鹽六年。」可參看台北中央研究院歷史語言研究所藏「刑部殘缺本」（順治十年）。

(59) 鄧之誠《骨董瑣記》卷六〈韓生評話〉云：「韓生者，擅評話，順治中嘗供奉內廷。……此又一柳麻子也。」

(60) 據統計，路大荒《蒲松齡集》所收俚曲和集外《琴瑟樂》所用曲調，見於明代教派寶卷者有二十五曲，占聊齋俚曲曲牌的一半，其使用較多之曲調如【耍孩兒】、【疊落金錢】、【皂羅袍】等，亦是寶卷中常用曲調，詳參車錫倫〈寶卷中的俗曲及其與聊齋俚曲的比較〉，《蒲松齡研究》二〇〇〇年第一期。

㈠清代說書分類與元明之異同

元明兩代，凡以說唱形式出現的各種說書，一概稱為「詞話」，其內容有歷史、公案、傳奇、靈怪……，如《大唐秦王詞話》、成化刊本十六種皆是，只要以既說且唱的表演形式進行說書的，全部歸為「詞話」；與它相對的，是只說不唱的「平話」，明清亦稱之為「評話」（明人或作「平話」），內容以講史為主，如元代的《全相平話五種》以及明代曲籍、《水滸傳》等相關記述。

到了清代，分類形式有了轉變，「詞話」此一名稱已逐漸被人們遺忘，既說且唱的說書表演有了新的名稱，如南方的蘇州彈詞、杭州南詞、揚州弦詞，北方的鼓詞、鼓書。至於只說不唱的「講史」一類，在題材內容方面有所擴增，從元明的講史，已擴展增加說公案、說靈怪一類的書。如《水滸傳》在明代是可以彈唱的長篇詞話，到了清代便成了只說不唱的講史評話；而說公案的《包公案》、《施公案》、《彭公案》，說俠義的《三俠五義》與說靈怪的《西遊記》、《濟公傳》等，也全都稱為講史或「評話」。於是，清代說書形成壁壘分明的兩派：「說大書」與「說小書」兩個系統。

「說大書」一名評（平）話，只說不唱，不用樂器伴奏，桌上只醒木一方、摺扇一把。所述多歷史興廢戰爭、俠義、公案靈怪類，屬「金戈鐵馬」，又稱「開講」，重在「一股勁」，須專業說書人乃能勝任。「說小書」一名彈詞（南詞、弦詞），既說且唱，多用三弦、琵琶伴奏，可一人或二、三人表演，敘愛情、家庭等細膩婉轉情思，內容屬「才子佳人」類，強調「一段情」，票友多能參演。而大、小書代表書目如下：

大書：《三國》、《水滸》、《岳傳》、《隋唐》、《英烈傳》、《東西漢》、《綠牡丹》、《五義圖》、《西遊記》、《彭公案》、《施公案》、《濟公傳》、《封神榜》等。

小書：《白蛇傳》、《三笑姻緣》、《珍珠塔》、《西廂記》、《王魁負桂英》、《玉蜻蜓》、《倭袍傳》、《描金鳳》、《雙珠鳳》、《落金扇》、《雙珠球》、《玉夔龍》、《雙金錠》等。

上述大小書的分類，係以江南一帶所熟知的蘇州評彈爲主要。而到了北京，只說不唱的評書藝人對大小書的範疇界定有了改變，歷史類的仍稱「大書」，俠義、公案類的則稱「小書」，並多出神怪類的「演義」一類，其代表書目爲：

大書：《列國》、《西漢》、《東漢》、《三國》、《隋唐》、《水滸》、《精忠》、《英烈》。

小書：《綠牡丹》、《三俠五義》、《小五義》、《濟公傳》、《彭公案》、《施公案》、《永慶昇平》。

演義：《封神》、《西遊》、《聊齋》。

如此分法與古代及清代南方評彈出現較大差異[61]，僅限於北京說評書（全用散文道白）藝人常說的若干書目而已，而由元明至清兩種分類可綜述如下表：

[61] 陳汝衡根據曾北京天橋藝人劉君所述，載《文學季刊》創刊號，參《陳汝衡曲藝文選》頁一三三，北京：中國曲藝出版社，一九八五。

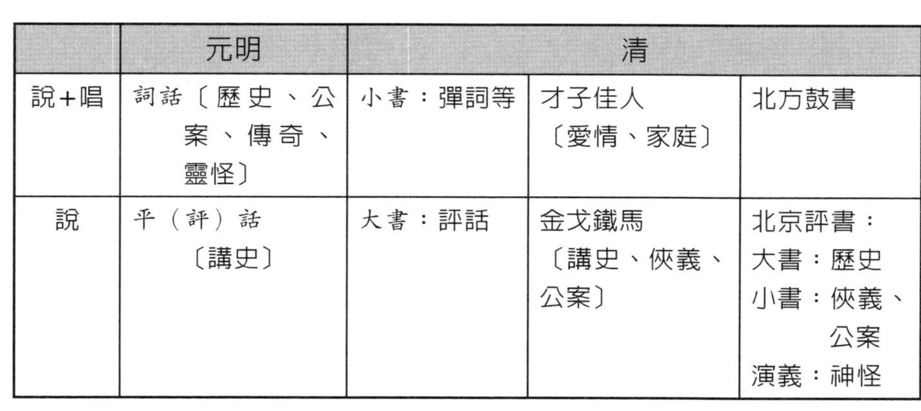

	元明	清		
說＋唱	詞話〔歷史、公案、傳奇、靈怪〕	小書：彈詞等	才子佳人〔愛情、家庭〕	北方鼓書
說	平（評）話〔講史〕	大書：評話	金戈鐵馬〔講史、俠義、公案〕	北京評書：大書：歷史 小書：俠義、公案 演義：神怪

二南方評話

清代康、雍、乾三朝太平之治，江南物阜民豐，說書藝術在蘇、揚一帶之發展，遠較北京發達，主要原因在於貲財雄厚、文化底蘊深廣。明代揚州已成漕運、鹽務中心，豪商巨賈雲集，康熙、乾隆多次下江南，接駕大典的烜赫排場同時也帶動諸多觀聽娛樂的興盛。據徐珂《清稗類鈔．大虹園之塔》所載，八大鹽商綱總江春，爲了恭迎乾隆，竟能在揚州大虹園一夜之間修成一座白塔，極盡侈靡之能事。而素有狀元之鄉盛譽的蘇州，不僅人文薈萃，亦豪富駢闐，在乾隆時已是「郡城之戶，十萬煙火，郊外人氏，合之州邑，何啻百萬。」海運的開拓使其成爲中外貿易大埠，「南壕爲蘇州最盛之地，百貨所集，商賈輻輳。」㊷人文經濟的長期繁榮，使江南成爲說書藝術丕盛的最佳沃土。

清初說書的情形。可從乾隆間玩花主人《綴白裘》九集卷三、《精忠譜．書鬧》一齣中李海泉說《岳傳》窺其大略。李海泉原在蘇州玄妙觀說書，後被邀至李王廟獻藝，他說的這段童貫陷害韓世忠、宋金交戰經過的評話，雖是劇作家想像之詞，但描寫氛圍讓觀眾猶如置身書場，感受蘇州當地說話人說大書的口吻風度。說大書沒弦索助興，靠的是一塊醒木（驚堂木）、一把紙扇而已，其中腳色繁多，生旦淨丑、男女老少各有其腔口與神態動作，不容相混。高潮緊迫時刻的出「爆頭」亦有一定規範，不可造次。評話家手中的摺扇妙用無窮，它可以是關公的青龍偃月刀，呂布的畫戟、黑旋風的板斧、孔明的羽扇、蔣幹所盜的書箚……。說大書極其費勁，精、氣、神兼備乃能逼肖人物，吸引觀眾樂而忘倦。

揚州評話之昌盛馳名有其歷史淵源，明末柳敬亭之揚州弟子居輔臣即擅說《秦叔寶》故事，而柳麻子的《隋唐》在揚州評話中一向被譽爲傳家之書。居輔臣之後，亦名家輩出，據李斗《揚州畫舫錄》卷十一所列有孔雲霄、韓圭湖、季疵子諸人，而「郡中稱絕技者」有：

吳天緒《三國志》，徐廣如《東漢》，王德山《水滸記》，高晉公《五美圖》，浦天玉《清風閘》，房山年《玉蜻蜓》，曹天衡《善惡圖》，顧進章《靖難故事》，鄒必顯《飛駝（跎）傳》，謊陳四《揚州話》，皆獨步一時。

上列除《五美圖》、《玉蜻蜓》既說且唱，屬揚州固有的弦詞之外，其他皆為評話。《靖難故事》敘明成祖興兵奪建文帝皇位之事，一般說唱鮮見此書目。何謂「飛跎」？《畫舫錄》卷九說：「鄒必顯以揚州土語編輯成書，名之曰《揚州話》，又稱《飛跎子書》。」焦循《易餘籥錄》又云：「凡人以虛語欺人者，謂之跳跎子，其巧甚虛甚者，則為飛跎。」目前揚州尚有「跳空心跎子」之市語，足見《飛跎傳》係運用謬悠虛巧之辭作滑稽諷世的一種評話，鄒必顯、謊陳四皆以此聞名。其中頗具代表性的《清風閘》亦以揚州方言敷說，是作者浦琳（天玉）的自傳體評話，敘宋代揚州人皮鳳三（俗稱皮五癩）本一市井無賴，時而狂賭發財，時而窮困潦倒，既放高利貸又做慈善事業，後得窖金而成巨富，平反其岳父之冤獄。用市井方言生動描摹小市民生活，在荒誕噱笑中透露辛酸，深度刻畫社會黑幕。乾隆年間另有一狂狷寒儒葉英（號霜林）。擅說古人忠孝事，「慷慨激發，座客懍然」（《揚州畫舫錄》語），尤以說《宗留守交印》為最工，該評話敘南北宋之交時，宗澤奉命留守東京，擁兵百萬，金人不敢正視。他上疏趙構誓師北伐，卻遭拒絕致飲恨而亡，臨死將印信交出，大呼

---

62 引文見《皇朝經世文編》卷三十三〈治蘇〉，顧公燮《消夏閒記摘抄》中冊《芙蓉塘》。

三聲「渡河」才瞑目。葉霜林說書時能把宗澤「撫膺悲憤」、「張目嗚咽」的神態予以重現，「凝神說靖康南渡事，聲淚交下，座客無人色。」（焦循語）如此「竭盡精力，演說其技」（阮元語）的專注與敬業態度洵令人動容！[63]

值得一提的是王少堂（一八八七～一九六八），整部揚州說書史基本上就是從柳敬亭到王少堂的三百年間的說書史實。說《水滸傳》者，舊有魯十回、林十回、宋十回、盧十回、武十回、石十回，共六十回書傳世，其中武、宋二十回說者最多，亦最精最熟。揚州藝人說《水滸》有其一貫師承授受之歷史，源遠流長不下二百年之久。乾隆間王德山即以說武十回著稱，其後鄧光斗、宋承章、王建章、王金章、王玉堂等加工精進，至王少堂集其大成。他七歲隨父（王玉堂）學藝，九歲登臺，十二歲已能獨立演出。藝術上除家傳外，另博採眾長，汲取鄧光斗「跳打」派與宋承章「口風潑辣」派《水滸》之獨特風格，精磨武（松）、宋（江）、石（秀）、盧（俊義）等四個「十回」的書藝。據陳汝衡回憶，王少堂說李逵劫法場一段頗爲傳神：

> 李逵闖入酒肆中……與蚊搏戰，欲眠不得，鼻中發聲哼哼，暴躁如雷響，迨乎一覺醒來，自樓窗大吼躍下，舉板斧砍殺劊子手，負宋江於背而逸，繪聲繪色，聽者神爲之奪，恍若與李逵同自樓窗躍下也。……未開講前，噴水煙，品苦茗，至爲從容，迨醒木砰然一響，座客始斂神以聽，王徐徐詠詞一首，詞竟講書，初聲音極低，幾不可辨，俄頃間聲音清爽高朗，座客雖位次極遠者，亦能字字入耳。二十回書中之大節目，爲殺嫂、獅子樓、血濺鴛鴦樓、劫法場、三打祝家莊，王又云，習此者非三年不爲功。

表演時，王少堂謹守師承口講指畫，但並不離開座位，因爲眞正說書是不帶演劇風味的。王少堂口述而整理出版的揚州評話《武松》，達八十餘萬字，在說書史上「王家《水滸》」堪稱卓然一家言，自有其藝術風格。[64]筆者於一九九〇年冬赴金陵參與學術會議，會後有幸得見王少堂孫女王麗堂所演王婆出場一段，約二十分鐘，形神逼肖，字眞句篤，音韻鏗鏘，科諢諧趣無不如意，深感「王家《水滸》」藝術之無窮魅力。

(三) 北方評書

京華爲四方輻輳之區，在北京，尤其具有二百年歷史的天橋，各種說書曲藝皆極發達。清康熙時，李聲振《百戲竹枝詞》裡有詠「評話」一首，序云：「其人持小扇指畫，談今古稗史事，以方寸木擊以爲節，名曰醒木。」說的是早期北京說評書的情景。清末民初的天橋依然是評書藝人撂地演出的地方。北方的評書如同南方的評話，只說不唱，藝人在書壇上不需任何樂器，也不用鼓，最常用的是醒木一方與紙扇。開講之前，先拍醒木，促使觀眾凝神注意，書中遇有關鍵高潮時刻，也不時將醒木一拍，大有「一聲醒木萬人驚」的氣勢。

當時天橋獻伎的評書藝人究竟有哪些？由於撂地作場，流動性大而乏專門文獻記述。張次溪憑記憶在《人民首都的天橋》第五章〈天橋人物考〉中，將清末民初百年來著名的評書藝人略作片斷記錄，其中張厚坪「說《水滸》、《封神》、《隋唐》、《濟公傳》。……說時神氣十足，於敘述古人之中，暗地譏諷時事，不露

---

[63] 詳參葉德均〈關於浦琳〉、〈十八世紀揚州說書人葉英〉二文，收於氏著《戲曲小說叢考》頁七四八～七五六。

[64] 詳參《陳汝衡曲藝文選》頁一五三～一五六。

芒角，令人心曠神怡。有時融會古今，東拉西扯，聽眾不但不感厭倦，反覺津津有味。」張虛白、鄒騰霄擅說《封神榜》，張泰然擅說《濟公傳》，單長德、張智蘭擅說《聊齋》，吳輔庭、滿人哈輔沅擅說《永慶昇平》；猴兒安則因學悟空維妙維肖，故有此稱，在評書界中允為《西遊記》之「門長」，頗受敬重，其門弟子恆永通享譽最久，座客均滿……。觀其內容，北京評書亦講史、公案、靈怪皆備。

當時北京說書的地方，據金受申〈北京的老書館〉所記，實分三種不同層級：第一類是書館兒，專為王室勛爵、宮裡太監等說書；第二類是書棚，建在甬路兩側，背對甬路，聽眾多附近居民，開書前寒喧鬧攘，開書後則肅然聽書；第三類則在天橋以及白塔寺、護國寺的廟會上「撂地」表演。不同場域的觀眾，對演員有著不同的磨鍊，正如金氏所言：「不撂地不知聽眾愛聽不愛聽，不上棚子、大書館，得不到久聽評書的老前輩挑毛病。」尤其久聽評書的「書簍子」老觀眾，其客觀而深入的批評最能使演員受益。

過去北京評書藝人從師學藝時，有三件賴以謀生的道具：醒木、扇子、手巾，在說書行中並非自備，而是藝成之後由師父贈與徒弟的，師徒授受時典禮極為隆重，師父將這三物件放在紅托盤裡，焚香敬禮，由徒弟叩拜跪受，才能算完全出師，而一生便以此三物闖蕩江湖。表演時，醒木的起落代表段落、高潮的起訖；紙扇作用與南方評話相同，可作刀兵屋瓦橋樑……；手巾則可代紙張、書信、繡絹……，於是「生天生地，生鬼生神，極人物之萬途，攢古今之千變」（湯顯祖語）的種種人生風貌，便在說書人口說指畫間呈現出來。

◎八旗子弟新創的書藝：子弟書

子弟書是清代滿州貴族士大夫新創的說唱曲藝。乾隆初年，戍邊返京的八旗軍士帶回軍中流行的各類小曲，時稱「八旗子弟樂」。其後旗籍子弟就此音樂仿明代鼓詞、彈詞開篇的作法，創造出以七言爲主體的唱詞，並用三弦伴奏，故亦稱「弦子書」，且多演唱篇幅較短的段兒書，故又稱「子弟段」。清．曼殊震均《天咫偶聞》卷七云：

> 舊日鼓詞，有所謂子弟書者。始創於八旗子弟，其詞雅馴，其聲和緩，有東城調、西城調之分，西調尤緩而低，一韻縈紆良久。此等藝，內城士夫多擅場，而瞽人其次也。然瞽人擅此者，如王心遠、趙德璧之屬，聲價極昂，今已頓絕。

就演唱題材風格而論，子弟書有所謂西派（韻）、東派（韻）之分。清．顧琳《書詞緒論．辨古》云：「書之派起自國朝，創始之人不可考。後自羅松窗出而譜之，書遂大盛，然僅有一音。嗣而厭常喜異之輩，又從而變之，遂有東西派之別。其西派未嘗不善，惟嫌陰腔太多，近於崑曲，不若東派正大渾涵，有古歌遺響。」[65]西派近於崑曲，行腔迂迴裊娜，多風月粉黛如《西廂》、《玉簪》類；東派似高腔，雄渾慷慨如《草詔敲牙》、《徐母訓子》等忠臣孝子類。子弟書主要由八旗子弟創作和表演，雖然後期也出現民間瞽目藝人參與，多了謀生的市井之氣，其成就遠不如旗籍子弟。

---

[65] 關德棟、周中明編《子弟書叢鈔．附錄》頁八二二，上海古籍出版社，一九八四。

(一)子弟書的體例

子弟書的體例接近鼓詞，也用三弦伴奏，但不同的是它只唱不說，表演形式為一人自彈三弦，邊彈邊唱。書分回，每回八十至一百句，每個書目所含回目不等，有一回、三四回，或可多至十餘回、三十回。多數子弟書會用一首（或多首）七言八句詩來開場，因為它是一篇之始，故又稱「頭行」，類似評話與彈詞中的定場詩，用以總括正文大意與創作旨趣，書後亦有結語二至八句用作評論或預告下文。子弟書與八角鼓於乾隆朝同時在北京形成兩大唱腔系統，八角鼓為說唱音樂的曲牌聯套體，子弟書則屬板式變化體。經過一百多年的發展衍化，後期另產生節奏較為明快的南城調與北城調。東調後來流播到盛京（瀋陽），西調也曾傳入天津成為「衛子弟」。

(二)羅松窗・韓小窗

清代自入關伊始，便極重視八旗子弟的文化教育，由於漢化程度不斷提高，子弟多迷戀傳統戲曲小說，據統計，現存四百多種子弟書改編自《牡丹亭》、《長生殿》等當時流行戲曲的占一半以上，改編自《三國演義》、《水滸傳》、《金瓶梅》、《西遊記》、《聊齋誌異》、《紅樓夢》等明清小說的約占三分之一。[66] 唯作者多不可考，除李家瑞《北平俗曲略》所提及的鶴侶、雲崖、竹軒、漁村、煦園諸人之外，其中最具代表性的是乾隆時的羅松窗與嘉道間的韓小窗。羅松窗是子弟書的創始者，也是「西韻」的代表作家，其作品幾乎全根據當時盛行的雅部崑曲改編而成，風格細膩纏綿，如〈鬧學〉、〈遊園尋夢〉、〈離魂〉改編自《牡丹亭》，其他作品另有《玉簪記》、〈藏舟〉、《百花亭》、《紅拂女私奔》、《羅成託夢》、〈出塞〉、

〈上任〉、《鵲橋盟誓》、《大瘦腰肢》、《翠屛山》、《莊氏降香》等。韓小窗是「東韻」子弟書的代表作家，其作品亦多改編自戲曲小說，如《草詔敲牙》、《下河南》、《滾樓》、《齊陳相罵》、《千金全德》、《紅梅閣》、《寧武關》、〈刺虎〉、〈徐母訓子〉、《白帝城》、《周西坡》、〈罵城〉、《得鈔傲妻》、《續鈔借銀》、《哭官哥》、《一入榮國府》、《露淚緣》、《芙蓉誄》。其中〈徐母訓子〉改編自《三國演義》，敷衍曹操詐作徐母手書騙徐庶來許昌，徐母凜然不屈，以大義訓子之事，徐母的鐵骨錚錚在結尾時自縊一幕最是震撼：

老太太怒氣塡胸威凜凜的哭聲淒慘慘地嘆，當啷啷玉簪墜地亂蓬蓬的白髮氣忿忿地撓。咯噠噠體似篩糠飄搖搖衣袖呼啦啦地抖，撲簌簌淚如雨下滴嗒嗒的熱血一雙雙地拋。焰騰騰氣衝烈膽病懨懨弱體咯登登地跳，咯吱吱緊咬牙關惡狠狠雙睛直瞪鄧地瞧。冷森森大叫一聲無能的徐庶無能的徐庶，轉畫屛滿腔正氣三尺白綾作成了千古壼儀第一豪。

不僅陽剛的「東韻」作品，旖旎悽楚的《露淚緣》，歷來被譽爲韓小窗的代表作，任光偉曾評價「從道光以來，中國在戲曲、鼓曲中改編《紅樓夢》者屢見不鮮，但眞正理解原作的精髓，體現並發揮原作之精神，並能經得起時間考驗者，首推韓小窗的《露淚緣》。」[67]在《露淚緣》中，韓小窗巧妙新創諸多情節，設計人物內

---

[66] 見郭曉婷《子弟書與清代旗人社會研究》頁十四，北京：中國社會科學出版社，二〇一三。

[67] 任光偉〈子弟書的產生及其在東北之發展〉，收錄於《中國曲藝論集》第二集頁四一七，北京：中國曲藝出版社，一九八四。

心獨白，將《紅樓夢》原著裡幽微的心思經過渲染而趨於顯豁，因之更能得到觀眾聽書當下的共鳴與回響，如第五回〈焚稿〉：

> 曾記得柳絮填詞誇俊逸，曾記得海棠起社鬥清新，曾記得凹晶館內題明月，曾記得櫳翠庵中譜素琴，曾記得怡紅院裡行新令，曾記得秋爽齋頭論舊文，曾記得持樽把酒把重陽賦，曾記得弔古攀今《五美吟》

而第九回〈訣婢〉運用對比手法，將黛玉魂歸離恨天與寶玉洞房兩種畫面交錯呈現，讓觀眾即刻沉浸在悲喜無情的哀惋與無助氛圍裡：

> 一邊拜堂一邊斷氣，一處熱鬧一處悲哀。這壁廂愁雲下雨遮陰界，那壁廂朝雲暮雨鎖陽臺。這壁廂陰房鬼火三更冷，那壁廂洞房喜氣一天開。[68]

此外，子弟書融合滿漢兩種文化傳統，在演唱中亦常出現旗人的日常生活與物品，如鶴侶氏的《少侍衛嘆》詳細描摹滿族侍衛的服飾：「精奇泥哈番頂兒紅，俏攏春風的孔雀翎。時興的帽樣兒拉三水，內造鮮明紫杠纓。……」隨身亦有小荷包、褡包、水煙袋等，充滿民族特色。即使改編古代的戲曲小說，亦不脫清代影子，如《竊打朝》中唐代的尉遲敬德「荷包內掏出個煙壺兒是福建料，聞了點洋煙打噴嚏」，寫的竟是清代的器物與風俗。

子弟書在中國文學諸多文體中，其樣式較為特殊。它源於鼓詞，也唱故事，雖雕章琢句，卻又長短不拘，句式以七言爲主，中間又可根據行文需要而自由加入襯字，每句多者可達十餘字，較彈詞、鼓詞更爲自由，似詩而非詩，似詞而非詞，別饒風韻，實乃一時之創格，清代以前未曾有過。可惜這種別開生面的子弟書，到光緒末年已漸衰微，究其原因，可能唱腔越唱越定型而變得呆板、沉悶所致⑥⑨，而清末的地方說唱，尤其大鼓、單弦類的興起，紛紛從子弟書中揀選適合演唱的回目，作爲自己表演的牌子，如靠山調、石韻等，在新舊競爭中，子弟書終於被其他說唱曲藝所消融吸納而隨之湮沒。它滋養了當時及後來的多種曲藝，在京韻、梅花、東北、梨花等多種大鼓身上，都鮮明地帶有子弟書的影子。面對大化遷流中無可逆轉的榮枯現象，如落紅化作春泥，子弟書的風姿在逝川中蕩漾，在人們記憶中翩然淡入淡出……

◎北方的鼓書．南方的彈詞

「鼓詞」一詞淵源甚早，北宋趙令畤〈商調蝶戀花鼓子詞〉譜《西廂》情事，南宋周密《武林舊事》亦有「張掄所撰鼓子詞」，皆指用鼓當主奏樂器的說唱藝術。明末已有鼓詞刊本，萬曆間既說且唱、質樸爽健的《大唐秦王詞話》，即是今日所見北方鼓詞之遠祖。至於明末清初天性豪放、瑰奇多計的賈鳧西，以嬉笑怒罵

⑥⑧ 兩段引文見胡文彬編《紅樓夢子弟書．露淚緣》頁二五六、二七二，瀋陽：春風文藝出版社，一九八三。

⑥⑨ 啓功〈創造性的新詩子弟書〉一文提及他十歲（一九二二）以前「所見『雜耍』場面上已經沒有子弟書的位置了，只有家裡常來的兩位老盲藝人能唱，……每當他們拿起樂器來唱，我聽到如果是唱子弟書，立即跑開玩去，可見這種唱法的沉悶程度。在我幼年時，北京能唱子弟書的老藝人，只剩了兩位。」《文史》一九八五年總第二十三期。

針砭世態的《木皮鼓詞》，它與宋代的鼓子詞，在形式上與現今流行北方的一般鼓詞並無共同之處。

(一)北方鼓詞之體例與發展

現今北方鼓書的體例究竟如何？據楊蔭深研究，「鼓詞的體例與彈詞一樣，也以韻散文合組的，大抵議論敘事則用散文，記景寫情則用韻文。又因爲是敘事體，所以沒有代書中人的說白，只有說書人自己的表白。唱詞通常分七言與十言兩種，參差互用，其實都是七言，十言中的三言乃是襯字。取材多爲歷史與俠義的故事，這大約是北方人性情較烈，特嗜所在的緣故。」如《左傳》、《三國志》、《楊家將》、《水滸》、《濟公傳》、《包公案》、《施公案》……，或由小說改編，長篇大幅有多至百回以上的，可唱上幾個月，除歷史、公案、俠義武勇類，亦有如《西廂記》、《二度梅》、《繡鞋記》等敘兒女風月故事者。⑰

如此形制的鼓書源自山東一帶以唱爲主的小型鼓詞，唱的是短篇故事，稱「段兒書」，在短時間內可以唱完一個精彩故事，因而頗受歡迎，清代的八旗子弟書，以及清末才興起的的大鼓書，皆曾受段兒書影響而各有發展。鼓書是黃河流域的產物，由鄉村進入城市以後，才發展出今日豐富多彩的面貌。明末山東農村最流行一種以犁鏵片爲打擊樂器的說唱藝術，當時農事餘閒之際，大夥圍坐聽唱書，就拿廢棄的農具鐵片當伴奏，因席地而坐，故打擊矮腳扁鼓，唱山野小調。一入都市，原始簡陋的犁鏵片改爲兩塊半月形的鐵片，或升爲特製銅片，進而爲小檀板，並借音而稱「梨花」大鼓，演唱曲調亦豐富而成板式變化體的成套唱腔，且增加三弦伴奏，由粗糙變爲雅馴時，矮腳鼓也改爲高架鼓，此時蓋已由山東傳衍至北京而成京韻大鼓。從這一路發展歷程來看，梨花大鼓乃是鼓書的老祖宗，老蠶〈說大鼓〉一文云：

大鼓以梨花（即山東大鼓）爲最早。梨花本名犁鏵片，乃農器之碎鐵片也。此片後用鐵工專製，漸失本源。梨花大鼓唱者皆山東產，唱皆整本大套，今女子多唱零段矣。

大鼓之所以稱「大」，主要在於從前鼓詞專演大部頭書，如《三國》、《水滸》類可連唱數月，因爲今日書場所用仍是一種形制不大的扁鼓，原本鼓書唱的是整本大套，後來才改爲零段。

山東大鼓發展到道光、咸豐時，藝人何老鳳最具影響力，他騎毛驢帶徒弟走村串鎭過著流動的賣藝生涯。同時期河北的「木板大鼓」藝人馬三峰，他用山東流行的犁鏵鐵片取代木板，改良唱腔，增用大三弦而成較爲悅耳的「河間大鼓」，其後傳至天津又定名爲「西河大鼓」。「南有何老鳳，北有馬三峰」的褒詞，標誌著山東大鼓、西河大鼓的形成，開創了清末民初北方大鼓藝術的新紀元。

(二) 大鼓名家：王小玉．劉寶全

「歷山山下古帝遺蹤，明湖湖邊美人絕調」，凡讀過劉鶚《老殘遊記》的人，對這一回裡所描述的白妞、黑妞定難以忘懷。明湖邊的絕調便是白妞王小玉所唱的梨花大鼓（後易名爲山東大鼓），這對姊妹實有其人，據鳧道人《舊學盦筆記》（一九一六年木刻本）中的〈紅妝柳敬亭〉一文所記：

> 光緒初年，歷城有黑妞、白妞姊妹，能唱賈鳧西鼓兒詞。嘗奏技於明湖居，傾動一時，有「紅妝柳

---

⑦⓪ 詳參楊蔭深《中國俗文學概論》第十六章〈鼓詞〉，世界書局，一九四六。

敬亭」之目。端忠敏題余「明湖秋泛圖」有句云：「黑妞已死白妞嫁，腸斷揚州杜牧之」，即謂此也。

梨花大鼓於清末進入大城市，且出現女藝人的絕妙表演，據《歷下志遊》所記：「邑之千佛山開市會，大妮就其中設雅座……度曲永日，極盡所長，立而觀者幾無餘地。」足見當時（約光緒二年）梨花大鼓之盛況，不久郭大妮出嫁，其藝絕響。後數年，「王年十六，眉目姣好，低頭隅座，楚楚可憐。歌至興酣，則又神采奪人，不少羞澀。吟紅主人甚眷戀之，側坐無言，有斗酒聽鸝之感，誦昔人『便牽魂夢從今日，再睹嬋娟是幾時』之句，爲惆悵者久之，亦可謂深於情者矣！」[71]王小玉正值碧玉破瓜芳齡，當時雖尚未享盛名，然楚楚之態已令座客魂牽夢縈，迨光緒十年前後，她在郭大妮藝術基礎上吸收西皮、二黃、梆子腔之長，豐富原來的曲調，在新聲競奏中異峰突起，終於在《老殘遊記》中留下驚豔。

清同治末年，河北滄州、河間一帶的木板大鼓藝人赴北京、天津獻藝，其中胡十、宋五、霍明亮頗受歡迎，然演唱時用河北方言，人稱「怯大鼓」。著名藝人劉寶全（一八六九～一九四二），原名毅民，祖籍河北深縣，自幼於北京習皮黃，專唱老生，在上海搭過班，唱不紅又回北京，潦倒多時，流落天津。時天津正盛行大鼓，他心想若繼續唱京劇，未必能與老名伶譚鑫培、孫菊仙等齊名，於是轉學大鼓，集上述三家怯大鼓之長，並師事大鼓名家王慶和，苦心鑽研，大膽嘗試將京腔揉雜在鼓詞內，吸收河北梆子、石韻書、馬頭調的唱法，加上自身原有的京劇身段，學習譚派講究咬字的陰陽尖團，別成一種健爽圓潤的聲調，尤其爲適應北京聽眾的欣賞習慣，而改用北京方言演唱，對怯大鼓進行全面改造，專唱短篇，於是聲名鵲起，成爲京韻大鼓之創始人，享有「鼓王」之盛譽。鼓王能唱的鼓書甚多，不下二十餘折，屬《三國》的有：《白帝城》、《古城會》、《長阪坡》、《戰長沙》、《博望坡》、《單刀會》、《華容道》、《徐母罵曹》、《草船借箭》、

《截江奪斗》、《關黃對刀》共十一折；屬《水滸》的有《坐樓殺惜》、《活捉三郎》三折；其他：頭二本《寧武關》（又名《別母亂箭》）、《審頭刺湯》、《大西廂》、《馬鞍山》、《遊武廟》、《南陽關》、《百山圖》等八折；穿插小品則有《三春景》與《繞口令》。《三春景》又名《丑末寅初》，原是八角鼓唱詞，後編爲大鼓，數十句中涵納漁樵耕讀、才子佳人諸情態，寶全皆換新腔，唱來動聽。大鼓每折約二百句，寶全最愛《單刀會》，因它超過三百句，疊句轆口無不流利自然，通篇一氣呵成，極易討好。

與劉寶全同時唱大鼓享盛名的另有白雲鵬，能唱哀豔纏綿的《紅樓夢》，梅花大鼓金萬昌能在天津「享名三十餘年不衰」。二十世紀初，天津書場開始有了女藝人，京韻大鼓的更姑娘、小黑姑娘、駱玉笙（藝名小綵舞）、孫書筠、閻秋霞、小嵐雲、唐山大鼓魏喜奎……皆頗擅盛名。大鼓書名目繁多，李家瑞《北平俗曲略》曾作簡要歸納：按樂器分則有梨花、鐵片、五音等大鼓；用地域分則有京韻、山東、樂亭、奉天、天津等大鼓，不論何種大鼓，皆以彈弦打鼓伴奏，有時外加兩片梨花簡（即《明會典》所稱花梨拍板）或半月形鐵片而已。至於南方的鼓詞，據陳汝衡記錄，揚州有段兒書、靠山調，蘇北有「說淮書」，溫州城鄉有俚俗的鼓詞。[72]

(三)南方彈詞之源流與發展

明清兩代盛行的彈詞，有說有唱，故事性強，據估計至少有四百餘種，惜明人彈詞今多已軼失不傳。有關

---

[71] 見《歷下志遊》外編卷三《歌伎志》，署遊藝中原客師史氏撰，有光緒八年自序。

[72] 詳參《陳汝衡曲藝文選》頁二二三～二二四。

彈詞之溯源與演進，學界說法頗多，而就其內容、形制與音樂而論，既非唐代變文之嫡系，亦與宋代諸宮調無關，其遠源當出於宋明以來閭閻村郭唱說的陶眞，其近源則是元明時盛行的詞話。因爲從遺存至今的陶眞文詞斷句，和元雜劇中的詞話唱詞、十言詩讚的形式，以及陶眞與元明詞話多用鼓或琵琶伴奏來看，明清彈詞確是繼承這兩種傳統，而在表演時有著更爲精緻化的開展。

1. **蘇州彈詞成為專稱**

原本在江浙一帶說書，凡是以彈撥弦樂器如琵琶、三弦等伴奏而佐以說唱的，都可稱作「彈詞」，但發展至今，彈詞已然成爲蘇州彈唱說書的專有名稱，可能是爲了避免相混，其他地方也各自出現不同的說唱名稱。浙江一代稱「南詞」、「文書」，據清．郭麐《樗園消夏錄》云：「江浙多有說平話者，以善嘲謔詼諧爲工。浙人多用唱本，有《芭蕉扇》、《三笑姻緣》之類，謂之南詞。」清．范祖述《杭俗遺風》載「倉橋元帥廟有文書老會，凡省中唱書者，不取鬮錢，挨唱一回，以傢夥到廟先後爲序，不大出名者，以此爲榮也。廟中惟備點飯，人家喜事生日多用之。」「文書」係南詞之別稱，寧波一帶流行的彈詞亦稱「四明文書」。紹興稱「平胡調」（一稱「平調」），三人演出，彈弦子的擔任主唱，兼表、白，其他兩人僅以揚琴，二胡伴奏而已。蘇北揚州則稱「弦詞」，樂器與蘇州彈詞相同，單人用三弦說唱，兩人則增用琵琶。揚州弦詞之《珍珠塔》細膩生動，別具淒婉曲折之音。《揚州畫舫錄》記乾隆間揚州繁華勝景即有「工弦詞」藝人王炳文、王建明、顧翰章等；徐珂《清稗類鈔》云：「揚故多說書者，盲婦傖叟，抱五尺檀槽，編輯俚俗傖語，出入富者之家，列兒女嫗媪，歡咳嘲侮，常不下數百人。」可見當時豪門招邀男女說書先生至家中彈唱，爲屋內婦女消閒破悶之熱鬧情景。

婉轉流麗的彈詞雖擁有廣大的聽眾迷，但在以前無字幕等聲光設備下，其流行區也僅限於太湖流域一帶，即江浙接壤的蘇、松、太、杭、嘉、湖（舊稱六府）的城鄉地方，杭州以南，常州以西則難流播，主要原因在於方言的制限。而今互聯網無遠弗屆，優雅細緻的吳儂軟語應當更容易覓得知音。

2. 傳奇藝人王周士

蘇州彈詞初期的代表人物首推乾隆時代的王周士，他是江蘇吳縣人，因頭禿似僧，人喚他「紫鬍鬍」，亦稱「紫禿子」，以說唱《遊龍傳》、《白蛇傳》聞名。乾隆駕臨蘇州，曾招他御前說書，這在當時是莫大的榮寵，潘心伊《書壇話墮》云：「始坐而彈唱，所說係正德帝微服出幸，遇妓佛動心。帝以為諷己，思有以懲之。及說至帝與佛同入羅帳，帝意王若有污耳話者，定不赦。豈知王輕撥三弦，且說且唱曰：『正德帝與佛動心，是雙雙攜手入鸞衾，一宿無話到天明。』一無穢言，帝乃大悅，轉賜王某以七品冠帶。」（載晚清《珊瑚》雜誌）王周士御前殊遇，據多種史料所記確有其事，且王周士還隨駕回京，返蘇州，居家有「御前彈唱」之燈，聲名大振，也因此受到同業的擁護，一七七六年在蘇城宮巷第一天門創立「光裕社」，推動評彈藝術。他不僅是彈詞名家，亦著有藝術理論〈書品〉、〈書忌〉各十四則，〈書品〉是對說書人的正面要求，有些已成為其他曲藝的口訣；〈書忌〉則指摘說書者易犯的毛病以供儆戒，皆多年表演心得之內行話：

> 快而不亂，慢而不斷。放而不寬，收而不短。冷而不顫，熱而不汗。高而不喧，低而不閃。明而不暗，啞而不乾。急而不喘，新而不竄。聞而不倦，貧而不諂。（〈書品〉）
>
> 樂而不歡，哀而不怨。哭而不慘，苦而不酸。接而不貫，扳而不換。指而不看，望而不遠。評而不判，羞而不敢。學而不願，束而不展。坐而不安，惜而不拚。（〈書忌〉）

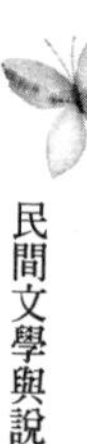

3. 不同時代風貌的「女彈詞」

女子說唱，宋元明代有其人，前章已述及，至於女子彈詞則《三風十愆記》所載常熟丐戶草頭娘爲較早資料。清代舊籍中常提及盲女彈詞，如清初厲鶚〈悼亡姬〉有「悶憑盲女彈詞話」，趙翼亦有〈重遇盲女王三姑賦贈〉詩四首。《紅樓夢》第四十三回敘鳳姐生日，眾人爲她攢金祝壽，「不但有戲，連耍百戲并說書的男女先兒全有，都打點取樂玩耍。」五十四回榮國府慶元宵，「一時歇了戲，便有婆子帶了兩個門下常走的女先生兒進來，放兩張杌子在那一邊命他坐了，將弦子琵琶遞過去」，說的是殘唐五代的才子佳人故事《鳳求鸞》。六十二回寶玉、寶琴、平兒等生日，「兩個女先兒要彈詞上壽，眾人都說：『我們沒人要聽那些野話，你廳上去，說給姨太太解悶兒去罷。』」可見彈詞是一般長日無事的婦女們最喜愛的娛樂，因爲一部彈詞通常要講唱數月半年，她們可藉此消遣永晝長夜，讀多聽久之餘，有文才者不免將自己的幽困、不平與理想全寄託在彈詞裡，於是有了「女彈詞」的創作。

早在明末清初就有「女彈詞」之創作，且蔚爲風氣，如成書於順治八年的陶貞懷《天雨花》，皇皇三十餘卷，自稱「彈詞百本將充棟，此卷新詞迥出塵」，清代曾有人將它與《紅樓夢》並提，稱「南花北夢」。此後直至光緒間，女彈詞之寫作踵繼不絕，名篇輩出，如陳端生、梁德繩先後完成的八十回《再生緣》，侯芝的《金閨傑》、《再造天》、《錦上花》，邱心如《筆生花》、程蕙英《鳳雙飛》等等。[73]洋洋大觀的女作家彈詞，原爲抒發胸中塊壘而非爲演出而作，其藝術思想自有其文學與社會意義，但從說書史角度而言，它們所引發的作用極爲有限，因爲眞正講唱的彈詞藝人鮮少以她們的作品作爲曲本來表演。

前代彈詞女藝人不乏色藝兼具而留名於文士詩文者，但因無專業發展組織，僅靠零星師徒授藝走串城肆村店糊口，而古來男權思想又使女藝人不得入「光裕社」，因此女彈詞之普遍發達，是在清道咸之後，當時帝國主義經濟入侵，造成上海租界的繁榮，富商、豪紳、貴冑攢聚，以色藝傾動觀眾的女彈詞方才勃興起來，王弢（天南遁叟，一八二八～一八九七）《瀛壖雜志》卷五云：

平話始於柳敬亭，然皆鬚眉男子爲之，近時如曹春江、馬如飛皆其矯矯獨出者。道咸以來，始尚女子，珠喉玉貌，脆管么弦，能令聽者魂銷。向時多在土地堂羅神殿，日午宵初，聊爲消遣。

上海靡麗的生活，不久便產生「書寓」式的女彈詞，惜花主人《海上冶遊備覽．女說書》條云：「說書而易男爲女，亦取其易招人聽之故，女而肄業說書，亦取其引人入勝之意。業此者常熟人爲多，所說之書爲《三笑》、《白蛇》、《玉蜻蜓》、《倭袍傳》等類，亦不過十數部而已。目下愈來愈多，北市一帶，各里聚集，竟有三十餘戶焉。」蘇南富饒的常熟較有閒情薰養藝術，所培育出的女彈詞赴滬獻藝，連上海本地女子都難望其項背，王弢《淞濱瑣話》卷十二〈滬上詞場竹枝詞〉敘云：「前時詞嫒，以常熟爲最，其音淒惋，令人神移魄蕩，曲中百計仿之，終不能並駕齊驅也。」袁翔甫作於同治十一年（一八七二）的〈滬北竹枝詞〉是當時遐邇傳誦的名作：「一曲琵琶四座傾，佳人也自號先生；就中誰是超群者，吳素卿同黃愛卿。」並注云：「說書女流，聲價頗高。」這些色藝兼備的女藝人自高身價，所住之處別標「書寓」，可供聽客遊賞，並隨赴酒樓侑

---

⑦③ 有關清代女作家彈詞之內容與思想，詳參車振華《清代說唱文學創作研究》第三、四章，頁七十七～一八八，濟南：齊魯書社，二〇一五。

酒。然而紙醉金迷的夜上海，迫使女彈詞漸失往昔的矜嚴而墮入神女一途，書藝零替到僅能唱一支開篇，接著就大唱較為通俗大眾化的皮黃京劇小調以娛客，而已然無說書能力了。[74]於是蘇州評彈藝人的社團「光裕社」於一九〇六年頒發的〈光裕公所改良章程〉明令「凡同業而與女檔為伍，抑傳授女徒，私行經手生意，察出議罰。」而促使女彈詞一度消失。

4. 上海評彈藝術的新發展

光緒間女彈詞雖告消歇，而上海書場聽眾仍舊是要聽彈詞的，且男說書藝人始終活躍在書場上，對彈詞藝術的發展竭盡心力。至於蘇州彈詞二十世紀能在上海進入鼎盛期，主要來自前輩藝人長年蘊蓄的深厚基底，如清末同光年間的馬如飛（一八五一～一九〇八），書藝、人品皆堪作後世模範，他以彈唱《珍珠塔》享盛名，而有「塔王」之稱，所撰〈道訓〉曉諭藝人自惕，並針砭流俗：「早起莫遲，恐使聲音啞澀；夜眠不晏，須防精氣衰疲。幼而不肯用功夫，老亦終難成事業。……當初遊戲，無益身心；日後饑寒，攸關面目，況且三條弦索，播入四處聲名，一部南詞，容我半生衣食。畢竟清閒事業，瀟灑生涯。……登台以穢語詼諧，先傷雅道；到處則大言狂妄，易惹禍殃。當以克己待人之氣度，兼之勸人為善之心腸，而作稗官玉尺、野史金針。……吾道雖多街談巷曲，亦足力挽頹風。」他創的「馬調」，質樸中有汪洋恣肆之感，非衷氣充沛不為功，經常和俞秀山（嘉慶間人，生卒不詳）的「俞調」並稱，是清末彈詞唱調中的兩大流派。俞調曼衍悠揚，柔婉靜細，「如小兒女綠窗私語，喁喁可聽」，猶如崑曲、京劇中的旦角唱法，是女子彈詞的必學腔調。

一九三〇年代，上海商埠昌隆，隨著商業發展需要，廣播事業陡然興起進而普及，彈詞也進入空中書場，從復甦而臻於鼎盛。在音樂唱腔上，除承繼前人說唱技藝的精華，更廣泛吸收民歌與戲曲之曲調鎔鑄於自身唱調旋律中，從而使蘇州彈詞的音樂更加豐贍，唱腔更形多元，藝人們各自發揮所長，進而形成自己的獨特風格，新的流派異彩紛呈而備受矚目。這一時期最著名的有在馬如飛、俞秀山藝術基礎上發展起來的夏（荷生）調、徐（雲志）調、楊小亭創的「小楊調」和沈儉安、薛筱卿雙檔所創的「沈薛調」及蔣月泉所創的「蔣調」等。

表演形式也在原來的單檔，擴增爲雙檔（二男或一男一女），以及後來的三人檔，內容、形式新穎多姿而頗受觀眾歡迎。夏調結合眞假嗓，既高亢激越，亦可低廻婉轉，夏荷生（一八九九～一九四六）善演單檔，最擅《描金鳳》而有「描王」之稱，《三笑》亦著名。徐雲志（一九〇一～一九七八）十六歲即登台說唱《三笑》，擅演丑角祝枝山，融民歌、戲曲唱腔、小販叫賣聲而創發的徐調，含九種新腔，上海聽眾稱之爲「糯米腔」、「迷魂調」。蔣月泉（一九一七～二〇〇一）則據老藝人周玉泉的調子加工，創出剛勁中又見柔媚的「蔣調」，在近現代彈詞中流傳最廣。此外，蒼涼粗獷的陳（遇乾）調、剛健爽朗的張（鑒庭）調、哀怨低抑的祁（蓮芳）調、高亢悲壯的楊（振雄）調、如泣如慕的徐麗仙「麗調」……皆盡態極妍各逞丰采，在春月秋雨中聞之繞樑不絕。

(四)蘇州彈詞之形式及表演特色

蘇州彈詞的唱篇一般是七字句，有時也用三七或三三七句子，如《秦香蓮・壽堂》一開始即唱「燕子雙雙

---

⑭ 上海女彈詞「書寓」之興衰始末，可參惜花主人《海上冶遊備覽・女說書》條、瘦鶴詞人《遊滬筆記》卷三〈書寓〉條與王弢《淞濱瑣話》卷十二〈滬上詞場竹枝詞〉敘。

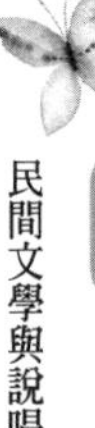

集畫樑，水中交頸兩鴛鴦。深閨只見新人笑，不見舊人啼哭在道旁……」；有名的《珍珠塔》〈哭塔〉「風作塊，雪成團，當時天地黑漫漫」，〈下扶梯〉「行裊裊，態婷婷，一雙主婢下樓坪」，在整齊的七字句中添加三字句，便覺有輕靈錯落之致。有時添加一、二或三個襯字，能使板滯的句式變得活潑生動，如〈新木蘭辭〉開頭：「唧唧機聲日夜忙，木蘭是頻頻嘆息愁緒長」，《王魁負桂英．情探》中如怨如慕的麗調：「梨花落，杏花開，桃花謝，花謝春歸你郎不歸。奴是夢繞長安千百遍，一回歡笑一回悲，終宵哭醒在羅幃……」彈詞加襯的效果，猶如元曲因為有了襯字而平添疏朗自然底韻致。

往昔彈詞印本有時會用兩句詩來開場，如《蜻蜓奇緣》第二回：「萬般造惡淫為首，作事須從正道行。」接著才是主角的唱詞。但也有很多用詞調作開場，如楊慎《二十一史彈詞》每段用【西江月】、【南鄉子】、【臨江仙】；《倭袍傳》第一回用【點絳唇】。正文中的唱詞為新人耳目，也會穿插運用流行的時調和傳統的南北曲，如《珍珠塔》第十回既用【剪剪花】等時曲，也用北曲【鬥鵪鶉】、【混江龍】和南曲【石榴花】、【絳都春】，構成傳奇中南北合套的豐富聲情與跌宕旋律，展現舊日彈詞唱重於說的情形。

而傳統刊本抄本彈詞，按時代先後可劃分為三種：㈠有唱無表無白，㈡有唱有表無白，㈢有唱有表有白。第一種最古老，是彈詞的原始形式，通篇唱到底，如「自從盤古分天地，三皇五帝立乾坤」七字句的純韻文唱本；第三種最晚近，也最進步，有如書場裡老藝人的表演，如《珍珠塔》、《倭袍傳》、《雙珠鳳》等。「表」一般用散文，「白」則散文與典麗的駢文並用，唱詞則純屬韻文。

彈詞在表演時，按時代先後，先有第三人稱的敘事體，而後才出現第一人稱的代言體，現今茶館書場表演的則是敘事、代言兼而有之，即已從小說進而為小說與戲劇之混合了。至於有如押座文性質般的「開篇」，則只有第三人稱敘事體的「唱」，偶而略雜一二句說白而已。具體明白地說，一篇彈詞的構成分三部分：說、表、唱。「說」即說白，包括角色內心的獨白（一稱「私白」）與角色彼此之間的對白，須酷肖生、旦、淨、丑的身分，多採北京語音（南方官話）。「表」是說書人代爲表白，即對第一人稱的說白，用烘雲托月的手法加以襯托、補充和說明，讓觀眾感受角色內心深處種種憂喜、糾結與想望，大都使用蘇州方言。演員成功的秘訣，在於說、表能相互巧妙配合，說起書來方可引人入勝。「唱」即是韻文唱詞，伴著弦樂展現唱功。

彈唱的形式有單檔、雙檔的區別。一人唱說爲單檔，多用三弦；兩人的叫雙檔，陽面用三弦，陰面用琵琶，大抵表、白與生角屬於上手，控制整體說書的節奏，具主導性，旦角則屬下手。後來增加的「三人檔」，第三人坐中間，稱「插邊花」，屬實習性質。彈詞要表演得好，須注意四個條件：說、噱、彈、唱。說是嘴皮子功夫，包括表、白，評彈老藝人在起腳色時，海瑞、華太師一聲長嗽就能將台下觀眾抓緊，使全場立刻凝神諦聽，說功方面，不論靈活生動、妙語如珠的「活口」，或據人物形象發揮而不妄改內容的「方口」，皆須掌握得當，手勢眼神尤須揣摩。「噱」是穿插的笑料，講究「肉裡噱」，出自書中人物本身的科諢，而非硬套上的「外插花」，尤忌低級趣味。「彈」是樂器功夫，自彈自唱尤爲不易；「唱」則天賦之外再加勤練。有關彈詞表演藝術的訣竅與理論，除上述王周士〈書品〉、〈書忌〉外，光裕社著名藝人馬春帆、陳瑞麟亦曾有具體分析，其文云：

> 一情節、二言詞、三歌唱、四弦子，起承轉合多如此，談笑全憑俚鄙詞。（馬春帆【耍孩兒】前半）
>
> 畫石五訣：瘦、皺、漏、透、醜也。不知大小書中亦有五訣：理、味、趣、細、技耳。理者，貫通也；味者，耐思也；趣者，解頤也；細者，典雅也；技者，工夫也。具此五長，人不可及矣。⑮

---

⑮ 陳瑞麟引嘉道之際的彈詞名家陸瑞廷語，刊於《上海生活雜志》四卷二期。

彈詞之所以吸引廣大聽眾，主要由於說表藝術的精湛，因爲它不像戲曲有各門腳色的繽紛裝扮、身段武功、道具佈景等舞美設計可耀人耳目，但它能隨時穿越時空，直透書中人物內心而代其立言，又能隨意跳入跳出，藉以說事理、析世態、闡人情，戲曲雖偶爾以「打背供」方式對觀眾說心裡話，終究不如說書方便。因這特點，說書有其獨立生命，不致爲戲曲所淘汰。若能將書中人物刻畫得維妙維肖，使觀眾油然而生會心的愛悅，耳中泠泠然充盈著敲金戛玉之致，得此藝術化境，人生夫復何憾！

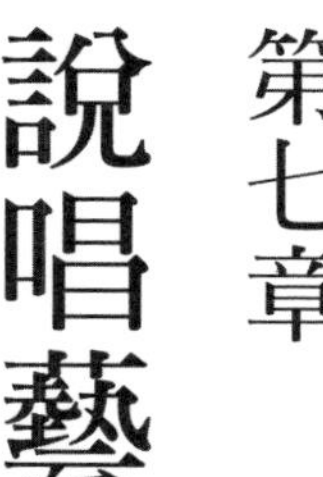

第七章 說唱藝術

一、說唱概說
二、傳統說唱文本舉隅

一、說唱概說

說唱是世界各民族皆有的文化藝術，中國由於幅員遼闊，歷史悠長，隨之孳乳衍生的說唱品類龐雜紛繁，在發展流變的過程中，既有不斷地衰替，亦有傳緜不絕的承繼與創新。如唐代變文，在宋、元、明以來的陶眞、詞話、彈詞、鼓書（詞）、寶卷中皆可見其七言詩讚之承襲蹤跡。而宋代說諢話、合生、商謎一類嘲戲玩諷的表演，也在清代蘊蓄出「相聲」此一尖新滑稽的藝術品種。在歷史洪流中，有些說唱品類因日趨僵化而沒落，卻在數百載之後以嶄新之姿出現在說唱領域中，燈燈遞續著前代的精粹。

◎曲藝．說唱之名義

傳統說唱既是文學更是藝術，目前學界有「講唱文學」、「說唱藝術」、「曲藝」等不同名稱，中國大陸習慣以「曲藝」作爲各種說唱藝術的統稱。至於「說唱」與「曲藝」這兩個名稱是否完全同義？何者更爲確當？學界看法不一，茲就其歷史淵源與名義略作考釋以明其原委。

(一)曲藝

「曲藝」一詞，最早出現於《禮記．文王世子》論鄉郊學校之考校方式：

凡語於郊者，必取賢斂才焉，或以德進，或以事舉，或以言揚。曲藝皆誓之，以待又語。三而一有焉，乃進其等，以其序，謂之郊人，遠之。

篇中提及教育選錄人才「取賢斂才」的標準，分別爲德行方正、通達律法、擅長言語，如此賢才方能經緯天下，化民成俗。至於「曲藝」則不堪大用，須令謹習其事以備他日考核。何謂「曲藝」？鄭玄注說：「爲小技能也。」孔穎達疏云：「曲藝謂小小技術，若醫卜之屬也。」這類技職人才，在傳統士大夫觀念裡，被稱爲「郊人」而遭疏遠，鄭玄說：「不曰俊選，曰郊人，賤技藝」①，因此「曲藝」之「曲」，應唸陰平聲，係曲折隱僻、狹小不直之義，曲藝最初的本義指的是各種實用技能，且含輕蔑之貶意，與說唱表演藝術無關。

迨至唐代，「曲藝」的義涵逐漸產生若干衍化，如貞元十年（七九四）元稹所作五言排律詩〈代曲江老人百韻〉，藉曲江老人之口嘆長安盛衰變化，在「老農羞荷鍤，貪賈學垂紳」的奢華歲月裡，「曲藝爭工巧，雕機變組紃」，各種能工巧匠競獻珍異，此時的「曲藝」，仍指各類工藝技能。而到了晚唐段成式的《酉陽雜俎》原是「多詭怪不經之談，荒渺無稽之處」，該書前集卷五〈詭習〉篇所記的「曲藝」內容，不再龐雜地泛指各種工藝，而有了漸趨專指的傾向：

張芬曾爲韋南康親隨行軍，曲藝過人。力舉七尺碑，定雙輪水磑。常於福感寺趯鞠，高及半塔，彈力五斗。常揀向陽巨筍，織竹籠之，隨長旋培，常留寸許，度竹籠高四尺，然後放長。秋深方去籠伐之，一尺十節，其色如金，用成弓（一作彈弓）焉。每塗墻方丈，彈成「天下太平」字，字體端嚴，如

---

① 孔穎達正義亦云：「謂之郊人者，雖有次序而待職缺，當擬補之，若國子學士，未官之前俱爲俊選；而以小才技藝者，未官之前而不得同爲俊選，但名曰郊人者，言其猶在郊學也。遠之者，所以謂爲郊人者，是疏遠之故也。」

人模成焉。

張芬擅長的「曲藝」包括舉碑、定磨、蹴鞠、製彈竹弓等力士舉重與競技類功夫，是古代角觝百戲一類的雜技藝術。清初李漁作於康熙十年（一六七四）的《春及堂詩．跋》云：「予之得播虛名，由昔徂今，爲王公大人所拂拭者，人謂自嘲風嘯月之曲藝始，不知實自采芹入泮之初，受知於登高一人之說項始。」李漁將吟風詠月的詩詞、戲曲稱爲「曲藝」，與碩學鴻儒將文藝創作視爲小道末技的傳統觀念有關。而彭士望（一六一〇～一六八三）的〈九牛壩觀觝戲記〉則又承繼《酉陽雜俎》觀點，將驚險萬端的角觝戲雜技功夫視爲「曲藝」，其文云：

> 戊午閏月除日，有爲角觝之戲者，……方登場時，觀者見其險，咸爲之股慄，毛髮豎，目眩暈，惴惴惟恐其傾墜。……舉天下之至險阻者皆爲簡易。夫曲藝則亦有然者矣。

奇險而細小的技術自有其用志不紛的內在哲理，「曲藝」一詞也逐漸縮小其指涉之範疇，專指具有表演特性的技藝，如清嘉慶時繆艮（一七六六～一八三五）《文章游戲》嘗引趙古農〈鑼鼓三傳〉並評云：

> 野史氏曰：嗚呼！三豈古師曠之流亞歟？吾聞師曠無目，三亦無目，是皆盲於目而不盲於心耶！然曠以審音擅千古之奇，而三以斯技誇一時之巧，誰謂古今人不相及也。如三者，固亦曲藝中之絕無僅有者乎！
>
> 繆蓮仙曰：予向見鑼鼓三奏其技，嘗嘆曰：技近乎道矣！今巢阿曲曲傳出，宛在目前。方寶池云：

熟極生巧，曲藝且然，況聖人之道乎，洵哉！

將「曲藝」與聖人之道對舉，仍舊承襲古來說法，認爲它僅屬細小技能，而此處指鑼鼓三的音樂演奏技術，也使「曲藝」由各種實用技能的泛稱，限縮爲具有表演性技藝的專稱。

民國初年「曲藝」的義涵進一步具體化地用來指說唱與雜技兩個表演藝術門類，或單指說唱。當時的報刊、廣告常將「什樣雜耍」等民間技藝同樣統稱爲「曲藝」。②一九四六年，第一個以「曲藝」命名的「北平曲藝公會」成立，原名「北京鼓曲長春職業公會」，是說唱藝人的行會組織。而「曲藝」一詞，長期以來皆兼賅說唱與雜技兩類，如一九四九年七月「中華全國曲藝改進會籌備委員會」成立於北京，負責組織和協調全國說唱的改進工作，而許多雜技活動也習慣性地由該籌委會負責聯繫。直到一九五三年九月「中國曲藝研究會」成立，曲藝才徹底與雜技等分家，由官方到民間，獨立成爲以口頭語言進行「說唱」表演的藝術形式的統稱。③

(二)說唱

「說唱」一詞作爲表演藝術，較早見於南宋耐得翁《都城紀勝·瓦舍眾伎》，其文提及「諸宮調本京師孔

② 據著名京韻大鼓演員孫書筠回憶，一九三八年前後，她在天津「慶雲」（雜耍園子）演出，除京韻大鼓、梅花大鼓、靠山調、唐山大鼓、單弦、相聲外，還有陳亞南、陳亞華的魔術，宋少臣、宋慧伶的毽子，王雨田的飛叉，王桂英的空竹等雜技表演。見孫書筠口述、包澄絜整理《藝海沉浮》頁三十~三十一，北京：中國曲藝出版社，一九八六。

③ 參戴宏森〈試探「曲藝」的定名〉，載《曲藝藝術論叢》第七輯頁三十一~三十六，北京：中國曲藝出版社，一九八六。

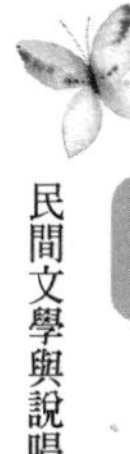

三傳編撰傳奇靈怪，入曲說唱。」其後吳自牧《夢粱錄》卷二十〈妓樂〉條云：

說唱諸宮調，昨汴京有孔三傳編成傳奇靈怪，入曲說唱，今杭城有女流熊保保及後輩女童皆效此，說唱亦精，于上鼓板無二也。

諸宮調是說書的一種品類，此處多次使用「說唱」一詞，確知「說唱」最能彰顯諸宮調一類在說書、演唱時韻散相間的基本特徵。長篇講史小說《水滸傳》雖於明代中葉才出現定本，然書中所敘生活、風俗多屬宋元社會之眞實記錄，如第五十一回「插翅虎枷打白秀英」中，職業女藝人白秀英「在勾欄裡說唱『諸般品調』」，表演的即是諸宮調《豫章城雙漸趕蘇卿》，她「說了開話又唱，唱了又說，合棚價喝采不絕。」而金代董解元《西廂記諸宮調》書首的仙呂調【風吹荷葉】引辭：「打拍不知箇高下，誰曾慣對人唱他說他？好弱高低且按捺，話兒不是朴刀桿棒，長槍大馬。」同樣點出「說唱」的表演特徵。

元雜劇《風雨像生貨郎旦》第四折，副旦張三姑做排場說：「我如今的說唱是單題著河南府一樁奇事。」又敘此腳本來源是「張憋古那老的爲俺這一家兒這一樁事，編成二十四回說唱。」足見搖著蛇皮鼓的貨郎兒民間伎藝亦以「說」、「唱」爲主。元代中葉理學家胡祇遹著名的「九美說」，開頭即點出「女樂之百伎，惟唱說焉。……七、一唱一說，輕重疾徐，中節合度。……」關注的視角仍以「唱」、「說」等口頭伎藝爲評騭標準。④

到了明代，「說唱」一詞使用得更爲廣泛，如一九六七年上海嘉定縣出土的明代成化刊本十六種詞話，十六本中有十四本在扉頁題目上皆明顯標出「說唱」二字，舊籍文獻提及此類說唱詞話，偶爾強調其伴奏樂器而作「彈唱」，如彈唱《三國志》、《水滸傳》、《花關索》等平話、詞話。⑤明萬曆間臧晉叔《負苞堂文集》卷三〈彈詞小紀〉云：

> 若有彈詞，多瞽者以小鼓、拍板說唱於九衢三市。

《四部叢刊》景明刊本《酉陽雜俎》首趙琦美〈序〉云：

> 吳中廛市鬧處，輒有書籍列入簷部下，謂之書攤子。所鬻者悉小說、門事、唱本之類。所謂「門事」，皆閨中兒女子之所唱說也。⑥

凌濛初《譚曲雜劄》云：

> 元曲源流，古樂府之體，故方言成語沓而成章……一變而爲詩餘集句……忽又變而「文詞說唱」，胡謅蓮花落……無一不備矣。

---

④有關胡衹遹「九美說」內容，詳本書「承前啓後的元明說書」頁二三二～二三三。

⑤詳參本書談宋元明說書「『詞話』的出現與內容」一節，頁二二〇～二二三。

⑥葉德均認爲「門事」一詞無可解釋，係「門詞」之音誤，因沿門說唱而得名，清代杭州又稱「排門兒」，見《戲曲小說叢考》頁六七三，北京：中華書局，一九七九。

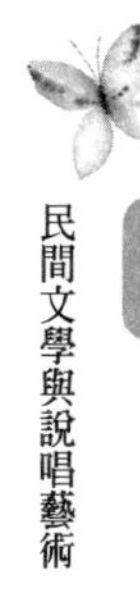

清代郭麟《樗園消夏錄》卷上介紹「南詞」時亦云：

> 南詞說唱古今書籍，編七字句，坐中開口彈弦子，打横者佐以洋琴。

由此可見，自宋以降無論諸宮調、詞話、彈詞、門詞、文詞、南詞、鼓詞……等皆習慣以「說唱」來形容此種與戲曲代言體（第一人稱）相對的敘事體（第三人稱）表演藝術。甚至到了現代，「說唱」依然被廣泛地使用著，如「上海說唱」、「晉北說唱道情」、「寧夏說唱」、台灣的「大廣絃說唱」、福建的「月琴說唱」與「荷葉說唱」等，少數民族亦多有以此命名者，如「維吾爾族說唱」、藏族的《格薩爾王傳》說唱、熱巴說唱，侗族的「牛腿琴說唱」……在在顯示「說唱」此一名稱之切合實際而具特色，因而在學術領域裡，一般音樂學科與戲曲學科皆沿用「說唱」一詞，而非「曲藝」。

況且「說唱」的範疇、外延較「曲藝」廣大，不僅包括有音樂性的歌唱、說唱、韻誦等表演藝術，連只說不唱的評書、評話、相聲（偶而有唱）亦涵納其中；而目前「曲藝」被視爲一種專業性的舞台表演藝術，與千百年來村郭野圃（店）自發、業餘而民間性極強的說唱表演風格不甚相契。質實而言，就命名歷史來看，「曲藝」一詞自漢代出現時，千百年來皆隱含貶意，且與說唱表演無直接關係，即便到了清代連結上表演藝術，將「曲」唸成上聲，然就訓詁而言，只說不唱的評話類表演似難納入「曲藝」範疇中。又「曲藝」發展至民國，其義涵依然與雜技表演糾葛難分，客觀而言，「曲藝」總不如「說唱」一詞來得平實而明白。

◎說唱之分類

由於語言、民俗和文化傳統的不同，當代中國的說唱藝術品類高達數百種。若從古代說書源頭來看，則可簡單分爲三個系統：

㈠純粹說書：宋講史、元明評話、清代及現在的評書、評話（說大書）。

㈡講唱兼用：唐變文俗講、宋元小說、元明詞話、諸宮調、明清及現代的鼓詞、彈詞（說小書）。

㈢純粹唱的敘事歌曲：小型鼓詞、子弟書、大鼓書、快書、木魚書等（但它們中間也略有若干說白）⑦

然而若實際作普查田調，則發現四方語言殊異，民情風俗與文化積累亦各自有別，所蘊蓄出的說唱藝術品類遠比想像中來得豐贍而複雜。據一九八三年出版的《中國大百科全書》統計：「現在流傳的曲藝曲種，根據一九八二年的調查，初步統計爲三百四十一種。其中漢族的曲藝曲種，按其主要的藝術風格可以大致分爲評話、鼓曲、快板、相聲四大類。少數民族的曲藝曲種，由於各具不同的民族特色和歷史源流，還難於分類。」⑧二十年後，隨著方志、集成與相關工具書編纂工作的開展，各地包括少數民族說唱品種的調查與辨識有了進一步深化的研究，扣除少量消亡與新生，可確認的說唱藝術在五百種以上。⑨

⑦參《陳汝衡曲藝文選》頁十六～十七，北京：中國曲藝出版社，一九八五。

⑧見《中國大百科全書．戲曲、曲藝》「曲藝曲種」條，頁三二一，北京：中國大百科全書出版社，一九八三。

⑨見姜昆、戴宏森主編《中國曲藝概論》第二章「曲藝的品種類別」，頁三十七，北京：人民文學出版社，二〇〇五。

面對如是龐雜的說唱品種，要作出系統分類洵非易事。分類大致有四種，第一種按美學特徵作分類，如張軍、郭學東的《山東曲藝史》認爲：「曲藝是以口語爲主要媒介，結合音樂、表演、舞蹈等藝術手段，形成的說書、唱曲、諧謔爲主的三大類美學特徵各異的中國民間說唱藝術叢。」⑩如此分法看似鮮明易懂，但三類中的前兩類出現交集情形，即說書中有許多是既說且唱的，如鼓詞、彈詞、寶卷……等既可歸「說書」，又可歸「唱曲」類，如此分類不妥。第二種按藝術形式作分類，如一九六〇年出版的《鼓曲研究》⑪先分說故事、說笑話、韻誦、鼓曲四大類，鼓曲中又分大鼓、漁鼓、彈詞、琴書、牌子曲、雜曲、走唱七小類；大小類相合，共得出評書評話、快書快板、相聲、大鼓、彈詞、牌子曲、琴書、道情、雜曲、走唱等十類，此說雖較具體，但分類基準不統一，小類設置亦未盡周全。一般按說唱型態可分說、唱、既說且唱、似說似唱等四類，較爲簡單。第三類一九八三年大百科全書大致按說唱型態分評話、鼓曲、快板、相聲四大類，以此原則劃分雖無舛誤，但類別設置卻出現重疊與不夠精確之處，如有音樂伴奏的唱與既說且唱類如彈詞、小曲並非全是擊鼓說唱，而有些吟誦類的節奏並不快，不宜歸入「快板」類。第四類爲一九九八年羅揚編《當代中國曲藝》⑫時，與編著群多方商議，將此四類調整爲：評書評話、鼓曲唱曲、相聲滑稽、快書快板。如此表述雖較進步，但類名仍嫌疊床架屋且未盡準確，如只說不唱的未必盡屬評書評話類，而似說似唱、突出節奏感的也未必盡是快板類，且唱曲類並非全以鼓伴奏，而相聲原是包括在滑稽類之內。

有鑑於各種分類龐雜，姜昆、戴宏森嘗試按說唱藝術的話語形態，將全國說唱分爲散說、敘唱、滑稽、韻誦四大類，頗可參酌，其說大致爲：

第一、**散說類**

一人敘事，只說不唱，時而爲書中人物代言，一人多角，跳進跳出，夾敘夾評，偶爾插入一些韻誦體的

「詩賦贊」以爲點綴。散說的評書以北方評書爲大宗，各地方言有四川評書、湖北評書、山東評詞、河南評詞等。活躍於南方的評話有揚州、蘇州、福州、杭州等評話。少數民族之散說體說書有朝鮮族之說話、維吾爾族之買達、侗族之剛君。

第二、敘唱類

包括既說且唱與只說不唱者，此類數量最多，占總數百分之八十以上。此類較爲龐雜，每種按不同特徵可歸入不同類別，較難用某一基準作分類，僅能按其標誌性特徵分成若干群屬：鼓曲（如京韻大鼓、梅花大鼓、溫州鼓詞……）、弦子書（如河南墜子……）、牌子曲（山東八角鼓、四川清音、福建南音……）、彈詞（蘇州彈詞、揚州弦詞、廣東木魚書……）、小曲（天津時調、粵謳、維吾爾族的庫夏克……）、攤簧（或作灘黃，蘇州攤簧……）、琴書（山東琴書、四川揚琴）、鑼鼓書（上海鑼鼓書、廣東龍舟歌……）、蓮花落（十不閒蓮花落、山東落子、紹興蓮花落、溫州蓮花、廣西零零落……）、道情（晉北道情、湖南道情、安徽漁鼓、四川竹琴……）、寶卷善書（湖北善書、四川善書、雲南聖諭……）、踏歌走唱（二人轉、鳳陽花鼓、秧歌、連廂……）、民俗禮儀說唱（廣西唱春牛、東北單鼓、湖北鼓盆歌……）、戲曲說唱（粵曲、荷葉、鄉曲說唱……）、指畫說唱（拉大片、藏族喇嘛瑪尼……）、史詩說唱（藏族《格薩爾》、蒙古族烏力格爾、彝族

---

⑩ 見張軍、郭學東《山東曲藝史》頁八～九，濟南：山東文藝出版社，一九九七。

⑪《鼓曲研究》，王尊三、王亞平、白鳳鳴、王決、沈彭年集體討論，沈彭年執筆，北京：作家出版社，一九六〇。

⑫ 羅揚主編《當代中國曲藝》，北京：當代中國出版社，一九九八。

梅葛……）

第三、滑稽類

以言語滑稽為其藝術特徵，或獨白，或歌唱，述人敘事幽默諷刺，如北方的相聲、雙簧，江南的獨腳戲（滑稽）、四川的諧劇、相書。蒙古族的笑嗑亞熱、朝鮮族的漫談、才談、三老人、藏語相聲、侗語相聲……。

第四、韻誦類

以押韻的誦說為特徵，有節奏、有韻律的似說似唱、半說半唱。板誦體的特點是演員打板擊節數唱，語言節奏快而明朗，一板一眼，有時用垛句、重疊句加強語意，烘托氣氛。如北京的數來寶、天津快板、山東快書。吟誦體則以字帶聲，拖腔拉韻，如四川金錢板、太平歌詞、蒙古好來寶……。⑬

綜上所述，我國幅員廣袤，各地說唱淵源遙深，實在說之不盡，蒐訪難周，茲舉犖犖大者，附其曲白錄列如后。

二、傳統說唱文本舉隅

◎京韻大鼓〈大西廂〉

二八的那位俏佳人懶梳妝，崔鶯鶯得了這麼點的病，躺在了牙床。躺在了床上，她是半斜半臥，您說這位姑娘，乜斝斝又嘚兒悶悠悠，茶不思、飯不想，孤孤單單冷冷清清困困勞勞淒淒涼涼，獨自一個人兒悶坐香閨低頭不語默默無言腰兒瘦損，乜斜著她的杏眼，手兒托著她的腮幫。您要問這位姑娘她得的本是什麼樣兒的病？忽然間我就想起秀士張郎。我可想張生，想得我呀一天也吃不下去半碗飯，兩天喝不下去一碗湯。湯不湯來呀哪是奴家我的飯，您瞧餓得我前心貼在了後腔。你們誰見過，十七八歲的大姑娘走道兒拄著拐棍兒，這個姑娘，要離了拐棍兒，手兒就得扶牆。強打著我的精神哪走了兩步，哎喲可不好了！大紅緞子繡花兒鞋，底兒怎麼就會當了幫。

我低言悄語呀就把我的紅娘叫，這個小丫環兒就答應了一聲，走進了繡房。喲我說我的姑娘，您老人家喝點兒酒吧？再不然可是用飯？您要是不愛吃烙餅啊，我給您吶做上一碗湯。您要是愛吃酸的，給您吶多多地加上點子醋，要愛吃辣的咱們多切薑。哎喲我的姑娘！您要嫌咱們家的廚師傅做的菜不大怎麼得味兒，小丫環兒我呀，挽挽袖子，繫上了圍裙我下趟廚房。我給姑娘您吶做上一碗甜滋滋兒、辣絲絲兒、酸不嘰兒、又不鹹又不淡，八寶兒一碗油酥菜，端在了繡房哎喲我的姑娘您吶嘗嘗。這位鶯鶯說啦，你要講究那些吃的喝的穿的戴的、使的用的玩兒的樂的、捅的摸的引的逗的、瞧的看的耍的笑的，姑娘我全都不愛！我的這個傻丫頭！我命你去到西廂，給我聘請那位張郎。說是咱們娘兒們請他呀，一不打饑荒，二不跟他借上一票當，借他的筆墨和硯瓦開個藥方。他要問姑娘我得的本是什麼樣兒的病，可你就跟他說了吧，白天我受了一點兒暑哇，夜晚就著了一點兒涼。……到後來在十里亭上餞別，哭壞了那位鶯鶯啊，這不嘆壞了小紅娘。

---

⑬ 詳參姜昆、戴宏森主編《中國曲藝概論》頁三十八～四十三。

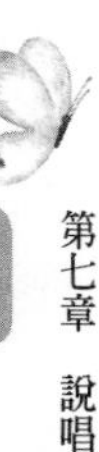

◎西河大鼓〈玲瓏塔〉

高高山上一老僧，身穿衲頭幾千層，您若問老僧他的年高邁，曾記得黃河九澄清，五百年前清一澄，一共是四千五百冬，老僧教了八個徒弟，八個弟子都有法名。他們叫什麼名字，你知道嗎？大徒弟他叫什麼？大徒弟名叫青頭愣。二徒弟叫什麼？二徒弟名叫愣頭青。三徒弟？乾脆我一塊兒說出來的了。三徒弟名叫僧三點兒；四徒弟名叫點兒三僧，五徒弟名叫蹦葫蘆把，六徒弟名叫把葫蘆蹦，七徒弟名叫風隨倒，八徒弟名叫倒隨風。老師父教給他們八宗藝，八仙過海，各顯其能；青頭楞他會什麼？青頭愣他會打磬。愣頭青？會撞鐘。僧三點兒？會吹管。點兒三僧？會捧笙。蹦葫蘆把？會打鼓。把葫蘆蹦？會念經。風隨倒？會掃地。倒隨風？他會點燈。老師父叫他們換一換。要想換過來不可能！師父要你們換就換。要想換過來是萬不能。老師傅一聽有了氣，是要打徒弟整八名。眼看著八個徒弟要挨打，從外邊來了五位雲遊僧，五位僧人把情講，罰他們後面去數塔玲瓏。玲瓏寶塔，十三層，一去數單層，回來數雙層，誰要是數的過來玲瓏塔，誰就是那個大師兄，誰要是數不過來玲瓏塔，就叫他夜間罰跪到天明。

玲瓏塔，塔玲瓏，玲瓏寶塔第一層。一張高桌四條腿，一個和尚一本經，一個鐃鈸一口磬，一個木魚一盞燈。一個金鈴，整四兩，風兒一刮響嘩愣。玲瓏塔，塔玲瓏，玲瓏寶塔第三層。三張高桌十二條腿，三個和尚三本經，三個鐃鈸三口磬，三個木魚三盞燈。三個金鈴，十二兩，風兒一刮響嘩愣。……玲瓏塔，塔玲瓏，玲瓏寶塔到頂十三層，十三張高桌五十二條腿，十三個和尚十三本經，十三個鐃鈸十三口磬，十三個木魚十三盞燈，十三個金鈴五十二兩，風兒一刮響嘩楞。玲瓏塔，塔玲瓏，玲瓏寶塔往回數那個十二層，十二張高桌四十八條腿，十二個和尚十二本經，十二個鐃鈸十二口磬，十二個木魚兒一十二盞燈，十二個金鈴，四十八兩，風兒一刮響嘩楞。玲瓏塔，塔玲瓏，玲瓏寶塔第十層……玲瓏塔，塔玲瓏，玲瓏寶塔第二層，兩張高桌八條腿，兩個和尚兩本經，兩個鐃鈸兩口磬，兩個木魚兩盞燈，兩個金鈴整八兩，風兒一刮響嘩楞。僧人數罷了玲瓏塔，抬頭看，滿天星。地上看，有個坑。坑裡看，凍著冰。冰上看，有棵松。松上看，落著鷹。屋裡看，一老僧。僧前看，有本經。經前看，點著燈。牆上看，釘著釘。釘上看，掛著弓。看著看著，迷了眼，西北乾天，颳大風。說大風好大風，颳散了滿天星。颳平了地上坑。颳化了坑裡冰。颳倒了冰上松。颳飛了松上鷹。颳走了一老僧。颳翻了僧前經。颳滅了經前燈。颳掉了牆上釘。颳崩了釘上弓。霎時間，只颳得，星散、坑平、冰化、松倒、鷹飛、僧走、經翻、燈滅、釘掉、弓崩，一段繞口令。

◎八角鼓 岔曲〈風雨歸舟〉

卸職入深山，隱雲峰受享清閒。悶來時撫琴飲酒山崖以前。忽見那西北乾天風雷起，烏雲滾滾黑漫漫。命童兒收拾瑤琴，至草亭間。忽然風雨驟，遍野起雲煙。吧嗒嗒的冰雹就把那山花兒打，咕嚕嚕的沉雷震山川。風吹角鈴噹啷啷地響，唰啦啦啦大雨似湧泉。山窪積水滿，澗下似深潭。霎時間雨住風兒寒，天晴雨過，風消雲散，急忙忙，駕小船，登舟離岸至河間。抬頭看，望東南，雲走山頭碧亮亮的天。長虹倒掛在天邊外，碧綠綠的荷葉襯紅蓮。打上來那滴溜溜的金絲鯉，唰啦啦啦放下了釣魚竿。搖槳船攏岸，棄舟至山前。喚童兒放花籃，收拾蓑衣和魚竿。一半魚兒就在鹵水煮，一半到那長街換酒錢。

◎竹板快書〈武松打虎〉

當哩個當，當哩個當，當哩個當哩個當哩個當！閒言碎語不要講，表一表好漢武二郎。那武松學拳到過少林寺，功夫練到八年上。回家去時大鬧了東嶽廟，李家的五個惡霸被他傷。在家打死李家五虎那惡霸，好漢武松難打官司奔了外鄉。在外流浪一年整，一心想回家去探望。手裡拿著一條哨棒，包袱背到肩膀上。順著大道往前走，眼前來到一村莊。謔，村頭上有一個小酒館，風颳酒幌亂晃蕩。這邊寫著三家醉，那邊寫著拆壇香。這邊看立著個大牌子，上寫著：「三碗不過岡」！

「啊？什麼叫『三碗不過岡』噢，小小的酒家說話狂。我武松生來愛喝酒，我到裡邊把這好酒嘗。」好漢武松往裡走，照著裡邊一打量：有張桌子窗前放，兩把椅子列兩旁。照著那邊留神看，一拉溜的淨酒缸。這武松，把包袱放到桌子上，又把哨棒立靠牆：「酒家，拿酒來。酒家，拿酒來。酒家，拿酒來。」連喊三聲沒人來搭腔。這個時候買賣少，掌櫃的就在後邊忙。有一個小夥計還不在，肚子疼拉稀上了茅房啦。這武松連喊三聲沒人來搭話，把桌子一拍開了腔：「酒家，拿酒來」喲，大喊一聲不要緊，我的娘！直震得房子亂晃蕩，嘩嘩啦啦直掉土，只震得那酒缸嗡隆嗡隆的震耳旁。酒家出來留神看：什麼動靜？啊，好傢伙，這個大個咋長這麼長！他看武松身子高大一丈二，膀子紮開有力量，腦袋瓜子賽柳斗，倆眼一瞪像鈴鐺。胳膊好像房上檁，皮槌一攥像鐵夯，巴掌一伸簸箕大，手指頭撥撥楞楞棒槌長！「喲，好漢爺，吃什麼酒？要什麼菜？吩咐下來我辦快當！要喝酒，有壯元紅，葡萄露，還有一種是燒黃，還有一種出門倒，還有一種透瓶香；要吃菜，有牛肉，咱的牛肉味道強；要吃乾的有大餅，要喝稀的有麵湯……」「切五斤牛肉，多拿好酒，酒越多越好」「是」這酒家牛肉切了五斤整，兩碗好酒忙擺上，這武松，端起一碗喝了個淨，「嗯，好酒」端起那碗喝了個光：「嗯，好酒，酒家，拿酒來！」「好漢爺，吃飯吧，要喝稀的有麵湯。」「拿酒來」「酒不能再喝啦。我們門口有牌子，寫得明白，三碗不過崗」「什麼意思？」「哎，哦，前邊有個景陽岡。再大的酒量，喝完三碗酒，就醉倒景陽岡下啦。這就叫三碗不過岡」……「我喝了多少？」「你喝了前兩碗，後兩碗，左兩碗，右兩碗，歸攏包堆，一共總共十八碗。」「上身不搖」「你是能飲」「下身不晃」「哎，你是海量！」「三碗不過岡的牌子怎麼樣？」「這不拿下來了，再也不敢掛了」「誒，牌子照掛。我是能飲。算帳！」「算好了，不多不少，三錢銀子。」武松付完了酒帳，把包袱繫好，肩架上一背，哨棒一拿：「酒家，再會！」武松邁步剛要走，酒家過來拽衣裳：「好漢爺，哪裡去？」「今天要過景陽岡。」十八碗酒還能不能醉倒景陽岡上。「好漢爺，景陽岡上走不得啦」武松聞聽悶得慌：「爲什麼景陽岡上不能走？」「好漢爺爺聽我講：景陽岡，出猛虎，老虎它是獸中王，行人路過它吃掉，剩下的骨頭扔道旁。自從出了這只虎」，……「噢，你看著我這個酒量大，你看著我的飯量強；叫我住到你這裡，因爲多賺我的好銀兩。」「你這叫什麼話呢？俺好言好語對你講，你怎麼惡言冷語把俺傷。你願意走，你就走唄，我管你喂虎你喂狼啊！」「呵呵，酒家，我有本領，我有哨棒，我遇見猛虎跟它幹一場！我要是能把虎除掉，給這方百姓除災殃。」「哎，那更好啦。」「再會！」「哎，咋著，你眞走哇？」

這武松一股勁走了三里地，覺摸著身上熱得慌！「敞開懷再走。」武松這邊留神看，有棵大樹在路旁。樹皮刮了一大塊，字字行行寫樹上。武松近前念了一遍：「咳，跟酒家說的一個樣。」……山背後，「哞」躥出了猛虎獸中王這隻虎，「哞」的一聲不要緊，只震得樹梢樹枝亂晃蕩！驚起了武松，順著聲音看：「什麼動靜？」好傢伙！這只猛虎眞不瓤：這只虎，高著直過六尺半；長著八尺還硬棒；前躥八尺驚人膽；後坐一丈令人忙；身上的花紋一道挨一道，一道黑來一道黃；血盆口一張簸箕大；倆眼一瞪像茶缸；腦門子上有個字，三

橫一豎就唸王。武松一看眞有虎，一身冷汗濕衣裳。「刦」十八碗酒順著汗毛眼兒都出來了。武松一看老虎出來了，老虎一看見武松呢，咦，本心眼裡喜得慌。老虎想：「這個傢伙個不小，兩頓我還吃不光哩。」它兩頓吃不了，這人受得了啊？老虎一見心歡喜，「悶兒」的一聲，直奔好漢武二郎！這武松急忙閃身躲一旁。好漢武松躲過去，老虎撲到地當央。老虎一撲沒有撲著人兒，老虎心裡暗思量：「咳咳！這人哪，我每天吃，沒有費過這麼大勁啊，今天爲的哪一樁？」是啊，每天那人看見老虎就嚇酥啦，把臉一捂叫了娘啦。老虎過去吃得更得勁哪，掐著脖子，嗚啊嗚啊吃得香。老虎還只當平常人兒哪！哪知道來了個武二郎。好漢武松躲過去，就看老虎的腰，「嗚」的一聲往上揚。啪的一聲打過來，武松急忙躲一旁。嘎巴，這只虎胯拉沒有打著武老二，這個老虎腰一塌，「悶兒」的一聲，把尾巴一擰像桿槍，兜著地皮往上掃，又奔好漢武二郎！武松往上猛一躥，躥出去八尺還不瓤。這只虎一撲沒有撲著武老二，胯韃沒把武松傷，尾巴也沒掃著武松他，老虎心裡著了忙啦。老虎一想，啊，壞啦，要費事啊，要麻煩啊。武松雖說不害怕，心裡也是有點慌！抄起了哨棒他就打，忘記了個子高來胳膊長，就聽卡嚓一聲響，哨棒擔到樹杈上，嘎紮一聲擔斷了，手裡還剩尺把長，武松氣得猛一扔：「喲，不叫你慌，你偏慌！」不叫慌，由不得自己了。這只虎三下沒有捉住武老二，只聽得嘎紮一聲響耳旁。老虎一想，怎麼的？要揍我呀！我吃不了他，他揍了我，我多不上算哪。老虎往前猛一蹦，大轉身又奔好漢武二郎。武松一看，這回來得更是猛，心想再躲恐怕被它傷。這武松急中生智往後退，噔噔噔噔退出了十餘步，老虎撲到地當央。離武松還有尺把遠，武松一見喜得慌。巴不得前忙摁住，兩隻手掐住虎脖腔，兩膀用上千斤力：「呔！」把老虎摁到地當央。

老虎一撲沒有撲著人兒，覺得上邊壓得慌：哎！怎麼還往下壓呀？這這這，這多彆扭啊，這。老虎沒有吃過這個虧啊，老虎不幹啦。老虎前爪一摁地。老虎說：我不幹啦。武松說：你不幹可不行啊。老虎說：我得起來呀！武松說：你再將就一會兒吧！老虎說：我不好受哇！武松說：你好受我就完啦！老虎往上起了三起；武松往下摁了三摁。他們倆個勁頭也不知有多大，這只虎前爪入地半尺還不觔。武松想：它往上起，我往下摁，時間大了我沒勁啦，我還得喂老虎啊。武松想到這，左膀猛得一使勁，騰出了右膀用力量，照著老虎脊樑上，惡狠狠地皮錘夯：「啊——嘿！」老虎也動不了啦，直掙歪，只覺著後脊樑骨酸不溜的一陣兒，老虎可沒嘗過這個滋味啊。老虎可更不幹啦。悶兒悶兒的直叫。就聽得那個聲音讓人慘得慌。武松把拳頭攥得緊緊得，「啊——嘿！」「悶」「啊——嘿！」「悶」「啊——嘿！」「悶」打完了三下又摁住，抬起腳，奔奔奔兒，直踢老虎的面門上。拳打腳踢這一陣，這只虎鼻子眼裡淌血漿。武松打死一隻虎，留下美名天下揚。

◎蘇州閒話〈北風搭太陽〉

有一轉北風搭太陽恰恰勒浪爭論啥人葛本事大，講勒講來仔一葛走路葛人，身浪著仔一件厚襪。俚篤兩家頭就商量好仔說，啥人能先叫葛葛走路葛人脫脫俚葛襪啊？就算啥人葛本事大。好！北風就用起仔勁來儘管吹、僅管吹。落哩曉得俚吹得越厲害，歸葛人就拿襪裹得越緊；到後來北風嘸不法子，只好就算哉。一歇歇太陽就出來刮喇喇一晒，葛葛走路葛人馬上就拿襪脫仔下來。所以北風勿能勿承認，到底還是太陽比俚本事大。

◎蘇州彈詞

(一)〈宮怨〉(俞調)

西宮夜靜百花香，欲捲珠簾春恨長。貴妃獨坐沉香榻，高燒紅燭候明皇。高力士，啓娘娘，今宵萬歲幸昭陽。娘娘聽說添愁悶，懶洋洋自去卸宮妝。將身靠在龍床上，短嘆長吁淚兩行。衾兒冷，枕兒涼，見一輪明月上宮牆。勸世人切莫把君王伴，伴駕如同伴虎狼。君王原是個薄情郎，倒不如嫁一個風流子，朝歡暮樂度時光，紫薇花相對紫薇郎。

(二)〈杜十娘〉(蔣調)

窈窕風流杜十娘，自憐身落在平康。她是落花無主隨風舞，飛絮飄零淚數行。青樓寄跡非她願，有志從良配一雙，但願荊釵布裙去度時光。在青樓識得個李公子，齧臂三生要學孟梁。她自贖身軀離火坑，雙雙月下渡長江。那十娘偶而把清歌發，嚦嚦鶯聲倒別有腔。哪曉隔舟兒聽得魂無主，可恨登徒施計要拆鴛鴦。那李郎本是個貪財客，辜負佳人一片好心腸，說什麼讓與他人也不妨。杜十娘，恨滿腔，可恨終身誤託薄情郎。說郎君啊，吾祇恨當初無主見，原來你是假心腸一片待紅妝。可知十娘亦有金銀寶，百寶原來有百寶箱。我今朝當了你郎君的面，把一件件，一樁樁，都是價值連城異尋常，何妨一起付汪洋！青樓女子遭欺辱，她一片浪花入渺茫，悔煞李生薄情郎。

㈢追舟——山歌（三笑姻緣選曲）

虎丘山山門勿算高，遠望陽山路遠遙，本領師家不出手，會說話姐妮不輕飄。四季花開在園牆，木樨花開頂頂香。七月初七牛郎織女來相會，美人的名字頂好叫秋香。五更三點天亮哉，小姐妮房門勿肯開。小姐妮拿八幅羅裙頂倒頂，拿在手裏揩眼淚。說道：「郎呀！郎呀！你今朝去仔啥辰光轉來。」郎說道：「待等正月梅花、二月杏花、三月桃花、四月薔薇、五月石榴，倷勿要牽記我，待到六月荷花向外開。」五更三點天亮哉，小姐妮房門勿肯開。小姐妮十指尖尖拿塊手帕，拿在手裏揩眼淚。說道：郎呀！郎呀！今朝去仔啥辰光轉來，俚說道：待等正月梅花、二月杏花、三月桃花、四月薔薇、五月石榴、六月裏荷花透池開，倷勿要等我轉來，待等丹桂開時我再回轉來。七月裏轉來，六月裏轉來，四月裏轉來，格末索介勿去哉。

㈣〈滄浪抒懷〉（俞調）蘇州園林組曲之一

源遠流長數滄浪，五代吳越屬錢王，北宋詩人蘇子美，築亭造屋種修篁。它是三面臨水四面樹，不築籬笆不圍牆。未入園門先入勝，水榭亭台繞畫廊，綠蔭朱楹映池塘，傍水倚石迎風坐，宛如人在水中央……

㈤〈我的家鄉在蘇州〉（俞調）

我的家鄉在蘇州，人間天堂景色優。古城春色山青秀，小橋流水泛輕舟，園林美景不勝收，亭台樓閣相輝映，猶如人在畫中游。我的家鄉在蘇州，蘇州處處有茶樓，絲弦叮咚聲悅耳，評彈一曲韻悠悠。我的家鄉在蘇州，名菜遠揚五大洲，色香味美多可口，請君登上得意樓。蘇州的田野風光好，蘇州的花果滿枝頭，蘇州的姑娘多俊俏，（白）蘇州人講格閑話更溫柔。我愛家鄉山河美，我爲家鄉放歌喉，願家鄉更上一層樓。

(六)〈遊蘇州東山〉

臘盡春回日，枝頭畫意濃，暗香盈綠野，清翠漾晴空。雪海成蒼海，寒風易暖風。東山生百態，一季一新容。

(七)〈樓臺會〉(琴調)

言而無信祝英台，反覆無常不應該。想你終身既許我梁山伯，而且是你長亭之中自作媒，又非山伯強求才。命我親自登門來拜訪，面見你爹娘把親事談。我路遠迢迢來到此，一意欲將親戚攀，哪知你竟然推翻不應該。英台啊，今日樓臺來相會，我本是心中喜非凡，而今是滿腔熱望化飛灰。哪知你圖賴婚姻貪富貴，終身另配馬文才。早知你今日將婚毀，我懊悔今朝到你家來。

(八)〈情探〉(沈調，離魂調，麗調)

王：(表)薄情郎王魁，一干子勒浪相府書房裡挑燈夜讀。(白)玉殿傳金榜，皇恩賜狀元，相國千金女，榜下配良緣。下官王魁，自在韓相府裡招親，與玉珍小姐團圓，蒙恩相岳父極意栽培，竟似如魚得水。回想山東萊陽，我與焦桂英一段姻緣，到如今末，我好比雲煙過眼，她如同一場春夢，看來這筆風流舊帳，只得留待來世再算了。(表)叫啥王魁俚以為格筆帳要到下世再算哉，覅曉得嘸不實梗便當，今朝就要冤家碰著對頭，正勒浪該格辰光，只聽見窗上有聲音，刷—刷—(白)外邊何人?(表)問上去嘸不聲音來，倒有點勿定心，王魁立起身來，走到窗跟頭「軋」，「得兒……」窗得來一開，對外勢一看，嘸不人，窗外頭黑沉沉，樹影婆娑，殘雲遮月，呼……嘩……秋風瑟瑟，風吹到身上覺著陰颼颼。(白)呀!深秋庭院，一派蕭瑟氣象吓!(唱)人寂寂，影姍姍，月色朦朧夜已闌，看樹影婆娑無人在，有誰人荷露立蒼苔。（表）奇怪，嘸不人落搭來格聲音？王魁頭抬起來一看末（白）喔，原來是你呀！（唱）原來是鳳尾蒼松迎風舞，所以隔窗兒疑是玉人來。（表）亦不對，風吹勒樹上格聲音應該勒浪上底，格麼剛剛窗上格聲音啥場化來格，王魁身體望正窗外頭探出一點點，對地上向一看，「搭辣」……（唱）原來是秋風捲起梧桐葉，撲向簾櫳入繡帷。又聽那鐵馬簷前叮噹響，銅壺滴漏不住催。深秋庭院有蕭瑟感，令人兒心意更愁煩。凄涼放下這紗窗坐，重剔銀燈把書卷翻，只覺得心緒徬徨意徘徊。（表）王魁末正勒浪讀書，勿曉得倷眞正格家小倒來哉，因爲焦桂英自從接著王魁一封休書，一口怨氣奔到海神廟，就是搭王魁定情格只廟，就勒浪廟裡懸樑自盡，雖然末死哉，俚心裡還是勿甘心，要到京城裡探探王魁啥格心相，現在一縷香魂，飄飄蕩蕩直望京中而來。

焦：（白）當頭凄涼月，照見含冤人，想奴焦桂英自被王魁休棄，在海神廟中懸樑自盡，王魁呀王魁，你我海誓山盟，盡付東流，你，你……好狠心腸吓！待我且往京中，與他質對分明，走啊……（唱）如大夢，悠悠蘇醒，心頭事，記得分明。王魁！負心漢天良喪盡，他那裏錦被溫馨，奴這裏風露凄清。曾記得海誓山盟，說甚麼同死共生，這都是信口胡云。走呀！我走長路，月朗天清，舞長袖足底生雲。奴如花女闖進了京城早來到相府園庭。（白）喲，到了。（表）到書房門首。

王：（表）正勒浪該格辰光，只聽得裏向（唸）兩岸猿聲啼不住，輕舟已過萬重山……

焦：（表）焦桂英起格只手勒浪門上「篤」「篤」。

王：（表）王魁聽見書房外勢彭門，勿是僮兒就是丫頭，（白）何人叩門？

焦：（白）是我——

王：（表）一聽聲音滿穩重，一定是家小。（白）莫非夫人來了？

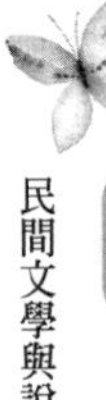

焦：（白）正是。

王：（表）實頭是格。（白）既然夫人親降書齋，待下官開門迎候。（表）眞立格立起身來，拿書房門閂「夾」去脫「得而」……門一開，因爲外勢暗，看勿大清爽，所以讓桂英進來，拿書房關好，回到老場化，整整衣冠，拂拂袍袖。（白）啊，夫人，想如此更深夜靜，冒著風露來到書齋，足見夫妻相愛之深，喏喏喏下官這廂有禮了——（表）一躬到底。

焦：（白）休說長廊庭院，我從萊陽而來——

王：（表）一聽啥物事啊？萊陽來格啊？啊喲！萊陽是焦桂英活，阿咦！我攬落三百兩銀子一封休書，拿倷休脫則活，倷來作啥？叫啥王魁看見到焦桂英，心一虛，言語會得勿自然。（白）原來是你呀——

焦：（白）是我——

王：（白）你！你來此做什麼？

焦：（白）自與郎君分別，官人吓！（唱）梨花落，杏花開，桃花謝，春已歸，花謝春歸郎不歸。奴是夢繞長安千百遍，一回歡笑一回悲，終宵哭醒在羅幃。到曉來，進書齋，不見郎君兩淚垂。奴依然當你郎君在，手托香腮對面陪，兩盞清茶飲一杯。奴推窗只把你郎君望，不見郎騎白馬來。（白）直至那一天……（唱）秋水望穿家信至，喜從天降笑顏開，奴眼花心跳從頭看。（白）奴只道平安家書，那知曉……（唱）一紙休書將奴性命摧，肝腸寸斷手難抬。姊妹成群來道喜，相問狀元何日回，又說道官誥皇封非容易，都是你識寶的鳳凰去掙得來，善良心畢竟是有光輝。奴是眼淚盈眶扮笑臉，渾身冰冷口難開。（白）可嘆喲！（唱）想人間事，太悲哀，願把身軀化作灰，好飛向郎前訴一番。

王：（表）王魁亦嬒曉得焦桂英已經是鬼哉，倷雖然實梗說，俚仍舊執迷不悟，居然要拿焦桂英當場殺脫，連下來就要焦桂英活捉王魁，下次有機會再獻醜，情探到此告一段落。

國家圖書館出版品預行編目資料

民間文學與說唱藝術／蔡孟珍著. —— 初版.
—— 臺北市：五南圖書出版股份有限公司,
2021.09
面；　公分
ISBN 978-626-317-222-7（平裝）

1.民間文學　2.說唱藝術　3.文集　4.中國

858.07　　110015460

1XLJ

民間文學與說唱藝術

作　　者 — 蔡孟珍（375.1）
發 行 人 — 楊榮川
總 經 理 — 楊士清
總 編 輯 — 楊秀麗
副總編輯 — 黃文瓊
責任編輯 — 吳雨潔
封面設計 — 姚孝慈
美術設計 — 姚孝慈
出 版 者 — 五南圖書出版股份有限公司
地　　址：106台北市大安區和平東路二段339號4樓
電　　話：(02)2705-5066　　傳　　真：(02)2706-6100
網　　址：https://www.wunan.com.tw
電子郵件：wunan@wunan.com.tw
劃撥帳號：01068953
戶　　名：五南圖書出版股份有限公司

法律顧問　林勝安律師事務所 林勝安律師

出版日期　2021年9月初版一刷
定　　價　新臺幣400元

經典永恆・名著常在

五十週年的獻禮——經典名著文庫

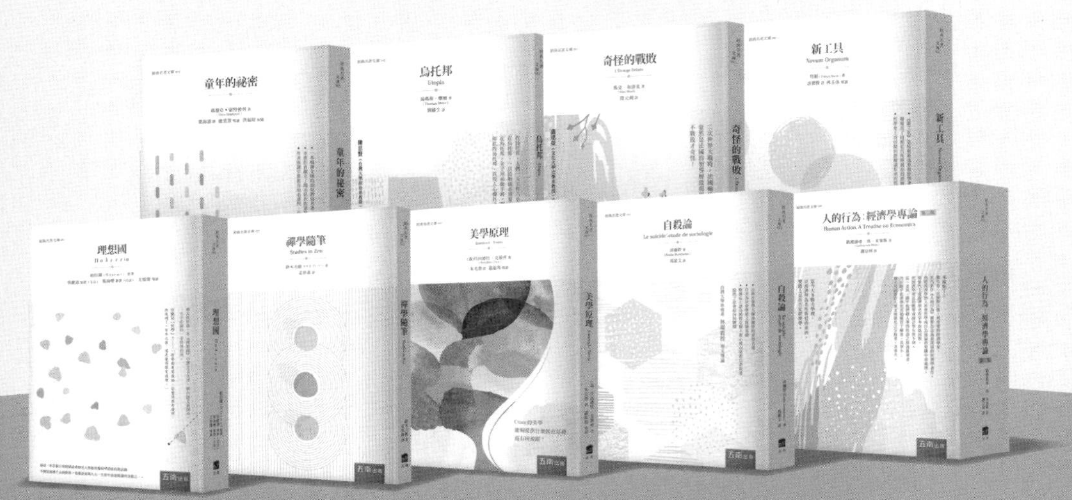

五南，五十年了，半個世紀，人生旅程的一大半，走過來了。
思索著，邁向百年的未來歷程，能為知識界、文化學術界作些什麼？
在速食文化的生態下，有什麼值得讓人雋永品味的？

歷代經典・當今名著，經過時間的洗禮，千錘百鍊，流傳至今，光芒耀人；
不僅使我們能領悟前人的智慧，同時也增深加廣我們思考的深度與視野。
我們決心投入巨資，有計畫的系統梳選，成立「經典名著文庫」，
希望收入古今中外思想性的、充滿睿智與獨見的經典、名著。
這是一項理想性的、永續性的巨大出版工程。
不在意讀者的眾寡，只考慮它的學術價值，力求完整展現先哲思想的軌跡；
為知識界開啟一片智慧之窗，營造一座百花綻放的世界文明公園，
任君遨遊、取菁吸蜜、嘉惠學子！